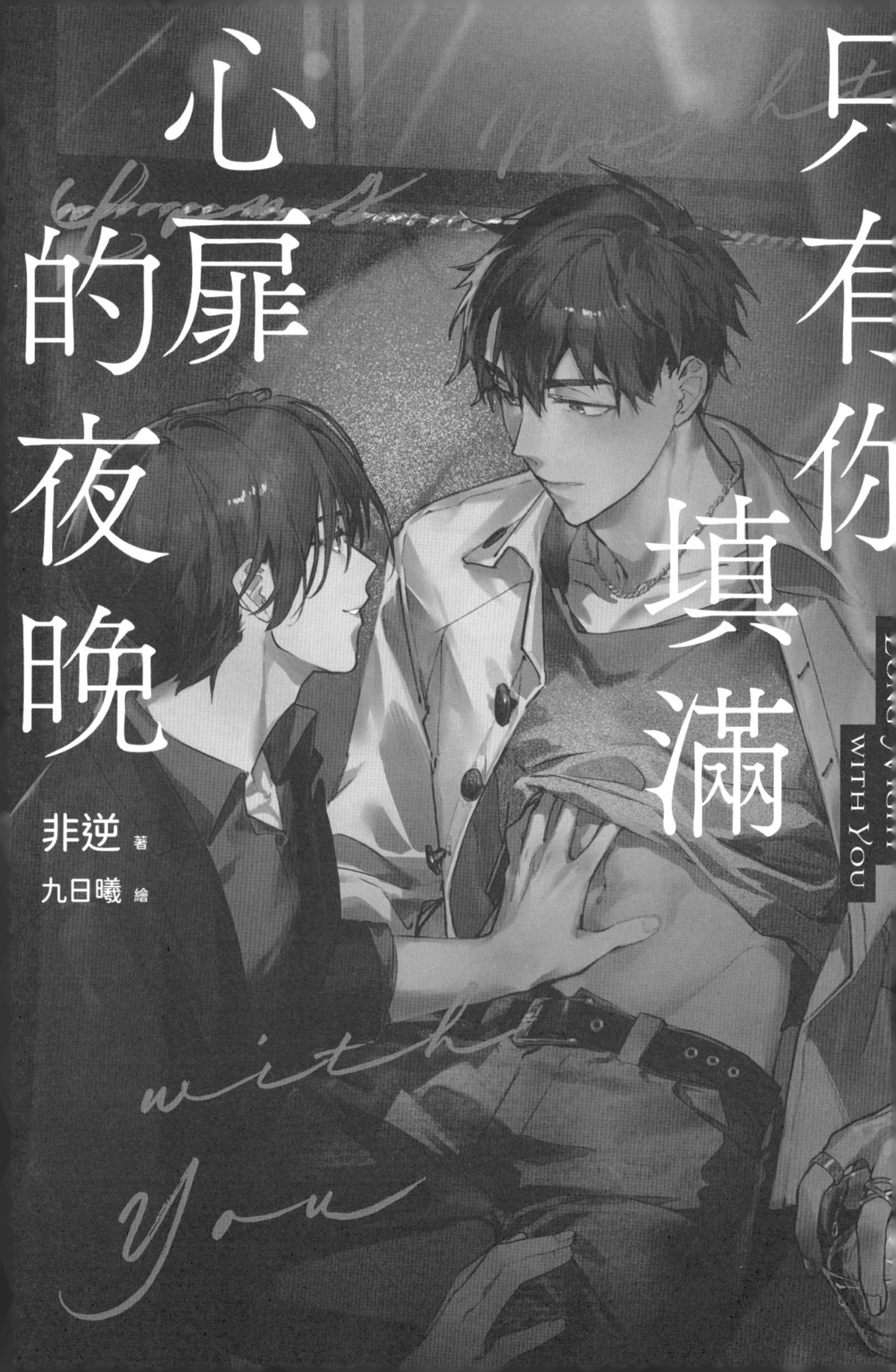
只有你填滿
心扉的夜晚
WITH YOU
非逆 著
九日曦 繪
with you

第一章

失去視覺會讓人變得敏感，身體所有其他感官都像是要彌補雙眼功能的喪失，細微的聲響會在腦中激發充滿細節的圖像，肌膚接觸到的一切都會喚醒相對應的畫面，就像溫時予現在這樣。絲質的領帶服貼地包覆著他的鼻梁和雙眼，如果撐開眼皮，他可以看見輕薄布料外的一絲黃色暖光。

張欽皓將飯店房間每一盞燈都打開了，不過房裡依然稱不上明亮。

溫時予的雙手舉在頭頂上方，繫著另一條領帶，將他固定在床架的一角，領帶收得很短，他沒有太多空間可以移動。他一側的肩膀靠著羽毛枕，另一側則感覺到房間冰涼的空氣。

他想像自己從天花板的角度往下看，看見他的身體斜靠在床頭堆起的枕頭之間，雙手失去自由，雙膝曲起，對著前方大大張開。光是這樣的畫面就足以使他的腹部一緊，後方那處即使還沒有經過擴張和刺激，就已經期待地收縮起來，幾乎像是本能。

床墊在他的身下晃動，張欽皓的聲音從他的腳邊傳來。「你看起來也太興奮了吧，我都還沒有碰你，你就硬了？」

伴隨這句話，男人略顯粗糙的手指擦過他半勃起的陰莖。

「啊！」溫時予不確定張欽皓用的是哪隻手指，他幻想是大拇指。張欽皓的手掌很大、很溫熱，擦過他的陰莖根部，將一陣顫慄送上他的尾椎，一路延伸到後頸。他的身體像是受到張欽皓的吸引，想要更加貼近對方的碰觸。

但是這場性事與他無關，這裡的主角是張欽皓，而溫時予是個稱職的表演者。

張欽皓喜歡支配。儘管對方沒有說過，在他第一次被張欽皓帶出場的時候，他就發現了。張欽皓壓著他的頭，將自己的器官插進他口腔的最深處，使他無法壓抑乾嘔的反應，而這讓張欽皓在他嘴裡變得更硬。於是溫時予讓他一次又一次地頂撞喉頭，不避諱眼角被逼出淚珠的模樣。

在這個房間裡，張欽皓擁有絕對的權力，主導一切，溫時予則負責扮演完全的服從者。

胯間的那隻手短暫離開他，然後落在他的脖子上，得到暗示的溫時予將頭抬高，露出自己的喉結。肉食動物在對自己的同伴稱臣時，也會露出脆弱的咽喉，而張欽皓確實像是一隻肉食動物。

張欽皓的右手手指沿著他的鎖骨下滑，爬到他的胸口，撫過他的胸骨，另一隻手撫摸他左半邊的軀體，緩緩往腹部移動。

是張欽皓太會挑逗了，還是他的身體對性已經產生了近乎直覺的反應？他的乳頭甚至還沒有接受碰觸，他就已經能感覺到它們的緊縮、刺癢。

「唔……」

兩隻手指掐住他右邊的突起，溫時予的大腦短暫地失去運作，仰起頭，胸口向上挺起。

「還想要嗎？」張欽皓問。

這個問題的答案只有一個，也只能有一個。

「想。」

濕潤的觸感包覆住他另一邊的乳頭，這是給予他的獎勵。張欽皓的手指沒有停止搓揉他，舌尖繞著他的左胸緩緩打轉，舔弄他的乳頭下緣。

「哈啊，好舒服。」他張開嘴，讓鼻音在他的聲音中渲染開來。「嗯……」溫時予將雙腳張得更開，骨盆向前傾，他的陰莖已經完全勃起，在他的下腹上抽動，他知道這會讓張欽皓非常滿意。如果張欽皓滿意，他們就會更快進展到下一步，然後這場性事就會結束。

張欽皓的舌尖離開他的胸口，他幾乎就要開口要求對方別停，但是他咬住嘴唇，將這句話換成了飢渴難耐的低吟。

「嗯、嗯，拜託。」溫時予出聲哀求，挑戰著對方的慾望。「我想要……」

「太快了吧。」張欽皓的聲音帶著笑意，還有溫時予所期待的自滿。「這麼想被幹？」

溫時予沒有說話，只是輕哼一聲，將自己的雙腿張得更開，抬起臀部，做出最原始的邀請，如果他的手沒有被綁住，他就會抱著自己的大腿。此時，他的腿在半空中，因爲用力而微微顫抖。

他想像張欽皓眼裡的他會是什麼樣子？他把頭仰得更高，將喉頭的曲線完全展露在光線下，而下體的顫動，只會讓他看起來更加淫蕩。

「拜託，求你。」溫時予的聲音沙啞，充斥情慾。

他更用力地收緊腹部，讓他的後穴抬得更高，一切都是爲了視覺，爲了滿足張欽皓主宰的慾望。他放任自己的叫聲在房間裡迴盪，身體規律地搖擺，性器一次又一次地打在皮膚上。

不確定過了多久，張欽皓才欣賞夠了他被慾望沖昏頭的模樣。他聽見潤滑液的瓶子打開的喀嚓聲響，喉嚨已經因一聲聲呻吟而變得乾澀。

他嚥了一口口水，正好來得及在一隻濕滑的手指插入他體內時，再度喘息出聲。

「啊、嗯……想要更多。」溫時予擺動臀部，頂著張欽皓的手指。「拜託。」

要說他沒有快感，絕對是騙人的，光是想像自己現在張著嘴，大口呼吸，一聲接著一聲浪叫的樣子，他就渾身燥熱。

他是表演者，而他很自豪，也總是非常、非常投入演出。就算對方並不知道他的敏感點在哪也無妨，這場性事的主角不是他，他只需要發出足夠性感的喘息聲就好，剩下的，就讓他的身體去發揮。

被填滿的感覺，使溫時予的大腦一片空白，他倒抽一口氣，身子從床墊上弓起。

張欽皓的手壓著他的大腿，把他的腿分得更開。「想要我幹你嗎？」

「幹我。」溫時予讓自己的聲音帶著哭腔，嘴唇顫抖。

他可以感覺到張欽皓的身體向下壓來，將他脹痛的性器夾在他們的身體之間。

此刻，主導權不在張欽皓手上，而在溫時予手上了。

性慾是一枚魚鉤，溫時予拉動釣竿的方式，就是他的身體——在這場交易中，將主導權賦予對方的溫時予，才是眞正的掌控者。

「求你。」溫時予啞聲說道，乾涸的喉嚨更加深了情慾的效果。「幹我。」

當張欽皓深深撞進他的體內時，溫時予把頭陷進枕頭之間，隨著節奏喊叫。他不確定自己在喊什麼，但是他相信張欽皓也不在乎，事實上，這大概會讓對方更興奮。

他的聲音瀕臨啜泣邊緣，上氣不接下氣。

「你好淫蕩。」張欽皓喘著氣。「你知道你有多騷嗎？」

這句話比任何挑逗都令溫時予興奮，其中的羞辱，對他來說更像是誇獎。是的，他知道，這就是他現在會在這裡的原因。

「嗚……」溫時予只是用更強烈的肢體動作來回應，雙手被固定在頭頂上的感覺像是一種懲罰，讓他沒有任何反抗的餘地。然而身體的刺激與快感卻吶喊著另一種可能性，他說不清自己享受哪個部分，是他的身體不屬於自己，還是男人因爲他的性感而無法克制的慾望。

伴隨著身體的肌肉收縮，他更賣力地擺動下身，試著將男人更快送向高潮。

混濁的悶哼聲響起，張欽皓最後一次用力挺進，然後靜止下來，沉甸甸的體重壓在溫時予身上，在他敞開的大腿之間，使他的肌肉痠澀。

溫時予確保自己的喘息聲逐漸恢平靜，耐著性子，沒有要對方離開。幾秒鐘之後，他感覺到張欽皓的器官從他身體裡退出，人從他身上滾了下去。

溫時予小心翼翼地把雙腿放回床上，避免抽筋，接著他手腕上的領帶被人解開。他活動了一下麻痺的雙手，將充當眼罩的領帶也取下。

過多的光線使他一時半刻睜不開眼，他用手臂遮擋了幾秒。當他終於恢復視覺時，張欽皓正拔下保險套，扔進床邊桌下的垃圾桶裡。

注意到他的視線，張欽皓對他勾起嘴角，揚了揚下巴。「你要處理一下嗎？」

溫時予垂下視線，看向自己依然半硬挺的陰莖。

「嗯。」溫時予微笑，聲音還是有點粗啞。「你如果先去洗澡，我就把它處理掉。」

「如果我想看你打出來呢？」張欽皓問。

「你想嗎？」溫時予挑起眉，手從腹部緩緩往下探，這場交易還不算眞的結束。如果張欽皓要求，他不介意多表演一段……畢竟不是沒這麼做過。

張欽皓笑了起來。「不了，我好累。我去沖個澡，明天還有早八的課，幹。」

等張欽皓關上浴室的門，溫時予便開始套弄自己的器官。半勃起的陰莖輕易就回復活力，他熟練地尋找自己的敏感處，短促而快速地搓弄。

剛才的性事在他腦中重播，就像在看一部由他主演的成人片。他看著自己的身體隨著男人的動作而搖擺，聽著自己的叫喊。

溫時予甚至不確定快感是從哪裡來的，他的大腦很快就迎來一瞬間的空白……

當他恢復意識的時候，他的腹部上有一片冰涼的觸感。他沒有馬上清理，而是讓自己深深陷入柔軟的被單和枕頭裡，閉上眼，吐出一口氣。

「該不會睡著了吧？」

他睜開眼，發現張欽皓站在床邊，已經套上T恤和四角褲。對方將兩張衛生紙遞給他，在床的另一側坐下，伸手撈過放在地上的背包，背包上有著設計師品牌的標誌，皮革的色澤溫潤，是他就算有錢也不會去買的奢侈品。

「謝了。」溫時予接過紙巾坐起身，將腹部的黏膩擦拭乾淨，同時看見張欽皓從錢包裡拿出現金。

「怕我明天早上忘記。」張欽皓邊說邊把錢塞進他的手裡。「多的是小費。」

儘管已經不是第一次了，收錢這件事——尤其是在性事過後——對他來說依然有點奇怪，像是生疏的演員在講不適合的台詞。他總是不確定這時候自己該說謝謝，或者沉默地將錢收下就好。

最後他只是對張欽皓微笑，一手拿著錢，另一手拿著擦了穢物的衛生紙，從床上爬下來。只有將這些鈔票握在手裡，一切才終於有了重量，他的表演、房裡瀰漫的情慾味道，全都濃縮在這幾張薄薄的紙中。

他將錢塞進背包內側的口袋，拉好拉鏈，接著去浴室清洗。

關上浴室的門，溫時予站在浴缸與洗手台之間的踏腳墊上。鏡子裡的他依然皮膚泛紅，他湊近一點看，注意到眼睛周圍已經被暈開的眼影染髒。

他嘆了口氣，化妝矇眼就是有弄髒眼罩的風險，但是他還是不想要素顏上班。他抽出卸妝紙巾，一點一點將臉上的化妝品擦去。

他快速沖洗一次身體，離開浴室前，沒有再看鏡中的自己一眼。

等溫時予回到房裡時，張欽皓已經抱著枕頭，看起來隨時都要睡著了。他從一旁的椅子上撿起內褲和背心套上，從另一側爬上床。

「明天早上需要morning call嗎？」他打趣地問道。

「不用了。」張欽皓打了個呵欠。「你就等到退房的時候再走吧。我忘記這邊是幾點退房了。」

「十一點半。」溫時予提醒。

「你運氣比我好。」張欽皓的聲音悶在枕頭裡，糊成一片。「早八根本是酷刑。」

溫時予看著他的背影，暗自一笑。他沒有和張欽皓說過，他這學期也有早八的課。

他們對彼此友善，不過溫時予不會和他分享私事。儘管知道張欽皓是學生，但是他讀哪間學校、什麼科系，溫時予從來沒有過問。

張欽皓轉過頭，面向他，「你下次什麼時候上班？」

「這星期營業時間都在吧，怎麼了？」

「有時間的話，我再帶一個朋友來找你。」

「朋友？」

「幫你開桌啊。」張欽皓嘀咕道：「不要說我對你不好。」

溫時予不禁笑了出來。「他也跟你一樣能喝？那我可能要多找幾個人來坐檯了。」

張欽皓沒有繼續說話，所以溫時予把房間燈具的總開關關上。

像張欽皓這樣的客人，店裡的其他公關們都羨慕得要命——有錢、年輕，而且本質上是個好人。

很多客人帶人出場，只會開房間三小時，而張欽皓總是會買一整個晚上，將溫時予的出場費直接疊到最高。他可以在飯店房間睡過夜，不用半夜叫計程車回家，隔天再拖著疲憊的身體去上課。

光是張欽皓一個人，就讓溫時予的收入硬是比別人高出一個層級，而他追求的正是如此。他想要錢，需要更多的錢，就算有時他一天就能賺破萬，依然不夠，他嚮往的生活、想要成爲的人……有太多東西都只有錢才能做到。

他翻過身，背對床上的男人。

這一覺溫時予睡得很沉——在飯店房間裡他總是會睡得很沉，畢竟這裡的寢具，比他租的小套房附的家具高級多了。然而他不想把賺來的錢花在添購家具上，這些錢有更好的用途，而幫房東換掉失去彈性的彈簧床並不是他的目標。

當他睜開眼時，他的手機正在床邊櫃上震動，鬧鐘的鈴聲已經來到最大音量。他伸手胡亂關閉鬧鈴，撐開一邊的眼皮。

張欽皓已經離開了，床的另一側一片凌亂，枕頭上有被人壓扁的痕跡。陽光從窗簾的縫隙灑進房裡，點點光芒落在刮花的實木地板上，溫時予揮開棉被，坐起身。

他刻意把鬧鐘時間定在早上八點，這時張欽皓不在，距離退房又還有好一段時間。

盥洗完畢後，他順手將洗手台上的備品也一起帶走，套上簡單的素色T恤和運動褲，把個人物品、上班穿的襯衫和廉價西裝褲收進背包裡。

他拉開房間的窗簾，讓早晨的陽光完全照耀在身上。就算是在他的套房裡，早上他也一定會將窗簾拉開，這對他來說幾乎是一種儀式，和夜晚的自己告別，歡迎白天的自己回歸。

溫時予在窗邊圓桌旁的扶手椅上盤腿坐下，把厚重的統計學課本擱在大腿上。明天下午有統計課，他得先複習上次上課的內容，因爲今天他沒有其他時間了。

今天是他去醫院看阿嬤的日子——這是這學期，他唯一能找到避開其他家人的時段，在午休與下班時間之間。他可以去醫院待半個小時，在這三十分鐘裡期待奇蹟出現，再帶著一點點失望離去。

然後他還有時間能夠回家補眠幾小時，再回到酒店，開始今天晚上的工作。

窗外的陽光十分明亮，似乎在告訴他，今天也許會是發生奇蹟的那一天。

第二章

譚知仁站在窄門前的人行道上，再一次看向道通往二樓的樓梯，濃烈的菸味縈繞在鼻尖。樓梯兩側貼的花紋壁紙還很乾淨，沒有翹起的邊角，在昏黃的燈光下，顏色失眞得無法辨識。

他看不見樓梯的頂端，這裡彷彿是通往另一個世界的入口。這是個俗爛的形容，但是他暫時找不到別的言詞描述。

「走啊，還是你在等我請你上樓？」張欽皓的手落在他肩上，將他往樓梯的方向推。「我不是幹部耶。」

「是嗎？」譚知仁的嘴角一歪，「我還以爲你一定有抽成咧。」

他想都沒有想過，自己有一天會和國中同學一起上酒店

高中時，他們常常一起去打保齡球，還會帶上各自的朋友圈。每一次打通宵的場合，最後都會變成十幾個青少年的大型派對。自從張欽皓滿十八歲之後，他就會買啤酒請所有人喝，而且總是會等到來巡場的員警離開之後才這麼做。

爲了不在自己的朋友面前丟臉，譚知仁也會跟著再請第二輪。

張欽皓絕不是他父母或是任何長輩心中的益友，譚知仁很清楚，可是他得承認，張欽皓是少數和他在同一艘船上的朋友。所以儘管在張欽皓面前他總覺得矮人一截，然而他許多不打算

讓其他人知道的事，他會告訴張欽皓，例如哪個交友軟體約炮比較方便，或是最近他又因爲哪個炮友暈船而和對方斷了聯絡。

張欽皓對此不會批判，因爲他和自己一樣清楚這種事是怎麼運作的。

當譚知仁告訴對方，自己最近對交友軟體有點心累的時候，張欽皓立刻就懂了。

「所以我後來都不約了。」張欽皓在訊息裡寫道：「用買的比較快哈哈。」

「幹哈哈哈。」譚知仁不確定該怎麼回應，只是先用毫無意義的文字笑聲搪塞。

「用買的」這件事譚知仁只在大腦裡偷偷想像過，從來沒有眞正考慮執行……張欽皓想要把這個對話帶去哪裡？

下一秒，張欽皓的訊息繼續出現在對話視窗。

「我帶你去看啦，去了才會懂。」張欽皓寫道：「反正沒興趣的話就是喝酒唱歌，不吃虧。」

張欽皓的字句顯示出某種優越感，打從他們認識起就是這樣。儘管他們年紀相同，但是在國中開學的第一天，張欽皓帶著超過一百七十五公分的身高，在教室門口招呼其他人一起去打籃球的時候，譚知仁就知道，張欽皓和他不在同一個世界裡。

同樣都是家境富裕的孩子，譚知仁卻從來沒有張欽皓那種從骨頭裡散發出來的自信，就算看起來有，那也是他掛上的面具。

當張欽皓站在他的座位邊，問他放學之後要不要去他家打電動時，譚知仁差點就因爲畏縮而拒絕。

張欽皓說話的口氣和站姿，都像是年紀更大的高中生，就連他的身材都比其他剛邁入青春期的男孩來得壯碩——當時譚知仁的身高只到張欽皓的肩膀，而對方臉上的微笑，像是在施予他某種恩惠。

直到現在，譚知仁都還不確定張欽皓爲什麼要和他做朋友，也不知道張欽皓在他身上看見了什麼。

國中畢業的暑假，譚知仁被爸媽送去溫哥華待了三個月，當他回來時，他已經長到幾乎和張欽皓齊高。但每次和張欽皓說話，他都還是覺得自己是要抬頭仰望對方的小孩。

譚知仁不想被他看貶，和對方去酒店看看也沒什麼大不了的，他們去夜店玩的次數沒少過，有什麼差別？

所以現在他才會在這裡，和張欽皓一起站在樓梯口外，感受九月夏日尾聲的濕熱空氣。然後他發現自己誤會了，酒店和夜店確實不一樣，此處沒有大排長龍等著進去跳舞和狩獵的年輕人，除了他們之外一個人也沒有。

現在已經是晚上十一點，酒店到底要到幾點才會熱鬧起來？譚知仁忍不住想。

「不要想太多啦，你就是來玩的。」張欽皓往樓梯口的方向走去。「如果你都沒有喜歡的，我們就喝酒聊天就好啦。相信我，你之後只會擔心自己玩上癮而已。」

譚知仁無法在腦中建構接下來可能要面對的場面⋯⋯都沒有喜歡的？意思是他要選嗎？他看過別人洗泰國浴的心得文，等一下的男公關也會站一排讓他挑嗎？

他的思緒尚未整理完畢，張欽皓的腳便已經踩上階梯。沒有時間繼續猶豫了，他加快腳步，跟在張欽皓身後。

一走進梯道，街上的車聲立刻減弱，他的耳朵像是被一層泡泡包裹，所有聲音變得朦朧，他們的腳步聲都帶著回音。

來到二樓的平面，四周的牆都漆成了黑色，牆邊擺著一排暗紅色的天鵝絨長椅，一旁則是用同樣暗紅色的布簾遮住的入口，釘在牆上的金屬草寫字體寫著「WAKE」，甦醒。不過這裡的色彩，和這個詞彙所代表的明亮感一點關係也沒有。

店名下方的櫃檯坐著一個女孩。見到他們，女孩立刻從櫃檯後方站起身。

「蘇西剛才還跟我說，如果你再不出現，他就要去坐別人的檯了。」女孩的笑容像是早就和張欽皓熟識，接著對站在後方的譚知仁揚了揚下巴。「這你朋友？」

「沒辦法，就是被他耽誤的。」張欽皓一把勾住譚知仁的脖子，將他拉到身邊。「剛才在樓下死不肯上來，好像我會把他賣掉一樣。」

「呃，嗨。」譚知仁乾巴巴地打了招呼。

女孩爆笑起來，「放心，他這樣當不成公關啦。」

譚知仁不知道她是什麼意思，不過並不覺得這句話是褒義。女孩嘴角的笑意未減，彎下身，他這時才發現櫃檯桌上有一支細小的麥克風。

「本店蘇西，請至外櫃接待。」

張欽皓拉著譚知仁來到長椅旁坐下，等待那位「蘇西」接他們進去。

聽見這個藝名出現在同志酒店，讓譚知仁有一種奇異的錯亂感，或許是因爲它聽起來像是女性的名字。

「蘇西很讚，眞的。」張欽皓靠向譚知仁耳邊，低聲說：「非常配合。」

譚知仁瞥了他一眼，「什麼配合？」

「你喜歡怎麼玩，他基本上照單全收。」張欽皓說，對譚知仁眨了一下眼。「我還沒試過很超過的玩法就是了……」

譚知仁瞇起眼，還想要釐清他所謂的「玩法」是指什麼，下一刻，厚重的暗紅布簾就被人掀開，一名男人走了出來。

從譚知仁坐著的高度，他首先看見的是對方的身軀。男人的身材削瘦，身穿紅色襯衫和黑色的貼身西裝外套，包覆他的腰身，髖骨隨他走路的動作輕巧地移動。

「欽皓。」名叫蘇西的男人開口。「我還以為要被你放鴿子了。」

「我哪捨得啊。」張欽皓站起身，對蘇西張開雙臂。

男人的聲音擊中譚知仁的腦神經，使他像被人電擊似的從長椅上彈起來，他的雙眼彷彿慢動作鏡頭，緩緩沿著男人的襯衫領口向上望去——上了深色唇膏的豐滿嘴唇、尖挺筆直的鼻梁……昏暗的光線，使他細長的雙眼顯得深邃。

譚知仁眨了眨眼。他一定是看錯了，這個蘇西長得很像他認識的另一個人，幾乎長著一模一樣的臉，可是譚知仁更熟悉的是他平常更為蒼白、不帶妝的面孔。

蘇西唇上依然掛著優雅的微笑，然而在和他對上視線的那一瞬間，雙眼大睜，恍然大悟的神色在他的眼中閃爍。

以蘇西的聲音作為銜接，譚知仁的大腦終於把兩張臉重疊在一起，形成一幅失敗的合成影像——溫時予？

他們系上大一兩學期的書卷獎得主，那個上課總是沉默寡言，下課就不見人影的溫時予？譚知仁一定是認錯了，溫時予怎麼可能會出現在這裡？

上學期的初級會計期末考前，溫時予還應班導的提議，幫班上的人開了一次考前的讀書會，坐在小階梯教室講台上的電腦前，替全班的人重新解釋一次投資和現金流。

譚知仁已經完全不記得他在那次讀書會裡讀到什麼，只記得溫時予明亮而清晰的聲音從麥克風傳出。那是他們同班兩學期以來，第一次聽到溫時予說這麼多話。

他以爲溫時予是不苟言笑、每天泡在圖書館的優等生，不可能是出現在同志酒店裡，還用「蘇西」這麼一個奇怪藝名的男公關，對吧？

但是剛才溫時予那一瞬間的震驚，告訴他完全相反的答案。

譚知仁抬起手，指向蘇西、溫時予……他不確定究竟要稱呼什麼才對，甚至不知道自己指著對方想說些什麼。

溫時予沒有給他太多時間思考，手掌圓滑地接住他的手，立刻用握手的姿態將他有失禮貌的動作包覆起來。「你好，我是蘇西。我該怎麼稱呼你？」

溫時予的目光炯炯有神，緊盯著他。別露餡，對方的眼神警告道，修長的手指握緊他的手背，手掌的溫度滾燙。

「我是——」譚知仁一時語塞，溫時予擺明認識他。他不知道要怎麼假裝他們是陌生人，自己的名字在舌尖上滾動，卻拒絕離開他的口。

「這我國中同學，他叫譚知仁。」張欽皓一隻大手拍在他的背上。「他有點俗辣，你就不要跟他計較太多了。」

溫時予的嘴唇勾起一抹淺淺的微笑，「嗯，我不怪他。這種場合是滿讓人緊張的。」他看了譚知仁一眼。「今天是知仁第一次來吧？」

「你記得我上次說要帶朋友來找你玩。我沒食言，是不是該有個獎勵？」

「當然，欽皓最棒了。」

溫時予的聲音夾雜了幾乎要從字與字之間溢出來的溫柔，譚知仁聽得頭皮發麻。下一秒，溫時予墊起腳尖，在比他高出一個額頭的張欽皓唇角印下一吻。

面對張欽皓得意得像是在示威的笑容，譚知仁只能以瞪視回應。

「來吧。」溫時予拉了拉他的手，譚知仁這才意識到，溫時予依然沒有放開他。「要玩，就要進去裡面才有得玩啊。」

「等一下——」譚知仁一個踉蹌。

溫時予的力道比他想像的大，加上張欽皓也在他身後推著他前進。布幕後方的空間比外面更暗，一瞬間，譚知仁就像直接失去了視覺，總覺得下一步就會踏進沒有邊際的深淵，導致他不禁抓緊領路的那隻手。

他不確定這條走廊延伸多長，就在他的雙眼逐漸適應黑暗時，黑暗的通道前端出現了一個有光的出口。溫時予的身影就在他前方，光線在他的輪廓周圍留下一圈金色的線條。

穿過深色的珠簾，眼前是一片開闊的空間，一道道及腰的矮牆將圓桌與沙發座隔開，每一道矮牆上都有可以拉起的布簾。另一側有一座卡拉ＯＫ的伴唱機和舞池，旁邊則是吧台和另一扇門，譚知仁猜測那應該是廚房。

他腳下黑色的磁磚地面光滑而閃亮，馬汀戴夫皮鞋與之撞擊發出清脆的回聲。幾張桌子旁已經坐了人，大聲談笑的聲音與韓文的電子音樂在空間裡迴盪。天花板上的燈光呈現奇怪的藍色、紫色與粉色，不斷旋轉變換，令這裡的一切都像是存在於萬花筒中，也讓譚知仁眼花撩亂。

「兩位請坐。」

溫時予帶著他們來到其中一張沙發，張欽皓滑進座位，動作無比流暢。

譚知仁將身體擠進矮桌與沙發之間的縫隙，大腿不小心撞上石板桌面堅硬的邊緣。如果張欽皓看出他的動作有多麼笨拙，他至少還知道不要當著酒店公關的面取笑他。

桌子上擺著一個九宮格的木盤，溫時予拿起一個玻璃壺，流暢地將透明的液體倒進其中幾個小酒杯中。

在他坐下之前，張欽皓抓住他的手臂，對他眨眨眼。「等一下，你不是要跟蘇西聊聊嗎？」

看著張欽皓意有所指的眼神，譚知仁的臉頰逐漸升溫，將快要脫口而出的「我沒有」又嚥了回去……靠，在張欽皓面前，他爲什麼總覺得自己彆扭得像是小處男一樣？

溫時予倒酒的動作停頓了一秒，抬起眼，嘴角露出一抹似笑非笑的神情。

「哈利今天在不在啊？」張欽皓問。

「在。」溫時予將酒倒完，把玻璃壺放回桌上，幾乎沒有發出一點聲音，挺起腰桿的動作滑順得幾乎像是在跳舞。「我找他來陪你喝？」

「如果他有空的話。」

「你賞他酒喝啊。」溫時予露齒一笑。「酒賞夠了，他一定有空。」

張欽皓翻了個白眼，「算了吧，我還不想跟那個誰搶人……」

溫時予笑著從桌邊退開。

譚知仁就像個傻子一樣杵在沙發邊，站也不是，坐也不是。張欽皓對他露出的微笑像是在看剛學會走路的小孩，讓他好想一拳打在張欽皓臉上。

大概過不到半分鐘，溫時予就和另一個男人一起回到桌邊。

「難得哈利會有空。」張欽皓拍拍身邊的座位。「今天那個大哥沒來？」

「如果他有來，我現在就不會站在這裡啦。」男人回答。「今天你運氣不錯。」名叫哈利的男人染著一頭金髮，瀏海柔順地刷過眉毛上緣。

張欽皓挑起眉，哈利便笑了起來。

「不該對客人說這種話，我先自罰一杯。」哈利拿起九宮格裡的小酒杯，一口喝乾，再順手倒滿了另一杯。

「走吧，知仁。」張欽皓擺擺手。「你跟蘇西好好認識一下。」

譚知仁張開嘴，正想開口，溫時予驟然將一隻手伸到他面前，像是要邀請他跳舞。

「後面有可以關門的包廂。」溫時予輕聲說：「我們去那裡聊。」

溫時予的雙眼微彎，嘴角上揚，那隻手一動也不動。

桌邊每個人的視線都落在譚知仁身上，等著他下一步動作。

哈利挑著眉，眼神溫和地打量他。儘管才初見沒幾秒，譚知仁幾乎可以聽出對方腦中的想法——好單純的孩子，或是好愚蠢，某方面來說，這兩個詞其實是一樣的。

譚知仁一咬牙，握住溫時予的手指，「走吧。」

溫時予輕點了一下頭，優雅地領著他往開放空間的另一端走去，推開一扇黑門後，出現在視野裡的是一條狹窄的走廊，外頭的音樂聲變得模糊，此處出奇地安靜。昏暗的光線來自於牆上的幾盞壁燈，走道兩旁各有幾間房，門上用金色的牌子標示著數字。

溫時予推開二號門，打開電燈的開關，將譚知仁牽進包廂裡——即使開了燈，房裡依然十分陰暗。

房間門一關上，外頭的聲響和光線都被隔絕了，現在這裡只有他和溫時予，他不禁嚥了一口口水。

溫時予一手扶著門把，轉過身，再次打量著眼前的譚知仁，盤算自己該說些什麼。

遇到同班同學來消費，一般人都會說什麼？溫時予在同志酒店當公關的時間還不夠長，沒有這方面的經驗。

看見譚知仁和張欽皓站在一起，溫時予差點就戴不住臉上的面具。

在那個瞬間，他想盡辦法切割的兩個世界，竟然以這麼荒唐的方式重疊在一起。這是他認識張欽皓以來，第一次懊惱起這個客人的存在。

現在想想，似乎也沒什麼好意外的，張欽皓確實看起來和他的年紀相仿，而譚知仁在學校也從來沒有隱藏過他家境富裕的事實。

有錢人的圈子或許眞的很小，如果他們都是在同一個縣市長大的，又念過同一個、甚至多個私立學校，他們大概有很高的機率認識彼此。

「我帶朋友來找你玩。」

張欽皓當時說的這句話，現在令他哭笑不得。望著譚知仁站在他眼前手足無措的模樣，他不禁猶豫該如何應對。

「譚知仁。」

「溫時予——」

他們同時開口，又同時閉上嘴。

溫時予深吸一口氣。既然踏進這間店，譚知仁就是客人，而他是公關，服務客人是他的第一順位，向來如此，以後也永遠會是如此。

做好決定後，他嘴角勾起一抹上班用的微笑，對著包廂裡的沙發張開手，「坐吧。」

他轉身，從門邊的桌上拿起紙杯，旋開玻璃水箱的龍頭，倒出兩杯水，放在房間中央的矮桌上。

譚知仁依然目瞪口呆地盯著他，動也不動。

「你看得再久，也不會讓我憑空消失。」溫時予搖搖頭。「我們就像個成熟的大人一樣，坐下來聊，好嗎？」

譚知仁眨眨眼，定身咒終於打破。他在沙發最尾端邊緣坐下，瞥了一眼關上的門，好像隨時都準備倉皇而逃。

溫時予靈巧地溜進座位與桌面之間，在距離譚知仁一個手臂遠的地方坐下，將其中一個紙杯推過去。

見譚知仁沒有動作，他貼心地補上一句「這裡面就是純水而已，什麼都沒加」，然後拿起譚知仁面前的杯子喝了一口，再度放回他面前。「你看。」

譚知仁張開嘴，但是一句話也沒說，眼神在他的臉上來回游走，手指抓著沙發邊緣光滑的皮料。

面對第一次上酒店，還不知道要怎麼消費的客人，他該怎麼做？通常狀況下，他會自我介紹，再問對方今天來的目的是什麼。

然而他們已經認識彼此了，遠遠超過酒店公關和客人應有的程度，所以溫時予決定跳過前面的步驟，「首先，在這裡，公關的本名是個禁忌。如果你想要在這裡消費，你就不能叫我溫時予，我是蘇西，也只是蘇西。」

譚知仁瞪視著他，好像他講的不是中文。

溫時予伸出一隻手，跨過他們之間的距離，輕輕用指尖碰觸譚知仁的手指。

譚知仁如同觸電般倏地抽開手，將手藏到大腿下方。

溫時予見狀不禁笑了出來。在今天之前，他一直以爲譚知仁是會去夜店獵豔的那種人。加上譚知仁有著像混血兒一樣深邃的五官、濃眉，大概還會是在夜店裡無往不利、女伴一個接一個換的高手，從來沒有考慮過對方是同性戀的可能性。

他不知道譚知仁有沒有和他朋友們出櫃過，至少對他沒有。被迫在當了一整年同學、卻沒有說上幾句話的人面前出櫃……嗯，譚知仁的震驚顯然有跡可循。

既然如此，溫時予就得換個策略。他思索了一下，「好吧，知仁，不如你先告訴我，你爲什麼會來這裡？」

這句話似乎終於啓動某個開關，將譚知仁從靜音模式轉了回來。他依然瞪視著溫時予，清了清喉嚨，低聲說：「不是吧，應該是『你』爲什麼會在這裡？」

「我缺錢。」溫時予聳聳肩。「讓我給你一個小提示，你拿這句話去問任何一個公關，他們都會告訴你同樣的答案。」

譚知仁咬住嘴唇，沒有馬上接話。

見狀，溫時予嘆了口氣。

「知仁，我知道你現在很尷尬。」他柔聲說，像是安撫一個在百貨公司裡迷路的小孩。「但是欽皓說你是來玩的，而且是來找我的，所以我們現在有兩個選擇。」

譚知仁看了他一眼。

「你可以直接離開，假裝你沒有在這裡看過我，我也假裝你從來沒有來過這裡。我可以跟欽皓說你沒有興趣，你就能回去桌邊跟哈利他們喝酒。」

溫時予頓了頓，等待譚知仁的反應。

譚知仁的視線落在桌面的水杯上，幾秒後，再度轉向他的臉，「第二個選擇呢？」

溫時予知道他不會走。剛才在沙發區，譚知仁和張欽皓之間存在隱隱的競爭關係，他看得一清二楚。張欽皓是店裡的常客，游刃有餘，譚知仁則想要在朋友面前藏住自己生澀的模樣，否則譚知仁就不會接過他伸出的手了。

「或者，你也可以和我交換條件。」溫時予保持同樣溫柔的語氣，小心選擇措辭。「你告訴我你今天來這裡的目標是什麼，我們完成交易，銀貨兩訖。」

譚知仁的肩膀一僵，搖搖頭，「你瘋了吧？你是我同學，我怎麼可能……如果你把我的事抖出來，我還要不要做人？」

「我們是同一條船上的人了，知仁。」溫時予微笑，「你擔心我把你的事情說出去，我也有同樣的顧慮。」

譚知仁眼中帶著懷疑。

「欽皓認識我到現在，還不知道我的本名，只知道我叫蘇西。你不想讓人知道你來同志酒店，我也不想讓別人知道我在上什麼班。」

譚知仁的手從大腿下抽出，在胸前交抱，雙眼看向地板磁磚上的某處。

溫時予知道譚知仁開始考慮他的提議了，他決定再度施壓。「你想，我和你同班一整年了，你卻從來不知道我在哪裡工作，對吧？發生在這裡的事，就只會留在這裡，這是規矩。」

其實不完全是，但這是溫時予努力執行的原則。在張欽皓把譚知仁帶到他的地盤上之前，他自認做得滿好的。

現在他設下的界線被一個局外人打破，溫時予得承認，他也感到不安。可是他不能讓譚知仁看見他的焦慮，這樣只會成爲對方用來攻擊自己的武器。

他耐心地等待譚知仁的回應，包廂裡只有冷氣運轉的嗡嗡聲響。他幾乎可以把機械的聲音，當成譚知仁大腦裡齒輪轉動的音效。

直到空氣中的沉默堆積得彷彿要爆開時，譚知仁終於從鼻孔裡吐出一口氣，向後倒在沙發椅背上。

「所以，蘇西到底是哪來的藝名啊？」他的肩膀垮下，看起來喪氣不已。

溫時予再度露出笑容，如果譚知仁拒絕他的提議，或許就眞的要小心了。

他不知道其他同學得知他的工作後，會惹出哪些麻煩，然而現在譚知仁願意留下來完成這場消費，他們就在同一個共犯結構裡。假設譚知仁眞拿他的事當作八卦的資本，他也有籌碼可以自保。

「你看過《魔法靈貓》嗎？那本繪本的作者叫做蘇斯博士。主角貓可以創造出魔法世界，做出精彩的表演，就和我在這裡做的事一樣。」面對譚知仁的瞪視，溫時予對他眨了眨眼，「很有深度吧？客人最喜歡了。他們覺得我很聰明，這代表他們也很聰明。」

譚知仁不禁哼笑一聲，彎下身，拿起溫時予喝過的那杯水，喝了一口。

溫時予稍微挪動位置，靠向譚知仁。他們的膝蓋幾乎要相碰，譚知仁只是看了他的腿一眼，並沒有退開。

「我回答了你的問題。現在，換你了，你今天來這裡，是想得到什麼呢？」

譚知仁咬著嘴唇，下顎移動了一下，沒有立刻回應。

溫時予慢條斯理地數起他的手指，同時觀察他的表情，「有些人是來找人喝酒聊天的，有些人是來唱歌的，也有些人是來吃公關豆腐的。張欽皓叫你跟我進來包廂聊，所以我猜，你不是來唱歌的。」

譚知仁挫折地低吼一聲。

「就算你不告訴我，欽皓之後也會跟我說。」溫時予輕描淡寫地補上一句：「我覺得你不會喜歡這樣。」

「靠，好啦，好——」譚知仁宣告投降。

溫時予按捺住嘆氣的衝動。明明什麼都還沒有做，但他怎麼已經覺得疲憊了？

「我就只是約炮約到心很累了，好嗎。」他聽起來氣急敗壞，頭頂隨時都要噴火。他摀住半張臉，話語又急又猛，好像只要一口氣說完，就能當作從來沒說過這些話似的。「張欽皓跟我說用買的比較快，所以我就來了……誰知道你會在這裡啊。」

溫時予一時之間不確定該因爲聽到過多的資訊而震驚，還是保持酒店工作時的見怪不怪。然而譚知仁願意告訴他這些，已經是今天晚上最大的進步，他可不想讓他的努力功虧一簣。

「所以，你是來這裡尋找肉體關係的。」溫時予維持自己中立的表情。「很好，很合理，不過，我可不可以問你心累的理由？」

張欽皓說要介紹朋友來玩，溫時予以爲他的朋友都和他一樣，對自己的性慾誠實，沒想到來的會是一個連約炮都羞於啓齒的純情少年。

譚知仁頹喪地搖了一下頭，「因爲對方暈船很麻煩，我就想，可能用買的比較乾脆？」

除非譚知仁在床上的技巧驚爲天人，讓他的約炮對象永生難忘，曾經滄海難爲水，不然就是因爲他都打戀愛炮——不只肉體關係，還有許多像戀愛般的交流，噓寒問暖、搞不好還會出去約會。

這種狀況搭配譚知仁的長相，簡直就是暈船的最佳配方——但譚知仁不想給任何人承諾。

溫時予決定做個大膽的假設，「讓我猜，你想要找一次結束的性交易？還是出場的鐘點男友？」

譚知仁倏地抬起頭，瞪大眼看著他。

看他張口結舌的模樣，溫時予已經知道答案了，甚至突然覺得，自己好像在做某種詭異的心理諮商。這不是他第一次依靠觀察和直覺推敲客人的需求，卻是第一次試圖引導認識的人來消費他……這到底算什麼啊？

面對譚知仁的沉默，溫時予知道，現在有主導權的人是他。如果他不想要整晚都在這裡和譚知仁進行毫無效率的攻防，就得承擔起引導的角色。

「就像我剛才說的，這裡發生的事，只會留在這裡。」他傾身向前，靠近譚知仁的臉，放輕嗓音，用近乎耳語的音量說：「我需要錢，你需要談不必負責的戀愛，我們是各取所需，對吧？」

譚知仁的鼻翼抽動了一下，垂下視線。

溫時予打量著他的半側臉，目光遊走在他高挺的鼻梁和稜角分明的顴骨上，譚知仁的睫毛和眉毛一樣濃密，即使素顏，他的眼睛也依然被一圈清晰的黑色線條所包裹。如果真的要找鐘點男友，溫時予覺得自己也不吃虧。

譚知仁的目光再度回到他臉上，顏色飽滿的嘴唇抿成一條細線，「這些事，你不會說出去吧？」

「我們現在是共犯了。」溫時予保證，「你不說，我也不會。」

譚知仁的表情，讓溫時予不禁懷疑，現在在賣身的究竟是誰……是時候進行下一步了，他伸出手，撫上譚知仁的大腿。他感受到手掌下的肌肉一緊，但是譚知仁沒有推開他。

溫時予將胸口靠向譚知仁的身體，隨著身子轉動，他的腿和譚知仁的相貼在一起。他們的臉只剩下幾公分的距離，譚知仁急促的鼻息打在他的嘴唇上。

「可以嗎？」溫時予問。

譚知仁吞嚥的動作肉眼可見，「什麼？」

「這個。」溫時予的手指輕輕端起譚知仁的下巴，然後輕柔地在譚知仁的嘴角印下一吻，刻意避開了下唇。

譚知仁的身子一顫，不過依然沒有推開溫時予。

溫時予露出微笑，將一條腿跨過譚知仁的大腿，跪坐在譚知仁身上。因爲譚知仁太靠近沙發的邊界，導致他不得不一隻腳踩在地上，不過他不介意。接著他往前一挪身體，胸口便幾乎要碰到譚知仁的鼻尖。

他們的下半身貼合，這正是溫時予的目的。

他低下頭，雙手捧住譚知仁的耳後抬起，垂下視線，眼神掃過譚知仁的嘴唇。他知道譚知仁無法不看他的臉，而在接吻前的這一刻，是他最能激起譚知仁期待的時候，他的舌頭探出口腔，輕輕舔過自己的下唇。

譚知仁的手指爬進他的西裝外套下，抓住他襯衫腰際的布料。這個舉動就像是簽下一份契約，接受溫時予的引誘，而且決定給予回應。

所以溫時予吻了上去……他得收回剛才的評價，譚知仁的吻技和純情一點關係也沒有。溫時予的主動像是打開了某種開關，使譚知仁變得熱烈。譚知仁噬咬他的唇，將他的腰往下拉，他們的下身貼得更緊。

「唔。」溫時予配合地放低重心，輕輕擺動骨盆。

有那麼一瞬間，譚知仁的呼吸紊亂，將舌頭探進他的牙齒之間，而他沒有任何抵抗，張開嘴，歡迎對方的進入。

濕潤的聲響在安靜的房間中迴盪，舌尖柔軟又粗暴的衝突觸感，令溫時予有點暈眩。

「嗯……」血液往他的胯間湧去，他挑逗譚知仁的同時，自己的生理反應也無可避免。譚知仁的吻長而深入，使他來不及呼吸，只能勉強從嘴角發出細碎的哼聲。

當譚知仁終於放開他的嘴時，溫時予全身發熱，褲襠內腫脹的器官抵著拉鍊，使他本能地想要在譚知仁的大腿上摩擦，帶來更多的快感，同時他也能感覺得到譚知仁的勃起。

平常在學校毫無交集的他們，現在性器只隔著幾層薄薄的布料，因爲彼此的挑逗而慾望高漲……光是這個念頭，就足以使他更加興奮，但是不行，這依然是場交易。

譚知仁粗喘著氣，抬眼看著他，眼神因慾望而迷茫，這是他在這裡工作之後，最熟悉不過的表情。

「想先驗貨嗎？」溫時予的聲音沙啞，呼吸短促而不規則。

「什麼意思？」

「口交。」溫時予從譚知仁身上移開，指向角落另一扇門，「你可以去清洗一下。」

譚知仁愣在原位，好像聽不懂他在說什麼。

「或者，你就坐在這裡，讓我幫你服務？」溫時予不介意用紙巾替譚知仁擦拭乾淨，一邊欣賞對方無地自容的模樣。

然而譚知仁立刻從沙發上跳起，悶頭進入廁所裡，不出幾秒，水流聲就傳了出來。

譚知仁回到沙發邊時，他的表情讓溫時予聯想到待宰的羔羊。

說實話，他幾乎要同情對方了。所以，他決定至少要讓譚知仁不後悔來這一趟。

溫時予站起身，拉著譚知仁在沙發的尾端坐下，這樣就有足夠的空間推開譚知仁的雙腿，讓他跪在中間。

譚知仁一隻手肘靠著椅背，居高臨下地看著他。

溫時予予以微笑，一邊伸出手，俐落地解開譚知仁褲頭的釦子。拉下拉鍊後，溫時予沒有急著解放器官，手指隔著柔軟的四角褲布料，描繪著形狀，本來退回半勃起狀態的性器，在他的觸碰下，立刻又恢復精神。

譚知仁倒抽一口氣。

溫時予抬起眼，對上譚知仁的視線，接著重新低下頭，親吻那處隆起。

譚知仁咬住嘴唇，喉結上下跳動。

「你要自己脫，或是我幫你？」

譚知仁猶豫了一秒，然後微微撐起身體，將外褲和內褲一同褪下。

溫時予的嘴唇輕輕擦過性器飽滿的頂端，舌尖繞著形狀轉圈，成功換來譚知仁的一陣顫抖。然後他張開嘴，將譚知仁的長度一鼓作氣含進口中。

譚知仁低喊一聲，一隻手落在溫時予的後腦。

接下來的一切，幾乎是溫時予的本能，他用嘴、用手探索著譚知仁的性器，尋找他的敏感點。譚知仁的身體反應很直接，當他做對時，譚知仁就會給予肯定的低哼，埋在他頭髮中的手指收緊，用動作命令他繼續。

溫時予知道怎麼掌握節奏、吸吮的深淺、舌頭圍繞前端的挑逗，還有他們眼神的交會。他只有在很偶然的時候會抬眼，對上譚知仁的視線，每當他們的目光相遇，他嘴裡的性器就會明顯地抽動一下。

他知道自己的模樣會讓譚知仁興奮。不管是他將整根陰莖含進嘴裡、退出來，或是只淺淺親吻前端，譚知仁的目光似乎都沒有離開過他。

這令溫時予燥熱不已，他的性器充血腫脹，抗議地頂著他的褲襠，只要他稍微將骨盆前傾，布料的摩擦就讓他忍不住低吟出聲。但是這種想碰卻不能碰觸的挫敗，卻是另一種方向的刺激，帶來使他視線模糊的快感。

「唔，不行。」頭頂上方的譚知仁咬牙，低聲說道：「我快到了。」

「嗯。」溫時予減緩頭部前後擺動的速度，再度和譚知仁對視。

譚知仁垂著眼，濃密的睫毛半遮雙眼，這是溫時予在工作中，除了錢之外，最喜歡的部分。他喜歡看著對方因爲他的努力而失神，此時那雙眼中除了他之外，再也容不下其他東西。

他將口腔收得更緊，來回套弄一次、兩次。

譚知仁倒抽一口氣，眉頭蹙起，手指扣緊他的後腦勺，他知道快結束了。或許因爲譚知仁是他的同學，這一層身分上的改變帶有某種諷刺性的惡趣味，使他難得希望對方能再支撐久一點，想要再多看看譚知仁和平時不一樣的表情。

譚知仁突然低喊一聲，身體一震。

他的舌根感覺到黏滑的液體，有些順勢流入他的喉嚨，有些則從他的嘴唇邊緣溢出。他向後退開，抽起桌上的紙巾，將殘餘的精液擦去，而後抬起頭，看著眼前的譚知仁。

譚知仁的胸口起伏，眼神仍然有些迷茫，試圖伸手去拿桌上的紙巾。

見狀，溫時予貼心地抽了兩張塞進譚知仁的手裡。

「如何，還滿意嗎？」溫時予從地上站起來，痠疼的膝蓋使他有些不穩。譚知仁沒有回答他，但對方失神的模樣，已經是最明確的答案了。

擦拭身體的時候，譚知仁的目光轉向他的胯間，此時譚知仁臉上情慾的痕跡還沒完全褪去，微啓的雙唇柔軟而放鬆，在那一瞬間，他似乎可以理解譚知仁過去炮友們暈船的理由。

「那你……」譚知仁啞著嗓音，對他伸出手。

溫時予知道自己的生理反應有多明顯，幾乎可以感覺到身體被譚知仁的手所吸引，渴望被碰觸和釋放。但是這不是交易的一部分，被其他人的手碰觸性器所帶出的感受，不在他今天準備接受的範圍內。

「我沒事。」溫時予微微一笑，將譚知仁手中的紙巾接過，扔進桌下的垃圾桶中。「你需要用洗手間嗎？」

譚知仁遲疑地打量著他，似乎不確定溫時予的意思。

「這不是消費項目之一。」溫時予對他說：「你不需要顧慮我。」

譚知仁眨了眨眼，欲言又止，最後站起身，拉起褲子，緩緩往廁所移動。

溫時予拿起桌上的水杯，漱了口，將水吐進垃圾桶裡，在沙發上坐下，揉揉僵硬的膝蓋周圍，一邊等待生理反應消退。

當譚知仁再度出現在他眼前時，表情不像剛進入這間店時那麼困惑了，只不過依舊有些迴避他的眼神。

「所以……這是怎麼運作的？如果我要找你，我要打電話來店裡，還是……」

「你可以直接打給我。你有我的電話嗎？」

「呃，沒有。」

譚知仁尷尬的模樣，讓溫時予暗自瑟縮了一下。他剛才只是在回想，大一剛開學時，譚知仁有沒有和他交換過電話，但他不該說出這種話，不該把學校的事帶進他們的交易中。

溫時予不著痕跡地微笑，將他的號碼告訴譚知仁。「如果要我出場，你不需要來店裡找我，我只要把錢帶回店裡就可以銷假了。」

譚知仁點點頭，雙手插進口袋裡，垂下視線，盯著自己的腳尖，「所以，我這次……要給你多少？」

譚知仁或許還不太習慣性行爲的對價關係，這句話說得無比彆扭。然而隨著時間過去，譚知仁大概就會像張欽皓一樣，可以在上完床後把錢給他，再閒話家常幾句——如果譚知仁沒有在那之前就逃走的話。

「今天就當見面禮。」溫時予對他微笑，「畢竟你算是我的新客人。」

溫時予要的是錢，譚知仁要的是隨時可以切割、不用顧慮責任的假感情，這個交易對他來說很划算。他們一個是爲錢出賣身體，一個是有錢又不想要負責，誰也沒有比誰高尚。

譚知仁遲疑了一秒，點點頭，「我會再打給你。」

溫時予差點就脫口說出「明天學校見」，這種無聊的對話只會節外生枝。最後，他只是掛上屬於蘇西的笑容，讓譚知仁先行離開包廂。

門再度關上後，空氣中依然瀰漫情慾的氣味，溫時予走進小廁所裡，在馬桶上坐下，回想著譚知仁方才的模樣，回想著譚知仁看他的眼神，解開褲頭，手指撫上半勃起的性器。

第三章

譚知仁緊盯著教室另一端的溫時予的側臉，教授在他們的電腦上示範什麼運算，對他一點吸引力也沒有。

他從來沒有認眞看過溫時予的臉，至少在上星期之前都沒有。溫時予只是班上的好學生代表，而「好學生」這三個字，在譚知仁上了大學之後，就和他扯不上一點關係了。

所有人都告訴他，考上一個夠好的大學，之後他愛怎麼玩就怎麼玩。他確實考上了全國最好的一所會計系，所以他過去這一年來，便致力於把玩的部分發揮到淋漓盡致。

他參與系上所有的迎新活動，認識了系上大多數學長姊，也把所有不在學校上課的時間拿來唱歌、夜衝，或是和張欽皓鬼混。但是現在他開始懷疑，自己是不是玩得有點太多了。

跑去酒店消費，卻消費到同班同學，試問這機率有多小？如果他們在同一個縣市，又同樣都是同志，那或許並不太小。

一個星期的時間過去，譚知仁依然沒有打電話給溫時予……他怎麼可能？光是他射在同學嘴裡的事實，就足以讓他在溫時予面前原地死亡。

在一排排電腦螢幕的阻隔之下，譚知仁才終於鼓起勇氣，細細打量溫時予的面孔。

認眞看著螢幕的溫時予，和那天在酒店包廂裡認眞爲他「服務」的蘇西，一點都不像是同一個人……不可能是同一個人。

上課時的溫時予脂粉未施，臉色顯得更蒼白，嘴唇的顏色也淡了許多。他穿著一件普通的淺藍色短袖襯衫，短髮柔順地貼著額頭，和那天在酒店裡經過造型的髮型大相逕庭。

譚知仁不確定哪一種模樣更適合他，其實這根本沒得比較，因爲他的大腦拒絕承認蘇西和溫時予是同一個人。

「——知仁，你做完了嗎？」

教授的聲音從教室前方傳來，讓譚知仁從座位上彈起，教授剛才說什麼？什麼做完了？

「要做六之一的練習。」坐在他身邊的吳閔俊靠過來，在他耳邊提醒。

「謝謝。」

譚知仁正準備把視線轉向螢幕，看看教授說的習題……大概是因爲聽見教授喊了他的名字，溫時予的雙眼突然往他的方向掃了過來。

他們目光相碰的瞬間，譚知仁就像是被蛇髮女妖的視線石化一樣，失去行動的能力，只有一個地方例外。一股熱血往譚知仁的雙腿間湧去，溫時予的視線彷彿自動喚醒了那天的記憶，令他的身體產生相應的反應。

要命，他不是國中生了，能不能不要在上課時間勃起？

他看見溫時予的嘴角微微動了動，那是鄙夷，還是微笑？或者以上皆是？

譚知仁無法轉開視線，他們之間的座位隔板和所有的同學，好像統統從視線中消失了，此時，他只看得見溫時予深色的眼睛。

「知仁，你有沒有聽到啊？」

一隻手指戳上譚知仁的臉頰，將他硬生生地從某種魔咒中解放。

他回過頭，看見吳閔俊睜大眼睛，對他露出好奇的笑容。他只好勉強擠出一個微笑，緊盯著螢幕上的數字，即使他一個字也看不進去。

「你看這邊的應收帳款，還有這個沖銷……」吳閔俊靠過來，一隻手撐上他的電腦椅，另一隻手指向他的畫面，悄聲告訴他習題的寫法。吳閔俊的肩膀抵在他的身側，下巴近得足以靠在他的肩頭。

吳閔俊喜歡戳他的臉，也喜歡搭他的肩，還喜歡對他做很多肢體接觸。不只對他，當有人在吳閔俊身邊時，吳閔俊似乎就是無法阻止自己碰觸對方、擠在對方身上，或是把對方抱在懷裡。

吳閔俊只對同性這麼做，而譚知仁無法藉此判斷任何事。吳閔俊最常黏著的對象就是他了，而既然他並不特別排斥吳閔俊的接觸，就放任吳閔俊這麼做了——客觀來說，吳閔俊是長得很好看的男孩，清秀、高挑，微笑時的嘴唇會拉成一條非常漂亮的弧型。

如果他們不同系，不同年級的話，譚知仁或許會試著約吳閔俊。他不和同班同學約炮，從他國三第一次這麼做開始，就堅持這個原則，畢竟每天都要見到約炮的對象實在太尷尬了，而且他怕事情會在同學之間傳開，讓他在同儕之間難以做人。

他看過班對在分手之後鬧得多難看，也看過學長姊之間剪不斷理還亂的感情關係，是如何成爲大家茶餘飯後的八卦話題。和校外的人發生關係可以算是戰績，但是和同學約炮，只會讓他得到專吃窩邊草的臭名，他可不想要。

只不過，他現在不是和同學約炮，而是花錢買了同學的服務，這到底算什麼？

譚知仁再度看向教室另一端的溫時予。溫時予已經做完教授指定的題目，正一手撐著下顎，另一手點擊滑鼠，不知道在看什麼。

至少溫時予不會暴露他的行爲，因爲溫時予也懷有不能讓人知道的祕密。這人說得沒錯，他們現在是同一條船上的人，是共犯。

「知仁，你到底有沒有在聽我說話啦。」吳閔俊的聲音離他的耳朵有點太近了，他倏地轉過頭來，差點撞上吳閔俊的額頭。

吳閔俊撅著嘴，「你在看什麼？」他拉長脖子，往譚知仁剛才面對的方向看去。

「我？沒有啊。」譚知仁低聲回答，搖搖滑鼠，試著轉移吳閔俊的注意力。「你剛才說這題要怎麼做？」

「牆壁上有蟑螂嗎？還是……」

「吳閔俊，你也做完了是不是？」教授的聲音傳來。「那我把你的螢幕分享給大家，一起檢討一下如何？」

「不要啦。」吳閔俊吐了吐舌頭，退回座位，開始算起自己的題目。

譚知仁從來沒有那麼感謝過教授的介入。

溫時予的習題再度成爲大家的範例，教授把他的螢幕投影到所有人的螢幕上，讓溫時予解釋運算過程。

溫時予的嗓音清亮，語調平穩，並不驕傲，但是充滿了自信，這倒是和那天在包廂裡，溫時予引導他說話時的語氣很像——和他不一樣，溫時予知道自己在做什麼。

然後譚知仁又想起了溫時予把臉埋在他的雙腿間，吞吐他器官的樣子，下腹一熱，一股騷動感再度傳來……靠。

譚知仁把左腿跨到右腿上，試圖壓住胯間。

他好想打自己一巴掌，讓大腦清醒一點。他老早就不是處男了，這麼衝動是要死了嗎，為什麼和溫時予的一次經驗，會帶來這麼嚴重的影響？

課堂結束前，教授宣布下星期要考一次小考，然而譚知仁這堂課什麼也沒聽到，課本甚至都沒有翻開，連考試的範圍是什麼都不知道。

下課鐘聲響起時，譚知仁吐出一口長氣，慶幸今天份的折磨已經結束，然後開始思考下一堂課是什麼，溫時予應該沒有和他選到同一堂課了吧？

「啊，完蛋啦——」吳閔俊在他身邊哀號，一邊舉起雙手伸懶腰，向後靠在椅背上。「都是你害的，我今天上課太不專心了。」吳閔俊的一隻手搭上他的肩膀，將他連人帶椅子拉到身邊，差點讓他摔倒。

「你不專心怎麼會怪我啊？」譚知仁玩笑地推了吳閔俊一把，對方只是把他勾得更緊。

「當然怪你啊，看你一直放空，我想幫你集中注意力，結果我都沒聽到。」吳閔俊用另一手戳他的臉頰，「你要請我喝飲料當補償。」

譚知仁不能理解他話中的邏輯，不過請客倒是沒什麼問題，反正他的錢全都不是他的，拿去請吳閔俊喝飲料或是拿去酒店消費，對他來說沒有太大的差別。

每個月固定進帳的大筆零用錢，以及設定自動扣繳的卡費，讓譚知仁有時甚至感覺不到自己在花錢。他也曾經擔心過，如果他父母查他的花費明細，會不會就此斷絕他的經濟來源，慶幸的是他們從來沒有這麼做過。

他一直都知道，朋友是可以用錢買來的東西。從小學時開始，他就知道合作社裡的飲料可以讓他吃午餐時不再落單，也知道邀請朋友去他家打最新款的電動，隔天他就會成爲班上同學簇擁的對象。

用錢買來的朋友，至少比較好掌握，他也知道自己在他們身上可以期待什麼，不必擔心突然的背叛。

父親說過「只有錢不會騙人」，這件事在他人生中一直都是驗證過的眞理。

「請就請，你想喝什麼……」

他的話還沒說完，吳閔俊就仰起頭，對著他們後方經過的人伸出手，「啊，溫時予！」

譚知仁的身子一晃，電腦椅的輪子往一旁滑了出去，不過他的上半身依然被吳閔俊扣在臂彎間。

「靠！」他大叫一聲，臀部滑下椅面，往研究室的磨石子地板摔去。

譚知仁趕忙抓住桌子的邊緣，才在屁股著地前撐住身體。他轉過身，將撞上隔壁座位的電腦椅拉回原位，發現溫時予正站在他面前，一邊的眉毛高高挑起。

「呃，嗨。」譚知仁覺得自己像個蠢蛋，笨拙地從地上站起，埋怨地瞪了吳閔俊一眼。

吳閔俊只是抓著溫時予的手腕，像小孩對媽媽耍賴似的搖晃，抬著頭，露出他燦爛的招牌笑容，「時予，你把筆記借我們好不好？」

溫時予的嘴角一歪，視線轉向吳閔俊，「借給你們的話，我怎麼辦？」

「哎呀，你沒問題的啦，你那麼聰明，哪需要像我們念這麼久。」吳閔俊的口氣不知道是眞心在誇獎，或是在拍他馬屁，譚知仁懷疑是後者。「不然，借我們拿去影印就好，好不好嘛？」

「其實沒關係，我可以自己念。」譚知仁看向溫時予肩膀後方漆黑的電腦螢幕。他現在只希望溫時予可以從他的眼前消失，以免他忍不住又開始回想他們之間那次詭異的接觸。

然而他的眼睛彷彿不受大腦管轄，硬是瞥了溫時予的嘴唇一眼……就是這雙嘴唇，包覆著他的器官吞吐……幹。

他不可以在溫時予面前有反應，絕對不可以，殺了他吧。

「影印可以。」溫時予回答。

吳閔俊歡呼起來。

「什麼？」他不確定有沒有把這兩個字說出口……從溫時予的反應判斷，他顯然說了。

「我說，可以借你們拿去印，作業有需要也可以印。」溫時予又說了一次，語氣中立，好像他們除了同學的關係之外，再無其他。

「溫時予，你最棒了！」吳閔俊邊說邊把臉貼上溫時予的手臂。

溫時予沒有看吳閔俊，而是將視線轉回譚知仁臉上，緩緩從他的眼睛落到嘴唇。

譚知仁腦中很抗拒，卻沒辦法阻止臉頰的溫度上升。

「記得在下次上課前還我就好。」溫時予再度對上譚知仁的目光，眼睛眨也不眨，「最好是這星期。」

譚知仁幾乎可以聽見他話中的另一個意思。

「沒問題的啦。」吳閔俊代替譚知仁回答：「我們今天下午就可以印好了，明天就可以還給你。」

溫時予微微一笑，「當然好。」他對譚知仁挑眉，「你可以嗎？」

「呃……」他張開嘴，卻沒有說出一個字，這是要他回答什麼？

吳閔俊對他們之間奇怪的氣氛渾然不覺，自顧自地開口：「啊，時予，你今天晚上要不要和我們一起去唱歌？就我、知仁跟林敏成，還有其他幾個人，會很嗨喔。」

譚知仁瞪視著吳閔俊。雖然他相信平常跟他們一點交集都沒有的溫時予應該不會答應，但是萬一他答應了怎麼辦？KTV包廂的配置和燈光都和那間酒店太像了，他不可能無視溫時予，假裝什麼事也沒有地和他一起唱歌……

這種時候，他真討厭吳閔俊這種好像和任何人都是摯友的個性。

「我沒空，不好意思。」溫時予回答。

真要說的話，他也不喜歡溫時予現在的態度。他一直都知道這人不太和人交際，但他從沒這麼明確地體會到溫時予的拒人於千里之外。

酒店裡的溫時予會親吻張欽皓的臉頰、跨坐在他身上磨蹭他……和現在的溫時予根本就不是同一個人。

吳閔俊看起來很失望，語氣帶著抱怨，「你都不跟我們一起玩，每次約你都沒空，你到底在忙什麼嘛？」

「沒辦法，我要打工。」溫時予簡短地回答，把手從吳閔俊的掌握中掙脫出來，從背包裡拿出厚重的教科書，塞進譚知仁手中。「記得拿來還我。」

譚知仁根本連拒絕的機會都沒有，溫時予便頭也不回地往教室的前門走去，留下他和吳閔俊在已經空無一人的教室裡。

「他好奇怪喔。」吳閔俊評論道：「每次都是要忙、要打工，沒一次有空的耶，他是不是討厭我們啊？」

「誰知道。」譚知仁的聲音比他自己想像得更粗魯了一點。

吳閔俊從椅子上站起來，左右伸展一下腰部，接著攬住譚知仁的手臂，拉著他往教室門口走去。「好啦，你不要煩嘛，他不是都把書借給我們了嗎？我好餓喔，知仁。我想去吃豬排。」他轉頭看向一旁的林敏成，「敏成想吃豬排嗎？」

「好啊。」林敏成加快腳步，跟上他們。「現在去的話，人應該不會很多。」

他們指的是學校對面的那家連鎖豬排專賣店，譚知仁甚至懶得制止他們暗示他請客的舉動。溫時予的教科書沉甸甸地躺在他的臂彎中，讓他現在一點胃口都沒有。

當天晚上，同學們在KTV門口會合前，譚知仁趁機走到路口，撥打溫時予的電話。

如果溫時予已經開始上班，他就不會接電話了。譚知仁有點期待電話轉入語音信箱，然而響鈴才響了兩聲，他就聽見另一端傳來一陣窸簌作響的雜音。

「喂？」

他懷疑溫時予的語氣裡懷著笑意，好像早料到他會打來似的。

「我明天晚上去找你。」

「沒問題。」溫時予的聲音溫柔，「你要來店裡，還是帶我出去？」

靠，他哪知道？爲什麼他在打電話之前沒有事先考慮好呢？

溫時予沒有發出任何聲音，只有背景傳來一陣陣斷續的音樂和人聲。

如果去店裡找他，他就得在眾目睽睽之下和溫時予互動。不管是在沙發區和溫時予喝酒，或是到小包廂裡，都讓他覺得過度赤裸。

上次離開包廂後，回到桌邊，張欽皓和那名叫作哈利的公關已經玩開了。張欽皓不知道爲了什麼事情笑得倒在哈利腿上，看到譚知仁時，便撐起身子，頂著一張喝得通紅的臉，問他滿不滿意。

傻子才不知道張欽皓指的是什麼，當下他眞希望自己可以立刻從世界上消失。

哈利至少還知道要爲他保留一點尊嚴，表情沒有任何改變，只是一手攬著張欽皓的肩膀，一邊拿起另一個小酒杯，塞到張欽皓嘴邊。

這種被人剝皮般的感覺，他體驗一次就夠了。

「出去好了。」

「你想要純出場，還是？」溫時予的語氣就像是幫他預約餐廳的服務生，彷彿只是在問譚知仁的姓氏而已。

其實他大可找溫時予出場最低時數就好了，是兩小時，還是三小時？還個課本能花他多久時間？但是他的大腦顯然被某種病毒入侵——只要一不留神，溫時予爲他服務的畫面就會閃進腦海。

這一個星期，他都沒辦法把溫時予的模樣從腦中驅逐。一定是因爲溫時予在學校和酒店之間的落差實在太大，讓他的大腦出現認知錯亂了。

如果他再和溫時予相處久一點，或許就能把溫時予和蘇西的樣子整合在一起。如果他和溫時予打上一炮，把這星期因他而起、又無處宣洩的慾望解決掉，大腦或許就會恢復正常。

眞正開口要把人帶出場，在譚知仁的舌尖留下一絲奇怪的滋味。他眞的花錢買春了，這件事本質上和約炮似乎沒什麼不同，卻又大不相同。

有對價關係的約會和性，究竟是什麼樣子？譚知仁無法想像。

可是這就是他想要的，不是嗎？不用負責任，不必擔心對方黏上他、逼他給承諾。他們一個需要錢，一個想要單純享受戀愛中美好的部分，又不要承擔伴隨關係而來的壓力，他有什麼好抗拒的？

再說了，是溫時予親口說可以當鐘點男友的。

「過夜吧。」譚知仁咬牙，像是在下戰帖。

溫時予發出了細微的笑聲，「我知道了，那我們怎麼約？」

「我再跟你說。吳閔俊他們快到了，我要先走了。」

「好，明天見。」溫時予輕聲說。

譚知仁切斷通話，把手機塞進口袋裡。他深呼吸一次、兩次，確保自己的表情不會透露出剛才那通電話的蛛絲馬跡。

這天唱歌的時候，譚知仁幾乎從頭到尾都心不在焉，好幾次他都忘了要拿麥克風唱自己點的歌，只是一直在想，究竟要和溫時予約在哪裡、幾點碰面……最重要的是，他們要去哪裡開房間？

休息室裡，溫時予正在收拾桌面上的書本。

和譚知仁約見面的時間就要到了，如果要說他不期待，絕對是騙人的，不過更多是感到好奇。譚知仁會選擇將他帶出場，已經讓他很意外，後面他還說要過夜，他得用盡全身力氣，才沒有當場笑出來。

眞沒想到，在包廂裡尷尬得落荒而逃的譚知仁、在學校無法正眼看著他說話的譚知仁，居然第一次就要帶他出場過夜。

溫時予想知道對方打的是什麼主意。如果譚知仁沒有惡劣到準備找一群人來羞辱他，那今晚應該會挺有趣。

「你要走了？」哈利的聲音從他身後傳來。「今天這麼早下班？」

溫時予回頭，看見頂著金髮的公關靠在門框上，雙手交抱在胸前。

「不是，是被外帶了。」溫時予將課本塞進背包裡。

「眞好啊。」哈利臉上掛著一貫溫柔的微笑，但是眉尾下垂，看起來有點惋惜。

「怎麼了？」溫時予來回打量哈利的表情。當哈利的手指往門外指去時，他就懂了。「承哥又來了？」

哈利嘆了一口氣。

溫時予的嘴角一歪，拉起背包的拉鍊，往肩上一掛。「可惜今天幫不上忙，我今晚都不會回來了。」

「你沒有帶換洗衣物嗎？」哈利近乎請求地問。

溫時予挑起眉，「他今天又要買內褲了？」

沒有人知道承哥的本名叫什麼，也沒人知道他一開始是誰的客人。他只是一個戴著細邊眼鏡、身材瘦小的男子，穿著像是平凡的上班族。

他第一次來店裡的時候，負責接待他的人是哈利，但是十分鐘後，哈利就以換檯為理由跑開了。

「他說要買原味內褲。」哈利跑進休息室裡，向其他公關宣布，雙眼睜得老大，臉色看起來比平常還要蒼白。「出兩千五。」

休息室中沒被點檯的公關笑得人仰馬翻，沒有人要出售自己的內褲解救可憐的哈利，除了溫時予。

一條內褲兩千五，對他來說穩賺不賠。他立刻去廁所脫下當天穿的四角褲，折好後裝進塑膠袋，然後代替哈利出去坐承哥的檯。

承哥非常乾脆地掏出兩千五百元紙鈔，交換溫時予手中的塑膠袋。

看著他用崇敬的眼神看著那條只花不到一百塊購入的雜牌四角褲，溫時予只覺得有趣。在這裡工作一年多以來，他見識最多的，就是各方人士的性癖，不過直接開口要買公關的內褲，還是第一次見到。

當承哥得知那是溫時予當場脫下來的貼身衣物時，他既害羞又興奮的表情，讓溫時予差點憋不住笑。最後溫時予和他喊拳，讓對方醉倒在沙發上，結束這次荒謬的交易。

在那之後，他就很常來找溫時予喝酒。

所以承哥應該算是他的客人，如果他不在，例如今天晚上，承哥就會找哈利。

不過溫時予不覺得承哥算是特別難應付的客人，除了原味內褲事件之外，承哥都還算斯文，聲音不大，酒量也不算好。

「沒有。」哈利承認，「誰知道他等一下會不會突發奇想？」

「你的那位大哥沒來？讓他把你喊走啊。」

溫時予往休息室的門口走去，哈利跟在他身後。

「他說他今天會來。」哈利的聲音聽起來幾乎像是埋怨，「如果他沒放我鴿子的話。」

哈利和他那位「大哥」的事蹟，在酒店裡甚至不算是祕密。大家都知道有個長得像裴勇俊的大哥，老是待在店裡，老是點哈利的檯，如果時間許可，他就會把哈利一路框到下班。

如果有人試圖把哈利喊走，大哥只會笑笑，然後用更高的酒錢把哈利喊回來。

但是就溫時予所知，他從來沒有把哈利框出場過。大家都好奇他和哈利的關係，就算有人膽子夠大，直接向哈利提問，哈利也給不出答案。

「我的工作就只有在他點我的時候好好陪他喝酒，才不會問客人爲什麼不外帶。」哈利是這樣回答。

雖然沒說，溫時予依舊懷疑，哈利大概還是感到有點失望。

行經休息室外的走廊時，哈利再次開口：「對啦，蘇西，今天醫院那邊怎麼樣？」

溫時予的肚子裡像是被人投進一塊鉛，向下墜了一點。他揚起一個淺淺的微笑，「老樣子。」

「還是沒有醒嗎？」

「沒有。」

這是他少數告訴哈利的私事之一——關於阿嬤住院的事。

酒店公關的流動率太高，大部分的人也都不知道彼此的來歷，透露太多個人資訊，有時候是件危險的事。阿嬤頻繁進出醫院並不算什麼大事，溫時予只是習慣保有隱私，哈利會知道這件事，是一個剛剛好的意外。

上學期，阿嬤第一次因中風住院時，他打算在下班後的早晨去醫院探望。那天哈利和他一起下班時，順口問了他等一下的行程，或許是因爲一瞬間的喪失警戒，他不小心說溜嘴，說自己要去醫院。

面對哈利擔憂的表情，溫時予猶豫一會，還是告訴他了。哈利是個溫柔的人，就算溫時予不知道他的其他特質，這一點他很確定。

在那之後，哈利時常主動問起阿嬤的狀況。

半年來，阿嬤已經住院第二次了，這次昏迷的日子比上一次長。儘管期待奇蹟發生，然而事實就擺在眼前，阿嬤年近九十，他再怎麼樂觀，也沒有自欺欺人到那個程度。

「會沒事的。」哈利拍拍他的肩，「只是時間還沒到而已。」

溫時予很感謝他的安慰。說來好笑，這個他連本名都不知道的公關，是他身邊最接近朋友的存在。

來到開放的沙發座時，溫時予一眼就看見哈利的「大哥」，坐在靠近點唱機的座位上。

男人一看見哈利，臉上就綻開一抹燦爛的笑容。

「大哥！」哈利的聲音因為激動而變得高亢，「我還以為你今天要拋棄我了。」

「說好會來，我就會來嘛。」大哥一邊說一邊將一隻手臂跨到沙發椅背上，示意哈利到他身旁坐下。「嗨，蘇西。」

溫時予對他禮貌地微笑，點點頭。他不會跟哈利搶客人——也許除了原味內褲先生之外。哈利熟練地滑進沙發與桌子之間的縫隙，進入大哥的臂彎。

大哥的身體向前傾，對溫時予揚了揚下巴，像是要和他們共謀什麼，「我剛才賞了兩次大酒，把哈利喊到我這邊來了。」他的眼珠轉向房間的另一邊，「那個誰應該不會生氣吧？」

他指的正是坐在另一張桌邊，正由另一個公關坐檯的承哥。

溫時予剛才就已經看見承哥了，不過在對方和他對上視線之前，他就轉開頭。他不覺得承哥會因此生氣，況且，今天承哥不是他的責任。

「他看起來很好。」溫時予向大哥保證，「你們玩得開心啊。」

哈利對他咧嘴一笑，溫時予忍不住翻了個白眼，不過嘴角是上揚的。

他覺得哈利戀愛了，但是這注定就是一場災難，公關愛上客人，最後通常都是心碎收場。在酒店太容易營造戀愛的氛圍，若公關沒有拿捏好分寸，最後客人揮揮衣袖離開，笑話就是公關自己。

酒店是一個世界，公關們是屬於這個世界的人，客人卻屬於另一個世界。

作為關係不錯的同事，他只希望當哈利認清現實時，不要摔得太重。

溫時予對哈利眨眨眼，和他們道別，穿過通往店外的走廊，進入外頭的世界。

騎樓前的街上，停了一輛Lexus的休旅車。溫時予哼笑一聲，這輛車出現在這裡，而且是為他而來，幾乎就像是一個夢境，不過他不確定是好夢還是噩夢。

溫時予走到駕駛座的車窗旁，指關節敲了敲深色的玻璃。

車窗緩緩下降，露出譚知仁輪廓鮮明的臉龐。

「我不知道原來還有接送服務。」溫時予微笑。

「既然都說是鐘點男友了，我覺得戲就要做足。」譚知仁的頭往旁邊一撇，「上車吧。」

前一天打電話來時，譚知仁的語氣還像是有人拿刀架著他的脖子，彷彿連開口都會要他的命，今天他卻開著車在店門前等他。他不是第一次以鐘點男友的名義被人外帶，只是以前的客人都只是帶他去開房而已。

如果這是譚知仁約炮時的起手式，他的炮友會暈船，溫時予好像也不太意外。

他照著譚知仁的話做，爬進副駕駛座。

「你的課本在那裡。」譚知仁指了指腳踏墊上的一個紙袋。「謝了。」

「小事。」

繫上安全帶的同時，溫時予環顧車內的環境，不得不說，這輛車充滿了……人味，有著許多生活痕跡。後座丟著一件深色的連帽外套，散落著一些紙張，還有譚知仁上課背的書包，中控的杯架裡有塑膠袋和用過的衛生紙。

「我的車很亂，不要太介意。」譚知仁說：「要出發囉。」

「一點都不介意。」溫時予保證。「別讓我坐到用過的保險套就好。」

譚知仁轉過頭來，用驚恐的眼神看了他一眼。

「所以，我們現在要去哪裡？」

車子駛上街道，轉向車流量更大的主要道路，即使已經接近午夜，兩側酒店和俱樂部林立的建築依然燈火通明。譚知仁的車沿著高架橋的下方行駛，往不遠處的商圈前進。

「你覺得南洋料理怎麼樣？」譚知仁雙眼直視前方的道路，一手抓著方向盤，另一隻手肘靠著車窗。「我知道有一間餐酒館會開到兩點，或者，我們也可以去吃一蘭拉麵……」

溫時予微微皺起眉，好笑地看了譚知仁的側臉一眼。

也許因爲沒有馬上得到答案，譚知仁的視線瞥向他，「怎樣？」

「我沒有意見，但今晚的主角是你，記得嗎？」

「我只是覺得……」譚知仁停了下來，溫時予幾乎可以聽見對方腦子裡齒輪運轉的聲音。「算了，沒事。」

此刻的溫時予已經開始意識到這是怎麼回事了，譚知仁腦中理解的「鐘點男友」，重點在「男友」的部分。對他而言，這整套行程，全都是這場用錢買來的假戀愛中的環節。

觀察客人的需求，然後盡力滿足這些需求，就是公關的工作，是他們在販售的商品，既然如此，溫時予就該扮演好「男友」的角色。

看著譚知仁困擾的表情，溫時予朝他伸出手，手指輕輕搭上他的大腿，譚知仁的肌肉在他手下瞬間僵硬。

「餐酒館感覺很不錯。」他柔聲說：「如果你也喜歡，我們就去吃那個吧。」

譚知仁的肩膀以肉眼可見的程度放鬆下來，溫時予知道自己走上正確的路了。

「那間我也沒去過，可以去踩雷看看。」

譚知仁爲了找他出去，還特意選了一間餐廳。溫時予的視線投向依然有商店營業的商業區騎樓，不禁暗自笑了笑，這筆生意的走向有點超出他的意料，不過是好還是壞的方向，還無法下定論。

車內的氣氛變得輕鬆後，溫時予便試著和譚知仁閒聊，卻立刻遇到了第一個難題——和譚知仁聊天，會有點太像是真的在「交朋友」。身爲同學，不管溫時予和譚知仁說什麼，都會自動染上一層私人的色彩，譚知仁說的每一句話，都會歸檔在溫時予腦中屬於他的那份資料裡。

他不想知道太多關於譚知仁的事，這會模糊他們之間的界線，也會模糊溫時予公私之間的分界，他們本來就屬於不同的世界，不論是身分，還是背景。如果他還想要維持在學校裡與譚知仁的關係——連點頭之交都稱不上的距離——就必須守住這一條底線。

於是溫時予就著窗外的景色，隨口和譚知仁聊起服裝品牌。他對品牌一無所知，除了上班穿的西裝外套與襯衫是在美式連鎖服裝店買的之外，其他時候他治裝只有一個原則——便宜。

譚知仁如數家珍地分享哪一個品牌有好穿的皮鞋，哪一家的衣服主打美國棉製造，他平常又喜歡穿哪一家的運動服裝。

溫時予就當作在聽某種講師課，一邊默默記下內容，以後好當作與其他客人聊天的談資。這段車程比溫時予想像的短，當譚知仁找到停車位時，他正好分享到自己平常會使用的男士香水。

「我用的都是開架的，幾百塊的那種。上班一定要用，所以買便宜的最方便。」

「開架的也沒什麼。你現在用的這支，我就覺得滿好聞的。」譚知仁把車熄火，打開車門，「是什麼味道？」

譚知仁誇獎得太自然，溫時予不知道他是單純地評論，或是像其他客人一樣在奉承自己。

「我不知道，只是試用之後，覺得這個味道很舒服。」溫時予老實道。

走到譚知仁身邊時，溫時予才注意到，譚知仁身上確實有一股淡淡的香氣。他從來沒有在意過譚知仁有沒有用香水，現在知道了，以後在學校裡，只要聞到這股氣味，他都會聯想到譚知仁。

溫時予伸出手，將手指穿進譚知仁的指縫間。

譚知仁嚇一跳似的渾身一顫，但沒有把手抽開。

既然是鐘點男友，戲就要做足，牽手只是整個劇本中最微不足道的一環，溫時予微微一笑，「要麻煩你帶路了，我不知道那間餐酒館在哪裡。」

譚知仁用空著的手掏出手機，打開Google地圖看了幾秒，「就在對面的巷子裡。」他拉拉溫時予的手，「走吧。」

譚知仁的手指有些冰涼，溫時予輕柔地搓著，感覺它在他手中逐漸溫熱起來。溫時予猶豫著需不需要有更親密的舉動，最後決定剩下的可以等到飯後。

譚知仁選擇的南洋餐酒館光線昏暗而舒適，放眼望去，幾乎所有的內裝都是木製。溫時予喜歡這種氛圍，這種燈光會讓一切變得朦朧，所有銳利的稜角都磨得圓滑，甚至不需要喝酒，就能讓人的身體放鬆下來。

帶位的服務生安排他們坐在靠牆的雙人座，由於譚知仁還得開車，只有溫時予可以喝酒。他在滿櫃的精釀啤酒前猶豫了半天，最後譚知仁替他選了一瓶金黃艾爾。

「這瓶跟你身上的香水味很搭。」譚知仁這麼說，儘管溫時予不知道他是什麼意思。

後來嘗到酒的味道後，他想，也許是因為這瓶啤酒的口感很舒服，就和他對那支香水的評價一樣。

用餐過程也同樣舒適，他們找到了一個既不透露太多隱私又能輕鬆聊天的模式，聊餐廳裡播放的拉丁舞曲，聊桌上口味令溫時予眼睛一亮的火山排骨。

當譚知仁說起他以前和父母去砂勞越的旅行，溫時予便是一個稱職的聽眾。他是衷心喜歡聽譚知仁的分享，就像他喜歡聽許多酒客說的故事，有時候他能在那些故事裡找到一點點共鳴，其他時候則是單純地當成奇聞軼事。

溫時予從來沒有出過國，照顧他長大的阿嬤腿腳不方便，也沒有多餘的資金帶他出國遊玩，後來即便回去與父母同住，他們也沒有這個心思，但他並不介意。聽譚知仁講起國家公園壯麗的石灰岩洞穴群，他便在心中註記，這是他未來存到足夠的錢之後，就要去見證的美景。

如果有機會，或許他還可以帶著阿嬤一起去。說他是在做夢也好，畢竟他還是有權做夢的，對吧？

用餐完畢時，溫時予已經喝了三瓶不同口味的精釀啤酒，臉頰上溫暖的溫度令他忍不住微笑，雙腿感覺輕飄飄的。當他們走回車邊時，他的身子幾乎是緊貼在譚知仁的手臂上。

「你不會到飯店就睡著吧？」譚知仁在一旁挖苦道。

「我還沒那麼醉。」溫時予揚起頭，在譚知仁的臉頰上印下一吻，以茲證明。

譚知仁的嘴角抽動，身子因他的碰觸而僵硬。

溫時予不禁覺得好笑，明明來酒店尋找速食感情的人是譚知仁，但怎麼好像是他在騷擾人一樣？

「你得放輕鬆點。」他抱緊譚知仁的手臂。「別浪費你花的錢。」

譚知仁哼笑一聲，「這哪有這麼容易？我又不是……」他硬生生地打住。

「欽皓嗎？」溫時予好心地提議。

下一秒，見到譚知仁翻白眼的樣子，他就知道自己說對了。

「沒關係。」溫時予回答：「以後多來幾次，你就會習慣了。」

「這是要從我這裡撈錢的話術嗎？」

溫時予笑了起來。譚知仁的肩膀就在他旁邊，他便將臉頰靠上去，微醺的感覺很舒服，像是有人將壓在他肩頭的重量拿走了，他的思緒變得比平常緩慢，這對他來說並不是壞事，甚至很符合他們今晚的調性──輕鬆、帶有戀愛感的約會。

即將到來的性事，也會維持這樣的氣氛嗎？溫時予想。

喝了酒之後，他只會比平常放得更開，不論譚知仁對性有什麼癖好，他都已經做好心理準備了。

譚知仁將溫時予送到副駕駛座的門邊，等他坐上座位之後才走開，非常貼心，他在腦中註記。然而這正好證明，譚知仁貼心的舉動其實一文不值，譚知仁的風度與體貼是因爲有求於他，而自己的親密舉止則有個更單純的出發點，因爲收了錢──就某方面而言，這讓一切變得簡單許多。

溫時予沒等譚知仁提醒，就將安全帶繫上，等著他將他們載往目的地。

當譚知仁把車駛進附近百貨商圈的一間五星飯店時，溫時予瞪大眼，「你是認眞的嗎？」他甚至沒打算掩飾自己的不可置信，他從來沒有遇過酒客在五星級飯店開房間。

「我有一張信用卡，訂這間飯店有優惠。」譚知仁的語氣好像覺得這麼做很丟臉似的。他直視著前方蜿蜒而下的彎道，沒有回應溫時予的目光。

溫時予差點沒忍住自己搖頭的衝動。譚知仁確實和他在不同的世界，這種等級的飯店，他這輩子連它門前的車道都沒有走上去過。

半夜時間辦理入住的旅客沒幾個，要不了幾分鐘，譚知仁就拿著房卡，帶他搭上前往二十三樓的電梯。

從等電梯開始，譚知仁就沒有再說過一個字，只是緊盯著上方面板跳動的樓層數字，好像巴不得快點逃離與溫時予的獨處。

溫時予盤算著該不該對譚知仁惡作劇，比如湊上去親吻他的耳朵，或是從他身後抱住他，可惜在做好決定之前，電梯門就打開了。

譚知仁走在他前方，刷開房門，替他撐著門板。

「打擾了。」

從他面前經過時，溫時予終於忍不住伸手撫過譚知仁的襯衫前襟，譚知仁的身體明顯一僵，抓著門把的手抖了抖……看來他等一下有很多工作要做了。

溫時予打開電源開關，走進房間中。他不知道這裡一晚的價位，但是這間客房比他租的套房大多了，一張鋪得整整齊齊的特大雙人床座落在房間中央，盡頭是一片能夠眺望不遠處高樓的落地窗和一張可以充當單人床的沙發，此時窗外的城市夜景燈光閃爍。

聽見身後的聲響，溫時予轉過身，看見譚知仁把房門關上，扣上門鏈，然後站在浴室的拉門前，雙手插在卡其褲的口袋裡。

「對不起，我有點不知道要怎麼做。」譚知仁的視線落在床鋪上。

溫時予挑起眉，「什麼意思？」

「就……這個……」譚知仁揮起手，對著房間打了個一個含糊的手勢，依然沒有對上溫時予的目光，「我從來沒有這樣做過。」

溫時予不得不承認，譚知仁侷促的模樣其實挺可愛的。當公關一年多來，他還沒有碰過像他這麼難以自處的客人。

「你說你會約炮，所以這些事你應該不陌生才對。」溫時予語氣平靜。

「不一樣。」譚知仁抗議道：「現在這個是……是……」

譚知仁似乎沒有辦法說出他們之間的關係……嫖？買春？溫時予不介意實事求是，但譚知仁顯然有某種堅持。沒關係，他可以理解，大部分的人都無法誠實面對自己的慾望，或許像譚知仁這樣家境優渥又有著頂大學生光環的人，包袱比任何人都更沉重。

「是付錢買來的。」溫時予柔聲替他完成語句。「這只會更好。」

他站在床尾，對譚知仁伸出手。

譚知仁猶豫了幾秒，緩緩朝他走來。他細細打量譚知仁隨性的黑色短髮、白色條紋襯衫下寬闊的肩膀，以及捲起的袖口中露出的手臂，然後決定給譚知仁再多一點耐心。

譚知仁的手進入溫時予觸手可及的範圍內時，溫時予便勾住他的手指。

此時他們的胸口剩下一隻前臂的距離，而譚知仁拒絕再繼續前進。

「沒關係。」溫時予看向譚知仁的雙眼，然後是嘴唇。「你只是需要一點點引導。」

他微微踮腳，將自己的唇送到譚知仁嘴邊，卻沒有立刻吻上，只是用嘴唇輕輕擦過下唇。

譚知仁的呼吸聲突然變得混亂，不過沒有退縮，也沒有把溫時予推開。

譚知仁的嘴唇比他想像中的乾燥，所以他用自己的舌尖濕潤它，然後他前進了半步，將他們間的空隙歸零。

溫時予輕柔而緩慢地吻著，手指滑過譚知仁的胸口，來到下顎。譚知仁的嘴唇飽滿紮實，現在進行第二次接觸，溫時予更加肯定，對方喜歡和他接吻的感覺。

他的下背感覺到譚知仁手掌施加的壓力，溫時予便順勢將下身貼上前。對方胯間蠢蠢欲動的器官，即使隔著褲子布料也十分明顯，血液在溫時予體內流竄的感覺無比熟悉，他閉上眼，感受慾望逐漸甦醒時的酥麻。

他在譚知仁試著接管這個吻時推了推譚知仁的胸口，向後仰頭，脫離與他的接觸。

「別急。」溫時予輕聲說，儘管他的身體也在期待更多的觸碰。「先去清洗一下。」

譚知仁垂下視線，似乎還不打算放開，於是溫時予補上一句：「如果你想的話，我也可以幫你。」

這句話倒是起了作用，譚知仁終於將手從溫時予的腰上挪開，他消失在浴室裡的樣子，幾乎就像是用逃的。

等待雙方清洗的過程通常是最尷尬的時候，也只有在這短暫的、過度清醒的獨處時間中，溫時予需要爲自己的思緒尋找一個安放的地方，以免他不小心開始自問，現在究竟在幹麼。

溫時予脫下外套，隨手掛在沙發上，往落地窗走去，只要靠得夠近，他就不會看見玻璃上房間與他自己的倒影。居高臨下俯瞰這個城市，並不是他常有的機會，他把頭和一側的肩膀靠在窗戶上，看著一幢幢燈光點綴的大樓，以及在街道上穿梭移動的車燈。

有那麼一刻，他覺得自己像是在看著一場夢境，但他不確定這是屬於他，或是其他人的夢……不，不該是他的，因為他並不屬於這裡，也許蘇西是，但絕不是溫時予。

拉門打開的聲音使他轉過頭，只見譚知仁穿著飯店的浴袍走出來，頂著一頭濕髮，正聚精會神地想將腰帶打成蝴蝶結。

「不用打得太漂亮，反正等一下就要拆掉了。」溫時予揚起聲音。

譚知仁的臉龐以肉眼可見的速度紅起來，溫時予忍不住微笑。

譚知仁在距離他最遠的床位邊緣坐下，手指把玩著浴袍柔軟的毛巾布邊緣。

如果譚知仁繼續表現得像是準備要破處的處男，他眞的會克制不住自己捉弄他的衝動，但想了想之後，他決定先暫時放過對方。反正，譚知仁接下來還有的是時間感到難爲情。

「等我的時候，你可以先想想要我做什麼。」進入浴室前，溫時予交代，「或者，你也可以讓我自由發揮。」

浴室裡瀰漫溫熱的蒸氣，溫時予將上班所穿的衣物脫下，整齊地疊好，放在洗手台的角落，然後踏進浴缸裡，拉上浴簾。他喜歡用很熱的水洗澡，這是小時候在奶奶家就養成的習慣，這會讓他覺得眞的有把自己徹底洗乾淨。

溫時予不想讓客人等太久，所以他用最快的速度將所有的重點部位清洗過，然後套上和譚知仁一樣的浴袍，隨手將腰帶打了個活結，連內褲都懶得穿，再度回到房裡。

譚知仁背靠著床頭板，坐在枕頭之間，白色的浴袍與純白的被單融合在一起，譚知仁的臉很好看，潮濕的黑髮使他看起來像是性感照的模特兒。溫時予想知道隱藏在那匹白色布料下方的身軀，是不是也一樣充滿魅力。

一旁的床邊桌上，放著一罐潤滑液和一小盒保險套。看來在他洗澡的這一小段時間，譚知仁已經下定決心了。

「考慮好了嗎？」

譚知仁看了過來，視線沿著溫時予的脖子往下，掃過鎖骨，來到他沒有拉緊的浴袍領口。溫時予的身體微微發熱，而且不是因爲剛才過高的洗澡水溫。

溫時予爬上床，跪坐在床尾，等待譚知仁的回答。

譚知仁的喉結上下跳動了一下，「過來。」

這是他們今晚碰面以來，譚知仁的聲音聽起來最堅定的一次，低沉的嗓音帶有慾望的痕跡，他打量溫時予的眼神，好像終於知道自己在這裡的目的是什麼。

溫時予的嘴角上揚，感覺現在有點好玩了。他順從地移動到譚知仁面前，跪在譚知仁張開的雙腿之間。

譚知仁伸出手，拉住他胸口的浴袍。

溫時予沒有抵抗，順著那股拉力向前倒在譚知仁身上，雙手搭著對方的肩，然後譚知仁便開始吻他。

如果他先前還懷疑譚知仁的性史，此刻也全都煙消雲散了。譚知仁吸吮、啃咬他的下唇，用舌頭強硬地要求他敞開，動作緩而深刻，並不急切，像是在慢條斯理地品嘗。

濕潺的聲響在安靜的房裡迴盪，刺激溫時予的耳膜。

一雙手從他的浴袍下緣滑入，指尖撫過大腿側邊，使他的皮膚一陣發麻。他讓呻吟聲從微張的雙唇間逸出，又被譚知仁的吻吞沒。

譚知仁的手掌觸感比他想像的粗糙——他以爲像他們那樣的有錢人，手掌上不該有太多的繭。如果和譚知仁的交易還有下一次，他會記得問他那些繭是怎麼來的。

譚知仁將溫時予的浴袍下襬撩起，使他的皮膚裸露在冰涼的空氣中，強壯的手指探進他的雙腿之間。

「唔。」溫時予含糊地哼出聲，將骨盆向下壓，試圖貼合譚知仁手上的動作。

溫時予勃起的器官被身前垂下的布料遮住，但他很清楚，這個吻和譚知仁的挑逗，對他的身體帶來什麼影響。不行，他不能忘記，今天這是一場交易，他有工作要做，於是他撐起身體，強迫自己中斷這個吻。

他們都在喘息，譚知仁臉頰上一片紅暈，而溫時予也好不到哪裡去。他伸手拉動譚知仁浴袍的腰帶，敞開礙事的衣物，譚知仁精壯的身軀呈現在眼前。

平常在學校，溫時予從來沒有注意過譚知仁的身材，他猜想譚知仁有昂貴的健身房會員，不像他只會用學校體育館附設的健身中心。爲了省錢，溫時予吃得也不多，這對他的身形維持還算有點幫助。

現在他可能有點理解，爲什麼吳閔俊這麼喜歡對譚知仁上下其手了。

譚知仁的嘴角一勾，「你知道這樣很明顯嗎？你看起來口水快滴下來了。」

「你不是應該很習慣了嗎？」

溫時予的手指描繪著他腹肌凹凸的輪廓，俯身親吻他的鎖骨、胸口。

顯然譚知仁並不打算好好接受他的服務，手指在他身上不安分地遊走。當譚知仁的右手帶到溫時予的身側，大拇指擦過他的乳頭時，溫時予的身體便反射性地弓起，親吻的動作中斷了一瞬間。

「敏感嗎？」彷彿爲了證實自己的推測，譚知仁又撥弄了一下。

「嗯。」

「告訴我你喜歡什麼。」譚知仁的聲音輕而沙啞。

溫時予抬起頭，發現譚知仁眼皮半闔，打量著他的面孔。「什麼？」

「告訴我你喜歡什麼。」譚知仁又說了一次，「這樣我才能幫你。」

溫時予用舌頭在他的腹肌上畫圈，親吻他肚臍下方的皮膚。他退到譚知仁無法摸到他身體的位置，一隻手輕柔地覆上對方早已興奮不已的器官。

譚知仁吸了一口氣，眼皮闔上幾秒。

「你不需要幫我。」溫時予回答，手指靈巧地在他的性器上套弄，「你只需要好好享受就可以了。」

「但是……」譚知仁的聲音變得更輕，他清了清喉嚨，「床伴的反應，對我來說也很重要。」

以譚知仁的標準，願意說到這個程度，溫時予就應該要獎勵他了。他懂譚知仁的意思，這人追求的是戀愛感，如果只有單方面接受服務，感覺就少了一點什麼，他們必須一來一往。

「我想要看你舒服的樣子。」譚知仁繼續說，表情變得有點爲難，「這樣才不會那麼像是……」

才不會那麼像是在買春洩慾。溫時予懂的，但是他不確定自己想不想要。

整個高中時期，到他開始當公關、讓人帶出場，溫時予從未成爲任何人服務的對象。讓人撫摸他的身體、讓對方從中得到快感，或者他將自己的生理反應作爲表演的一部分，這都算是同一回事。

但譚知仁的暗示很危險——他稱他是「床伴」，在這張床上，他要溫時予和他對等。如果溫時予的目的是要讓他高潮，那麼譚知仁也會想要從他這裡得到一樣的反應。

他樂意服務別人，這就是他擅長、也唯一會做的。反過來成爲被人服務的對象，完全就是另外一回事，他不知道自己有沒有辦法做到。

「過來。」或許是因爲他猶豫的時間太久了，譚知仁有點失去耐心，伸出手拉住他的浴袍，將他再度拉回身上。

溫時予沒有抵抗，勃起的性器抵在譚知仁的腹部，帶來令他渾身燥熱的壓力。

譚知仁的目光在溫時予臉上來回巡視，好像想看透他在想些什麼，手再度撫上他的身體。

「讓我幫你吧。」譚知仁的聲音幾乎像是在哄他。

譚知仁的手滑過他的身子，舒服的感覺令他渾身酥麻，他喜歡這樣的撫摸。在每一場性事中，被對方探索身體的部分，或許都是讓他最興奮的事，譚知仁這樣溫柔的碰觸，會讓他的胸口浮現出一股溫暖的感覺，好像他是一個備受寵愛的孩子。

「嗚。」一股血液往溫時予的腦門衝去，使他的呼吸變得粗重，忍不住低哼出聲。

譚知仁仰起頭再度吻上他，動作輕柔，將手探進他們身體之間的縫隙。當譚知仁的指尖碰到他的陰莖時，他的身體一顫，驚訝的叫聲從他們交疊的嘴唇之間竄出。

「教我怎麼碰你。」譚知仁貼著他的嘴說道，呢喃的聲音像是在催眠，「我想知道怎樣你才會舒服。」

或許譚知仁需要的，就是溫時予扮演一個第一次和他上床的對象，兩情相悅、對對方的身體充滿好奇。

如果是這樣，他可以演好這個角色，這就是他在這段關係裡，提供服務的方式。

溫時予撐著床頭板，將上半身抬起，兩人之間的距離近得足以讓他看見譚知仁深色虹膜裡顏色較淺的棕色細紋。

「摸我。」溫時予輕聲說。

譚知仁深邃的雙眼中閃爍著某種光芒，然後照著他說的話做了。

讓溫時予意外的是，譚知仁是眞心想要讓他舒服，譚知仁的手指一點一點在他身上摸索，幾乎像是有策略一樣，一處也沒有遺漏。譚知仁觀察著他的反應，像在做某種實驗，如果注意到他的身體反應變得強烈，譚知仁就會再反覆確認一次、兩次。

溫時予讓譚知仁當作在玩某種尋寶遊戲，他只是跪在譚知仁的髖部兩側，輕輕擺動腰肢，摩擦譚知仁的下腹，讓譚知仁的手在他身上尋找各種隱藏的開關。當譚知仁確定乳頭是他的敏感點時，譚知仁的挑逗和刺激便一點都不收斂了，他的喘息、呻吟與扭動，就像是一種獎賞。

溫時予的身體越熱，大腦就變得越遲鈍，這感覺和喝酒有一點像，只是舒服的程度遠遠勝過酒精。譚知仁的眼神專注地盯著他，所以他只能最低限度地控制自己的表情，以免太過忘我，而讓臉失去該有的性感。

「你想要了嗎？」譚知仁問。

溫時予的喉嚨緊繃，光是說出一個字都顯得有點吃力，用力嚥了一口口水，「想。」這甚至不是他平時爲了結束交易而說的台詞。

譚知仁撈過床邊櫃上的潤滑液，下一秒，溫時予伸出手，把潤滑液從譚知仁手中拿走。

譚知仁有點困惑地看他，但他只是微微一笑，從譚知仁身上爬下來，將浴袍扔到床尾。他用黏滑的液體將手指覆蓋，然後跪起身子，在譚知仁面前爲自己做準備。

譚知仁的喉結上下跳動了一下，眼神跟隨溫時予的手指，在他的穴口移動。他能感覺到自己的身體充滿了期待——作爲一場表演，他或許有點太過投入，投入得有點危險了，但他一點都不在乎。

溫時予幾乎沒有耐性把該做的潤滑做完，就再度跨坐在譚知仁的臀部兩側，一手控制對方器官的位置，一邊將骨盆下壓，小心翼翼沉下身體。

譚知仁粗聲喘息，伸手抓住溫時予的腰，阻止他一口氣沉到最底，「慢慢來，會痛嗎？」

溫時予不禁微笑。譚知仁是眞的忘了，他不是第一次和人上床的處男，知道怎樣不把自己弄痛，不過譚知仁的體貼依然値得嘉獎。

「不會。」溫時予告訴他，一邊用動作證明。

譚知仁吐出一口氣，「喔，靠。」

溫時予等到習慣譚知仁的存在，才挺起下半身，將骨盆前傾到最適當的角度，接著，順著譚知仁的形狀，將整根硬挺的器官完全沒入體內。

「哈啊……」

譚知仁抬起眼，對上溫時予的視線，一隻手握上溫時予的陰莖。

溫時予幾乎沒有辦法控制擺動腰肢的節奏，席捲全身的慾望使他失去抵抗能力。現在，所有的反應都不屬於他，他只是被快感包裹，無法思考，也不想思考。

譚知仁的低吼聲，將他從近乎無意識的狀態中喚回。他還沒有反應過來，便被譚知仁翻身壓在床上，細緻柔軟的被單貼著他的背，下身突然的空虛感，使他呻吟出聲。

譚知仁推起他的雙腿，掛在肩上，將器官對準溫時予的入口，一邊對溫時予揚了揚下巴，「自己來，我想看你射。」

溫時予皺起眉，勾起嘴角。「這是什麼癖好……」

譚知仁沒有多作回應，只是將前端推入溫時予體內，緩緩向前挺進，勸誘道：「快點嘛。」聲音因慾望而低啞。

溫時予的手彷彿不屬於自己，隨著後穴再度被填滿，他除了照做之外別無選擇。快感堆積的速度比他以爲得更快，他只能挺起腰，盡可能配合譚知仁的動作。

他想要譚知仁深入一點，越深越好，即使把他弄痛也沒關係，痛覺也是一種快感，一樣能令他血脈賁張。

譚知仁一次次撞進他的體內，頂到某處時，他的眼前只剩下一片花白。

他不確定自己有沒有叫譚知仁不要停，但他覺得他一定說了，因爲接下來，譚知仁將身體前傾，只是專注地進攻那個敏感的位置。

溫時予希望譚知仁停下來，以免他完全失去理智，卻又不希望譚知仁停下，大腦失去運作的感覺太美好了，如果再持續久一點，如果一直持續下去的話……

「啊！」越過邊界的瞬間來得太過突然，溫時予只聽見一聲喊叫，他的大腦後來才告訴他，那是自己的聲音。

溫時予的腿被抬得更高，大腿後側的肌肉緊繃得幾乎會痛了，但是他不介意。他睜開眼，卻發現眼前一片水霧，不過不影響他看著譚知仁籠罩在他上方的面孔。

「好舒服……」溫時予嚥下一口口水，聲音很輕。

平常對客人說這句話時，他重視的是效果，而不是傳達實際感受，但是此刻他分不清這兩者的差別。

聞言，譚知仁的動作加快了。當譚知仁粗重地低哼一聲，最後一次挺進他的體內時，他不知道究竟該為交易結束感到滿意，或是可惜這場性事畫下了句點。

譚知仁的身體沉甸甸地覆在他身上，腦袋靠在他旁邊的枕頭上，好一陣子沒有移動，他的手輕撫譚知仁的肩膀，感受他結實的肌肉。男人體重包覆著他的感覺很好，儘管胸口的重量讓他的呼吸有點困難，他並不急著要譚知仁離開。

這就是他存在在這裡的目的。譚知仁的高潮，就是給他最大的肯定。

幾分鐘後，譚知仁才轉過頭，在溫時予的嘴角落下一個淺淺的吻，然後翻身從他身上滾了下來。

「你的肚子髒了。」溫時予懶洋洋地說。

「你也是。」譚知仁躺在柔軟的羽毛枕之間，並沒有打算動作的意思。

溫時予拍拍譚知仁的胸口，「你如果不去清洗，我就要先去囉。」

「我不會跟你搶。」

譚知仁的聲音聽起來像是賴床的學生……或許他平常確實也是，溫時予不太記得他大一時早八的出缺席狀況了。

溫時予哼笑一聲，起身，結果他的膝蓋意外地發軟，踩到地面時差點摔倒。

快速沖了澡後，溫時予把妝也卸了。

當他回到房裡時，譚知仁依然躺在原處，除了胸口的起伏之外，全身動也不動。他好笑地抓住譚知仁的腳踝搖晃，但譚知仁只是咕噥著，抬起手遮住臉。

溫時予只好親自動手，將保險套從譚知仁疲軟的陰莖上拔下，再拿來沾濕的面紙。他其實並不介意，畢竟這也在他的服務範圍內。

然而或許讓他幫忙處理穢物，還是有點太尷尬了，譚知仁呻吟一聲，撐著身子坐起來。囁嚅一聲，接過他手上的面紙，「謝了。」

空氣中情慾的氛圍逐漸消散，溫時予拿出過夜用的T恤和乾淨的內褲套上，從另一側爬上床，用棉被將自己的身體裹住。

當譚知仁走出浴室，溫時予看見的，又是作爲他同學的譚知仁了。

床鋪在譚知仁的體重下搖晃，下一秒，他的體溫出現在溫時予左邊的床位。

「所以……你覺得還可以嗎？」譚知仁咬著口腔內側的皮肉，正直勾勾地看著溫時予。

溫時予翻過身，面對譚知仁，「什麼？」

「我說剛剛那個。」譚知仁的手在半空中揮舞了一下，打出無意義的手勢。「你覺得怎麼樣？」

「首先，這個問題應該是我問你才對。」溫時予無法抑制嘴角上揚，「而且，我從來不做顧客滿意度調查。」

譚知仁抿起嘴，垂下視線，若有所思。

「但如果你問我的話，我覺得很好。」溫時予好心地補上一句。

這是徹徹底底的實話，而且有點太輕描淡寫了，不過溫時予不想要給譚知仁太多滿足虛榮心的機會，就當作是前面引導得那麼辛苦的一點代價。

聽見他的話，譚知仁點點頭，肉眼可見地放鬆下來，在枕頭上調整了一下姿勢，眼神再度往他的方向掃來，小心翼翼地開口：「如果我還想要跟你約下一次，你覺得可以嗎？」

溫時予笑了出來，面對譚知仁備受冒犯的表情，又強迫自己把笑意嚥下，嚴肅地回答：「可以，你再跟我說時間就好。」

「好。」譚知仁打了個呵欠。「我可不可以睡醒再給你錢？我現在眞的不想動了。」

溫時予不介意，就算譚知仁最後忘了，他在學校也有機會和他討……但不知爲何，他相信譚知仁不會坑他的錢。

「你明天也有鄧老的課吧？」譚知仁的雙眼半闔，含糊地問：「我記得你好像也有修公司理財？」

儘管他有，溫時予並不想繼續這個話題。也許他可以爲工作讓步，在客人面前高潮，然而公私領域要切割，這件事不是個選擇，他今天已經放棄了一條底線，這樣已經夠了。

「睡吧。」於是他這麼說道：「我快死了，好累。」

譚知仁哼了一聲，似乎也意識到這是一個爛話題，伸手將房間的燈源關閉。

黑暗包裹住他們，兩人的呼吸聲好像突然變得響亮許多。

一會之後，譚知仁拍了拍他們之間的空曠處，「你可不可以過來一點？在我付費的時段裡，我應該可以抱你吧？」

拒絕的話語差點脫口而出，但溫時予已經學會用理智，壓下伴隨這個要求而來的一股恐慌感。他告訴自己沒有關係，只要讓譚知仁睡著就好，然後就可以掙脫對方的手臂。

溫時予翻過身，滾到譚知仁的身邊，背向譚知仁。

身後傳來一陣布料摩擦的聲音，譚知仁溫熱的體溫便貼上他的背，手臂跨過他的身子。

「怎麼了？」譚知仁在他的腦後問道：「我太重嗎？」

溫時予不確定譚知仁感覺到了什麼，或許是因爲他的身體太僵硬、太緊繃了，不過他不打算跟譚知仁解釋太多。

「沒事。」他只是拍拍譚知仁的手臂，「睡吧。」

溫時予側身躺著，靜靜等待，直到譚知仁的呼吸開始變得平穩而規律，他悄悄地從譚知仁的臂彎下溜出來，回到屬於他的那一半床位。

他把臉埋進枕頭中，嗅聞枕套上洗潔劑的清新氣味，一邊等待壓抑住的恐懼感爬進心底。

他和他的同班同學上床了，更準確地說，是和他性交易……這似乎不是他這輩子做過最聰明的決定——儘管他這一生中，可能也沒有做過多少眞正聰明的決定，但他還是賺到了，對吧？他得到身體上的歡愉，還有錢，他還要追求什麼？

像譚知仁這樣的客人，可遇不可求，就算這人喜歡看他高潮的模樣，也無可厚非。只要有足夠的錢，就能讓他把這當作表演，他就是這麼膚淺。

如果白白讓譚知仁溜走，那就太浪費了。他會好好把握這個客人，至少在譚知仁厭倦他的身體以前。

第四章

譚知仁不確定他該驚慌，還是該鬆一口氣，所有的事情都讓他好困惑。

即使一個星期過去，他還是不知道要怎麼看待和溫時予的那次性愛。只有一件事情他可以確定——原本以爲只要發洩掉慾望，就不會再想到溫時予。

但是他錯了，錯得離譜，他根本就沒辦法把「蘇西」這個名字套在溫時予的身上，也幾乎沒辦法停止回想溫時予在他身下高潮時，那張美得令他無法轉開視線的臉。那甚至和溫時予本人的五官沒有關係——是他的表情、短暫失焦的雙眼、仰頭時弧度性感的脖頸，還有毫不壓抑的叫喊聲。

剛進房間時，譚知仁還彆扭得巴不得落慌而逃，在看見溫時予沖澡過後身穿浴袍的樣子，他就只想把對方抱進臂彎裡，感受溫時予在自己手掌下顫抖。

這和約炮的感覺不一樣，而且是他從來沒有想過的差異。

與陌生人相約，總會有一段兩人互相猜忌的時刻，對方聲稱的性癖會不會在最後一刻變卦，照片與本人是否相像，還有雙方對這個協議的期待有沒有出入，每一次都像是在賭博。然而和溫時予相處就沒有這些顧慮，他們把話講得很清楚，各取所需，沒有欺騙，由金錢構成的關係，讓他出奇地輕鬆。

溫時予給他的反應勝過他所有約過的對象，雖然一部分的他懷疑，這其中含有不少的演戲成分，可更大部分的他並不在乎。和他約出來的那些人，難道就不會演戲嗎？

說是他經驗太少也罷，但如果要說那場性愛是他短短十九年的人生中最美好的一次，絕不是誇大其詞。

「如果我還想要和你約下一次，你覺得可以嗎？」

問出這句話的時候，他是有點精蟲衝腦了，當時溫時予眼神中的嘲笑，讓他真想把自己一巴掌拍死。

如果他爸媽知道，他們放在他戶頭裡的那些錢，被他拿來這樣花掉，不知道會怎麼說……他們大概也不在乎。他們從來沒有管過他的信用卡帳單，存摺也在他這裡，他們只會每個月匯錢進帳戶，定時定額，好像他身為他們的兒子是一份領薪水的工作。

從這個角度來說，讓溫時予當他領薪水的打炮對象，好像也只是剛好而已。

這段關係唯一的缺點，或許只有他們是同學的事實，他幾乎每天都要在學校裡見到溫時予，對他的現狀一點幫助也沒有，對他的考試當然也沒有幫助。

中級會計的小考前兩天，譚知仁差點就跑去WAKE了。他不知道這股衝動是怎麼來的，但他不得不承認，張欽皓說得對，去酒店真的會上癮，花錢買來的情慾實在太有誘惑力了。

只是他就算去了，又該跟溫時予說什麼？討論財管課的講義嗎？

於是當吳閔俊和林敏成約他一起念書時，譚知仁答應了。

吳閔俊和林敏成是他公寓裡的常客，不過他們來的時候，與其說是念書，還不如說是來他家開派對——當然還是由譚知仁包辦所有的花費。

吳閔俊的個性十分天眞，還喜歡纏著譚知仁叨叨絮絮說個不停。林敏成則是吳閔俊的小跟班，如果不是吳閔俊，林敏成或許跟譚知仁根本就不會有交集。

不過，像林敏成這樣的人，對譚知仁來說反而好應付多了。他很清楚，大一剛開學的時候，林敏成甚至稱不上是喜歡他，不過在看見譚知仁請吳閔俊吃飯之後，他對自己的態度就突然變得熱情。

「知仁，我也想一起去你家，可以嗎？」林敏成第一次湊在吳閔俊身邊，對他露出閃亮的微笑時，譚知仁差點對他嗤之以鼻。

他知道林敏成就只是想要沾吳閔俊的光，從他身上撈點好處而已。然而譚知仁歡迎他們的出現，這可以讓他稍微轉移注意力，再說，多一個林敏成，有什麼影響？

儘管拿了溫時予的筆記，譚知仁也沒有看懂多少，他和溫時予的大腦似乎不在同一個層次，這些數字對他一點意義都沒有。他一開始就不知道爲什麼要讀會計，好像只是因爲他父母希望他未來能在公司裡有個職位，加上學測分數也夠，就糊裡糊塗地進了這個系所。

所以在中會的小考結束前，他就已經知道自己考砸了。他根本就沒有心思計算什麼折扣、什麼毛利，目光不斷被教室另一端的溫時予所吸引，就像這幾天每一次和他處在同一個空間時。

只不過溫時予認眞地盯著面前的考卷，沒有注意到他的視線。

助教將考卷收走時，譚知仁只覺得鬆了一口氣。他已經開始盤算，如果中會被當，自己要大三還是大四再來重修。

「完蛋啦，爆掉啦。」吳閔俊在他身邊高舉雙手，像是在歡呼，「準備明年再來囉。」

林敏成在一旁同意地搖著頭。

「這也才占百分之二十，還有機會啦。」雖然嘴上這麼說，但譚知仁自己都不相信。這學期的第一次考試就出師不利，他不覺得期中考可以做得比這更好。

「等一下去吃燒肉好了。」林敏成轉向譚知仁，推推他的手臂，「把考爛的考試忘掉。」

譚知仁聳肩，「也是可以啊。吳閔俊，你想去嗎？」

吳閔俊沒有馬上回應他，而是往正朝走道前進的溫時予揮手，提高嗓門，露出燦爛的笑容，「溫時予一定沒問題吧？」

溫時予抓著背包的肩帶，在走道上停下腳步，嘴角微微勾起，好笑地看著吳閔俊，「那要看你覺得問題是什麼。」

譚知仁盯著溫時予看，一邊皺起眉頭。剛才上課前，他看見溫時予站在走廊的角落講電話，儘管聽不見說話的內容，但溫時予臉上的表情是他從未見過的——嘴唇抿得死緊，眼神像冰一樣冷冽，好像巴不得電話另一端的人立刻閉嘴。

可是在教室裡再見到溫時予時，那層如冰霜的面具已經消失了，現在的溫時予就和平時一樣，表情什麼也沒有透露。

有那麼一瞬間，譚知仁有點懷疑，哪一種模樣才是他的面具。面對溫時予時，他什麼也無法肯定。

溫時予依然穿著輕便的T恤和日本連鎖品牌的短褲，是他平常上學時的打扮，和化著濃妝、身穿合身襯衫的模樣大不相同，他細瘦的手臂從袖口中伸出，稜角分明的肩膀頂著薄薄的T恤布料，鎖骨的形狀從領口下透出來。譚知仁完全可以想像它裸露在外的模樣，在溫時予用力弓起身子時變得更加顯眼……清醒一點，譚知仁。

「問題就是，你的筆記我們也看不懂啊。」吳閔俊近乎埋怨地說道：「我們跟你不一樣，你是天才耶。」

譚知仁看得出來，溫時予正在憋住嗤之以鼻的衝動。當他問還能不能約下一次的時候，溫時予也露出了同樣的表情。

「很可惜我沒幫上忙。」溫時予轉向譚知仁，「不過感謝你及時拿來還我了。」他嘴角的微笑讓譚知仁懷疑他意有所指，好像故意要勾起那天的記憶似的。

「小事。」譚知仁咕噥。

「下次你跟我們一起念書好不好？」吳閔俊說：「跟我和敏成一起去知仁家呀。」

譚知仁倏地看向吳閔俊，張開嘴，唾液流進錯誤的管道，讓他劇烈嗆咳起來。讓溫時予去他家？這絕對不是個好點子，下輩子再說吧。

在咳嗽聲之間，他聽見溫時予終於忍不住笑了出來，「你有問過主人的意見嗎？」

「知仁不會有意見啦，我們一天到晚都會去啊。」吳閔俊用手肘撞了譚知仁一下，「對不對？」

譚知仁的呼吸好不容易恢復正常，抬起眼，發現溫時予挑著一邊的眉毛，打量著他。

「嗯，我是說……」譚知仁清清喉嚨。他不想在吳閔俊和林敏成面前表現得小氣，或者對溫時予有什麼特別待遇。「如果你有空的話。」

「但是我沒空。」溫時予柔聲回答。

吳閔俊噘起嘴，「我們都還沒有說哪一天耶，你也未免太沒誠意了吧。」

「哪一天都一樣，我要打工，眞的沒有時間。」

儘管溫時予的語氣十分有耐心，但是譚知仁總覺得，溫時予很努力不要對吳閔俊無禮。

「你說沒空跟我們玩就算了，連念書都沒有時間。」吳閔俊說：「你成績那麼好，考試不可能都不用準備的吧？」

「我要準備啊，只是我的時間跟你們對不上。」

換成其他人，一定也會覺得溫時予就只是不想跟他們往來而已，然而現在譚知仁知道事實了。他們出去玩或者聚在一起念書的時間，溫時予在上班。

那天在飯店房間裡醒來時，看見溫時予坐在窗邊的沙發上看書的樣子，譚知仁以爲自己還沒睡醒。

晚上工作，早上念書，然後還要趕來學校上課……譚知仁不懂溫時予爲什麼要把自己的時間表排得這麼滿，爲什麼會這麼需要錢？

「你就只是懶得理我們，對不對。」吳閔俊抱怨。

「我沒有。我還有事，要先走了，明天見。」

然後他沒有再看譚知仁一眼，只是轉身走開，腳步輕緩，踩在地面上幾乎無聲。

「討厭。」吳閔俊對著他的背影，撒嬌似的喊道。

和吳閔俊認識一年多來，這是譚知仁第一次對他的語氣感到煩躁。你才討厭，他差點脫口這麼說了。

吳閔俊不是最會看人臉色的人，不過大多時候，譚知仁不介意他像小朋友一樣耍無賴的態度，可是現在知道溫時予的工作性質之後，他就能理解溫時予爲什麼總是對自己的工作避而不談。他現在只希望吳閔俊能閉嘴一次，不要一直追問別人的隱私。

「他眞的好跩喔。」

「誰？」

「溫時予啊。」吳閔俊伸出手，勾住譚知仁的手臂。「他是不是眞的瞧不起我們啊？因爲我們成績不好，就不想跟我們一起讀書？」

譚知仁嘆了一口氣，「你不要逼他，他是眞的很忙。」

吳閔俊瞪大的雙眼，讓譚知仁話一出口就後悔了。

吳閔俊湊過來，一張臉突然靠得有點太近，譚知仁忍不住向後退縮了一下。「你怎麼知道？你知道他在打什麼工嗎？」

「我不知道啦。那天還他筆記的時候，他跟我說的。」他的語氣聽起來超級可疑，就算是吳閔俊這樣的傻子，一定也看得出他的心虛。

「他居然會跟你說這些。」吳閔俊懷疑地打量他，「你跟他是朋友呀？我們居然不知道。」

「我們不是啊。」譚知仁立刻反駁。

首先，不管他和溫時予究竟是不是朋友，爲什麼得讓吳閔俊知道？

譚知仁向來不喜歡和朋友起衝突，他不喜歡得罪人，更不想冒險破壞建立起來的關係。吳閔俊是他在這個班上交到的第一個朋友，他並不打算就此結束，但是吳閔俊的語氣和問句本身，有某種成分讓他很不舒服。

「譚知仁長大了，偷偷交新朋友都不用跟我們說了。」吳閔俊轉頭，對一旁的林敏成說。

林敏成只是咯咯笑個不停。

「我跟他不是朋友。」譚知仁忍不住重申。

吳閔俊翻了個白眼，但是嘴角浮現起一抹笑容。他用另一隻手戳戳譚知仁的臉頰，將頭靠上他的肩膀，「好啦，好啦，不要生氣嘛，我知道你對我最好了。」

譚知仁懲住自己嘆氣的衝動。他是對他們很好，來他家時，吃飯和訂飲料的錢都是他出的，他從來沒開口要過，他們也沒有主動提要還，就像是一種默契，是這段友情的模式。

不只是和吳閔俊跟林敏成，譚知仁這輩子和每個人的關係，有哪一段不是建立在金錢上？如果不是錢，就是性。就連張欽皓，也是因為他們家境相似，才會產生交集。

不知為何，他突然覺得很疲憊。他現在只想要吳閔俊放開他的手臂，然後趕快離開這裡。

「走吧。」他有點突兀地從椅子上站起身，掙開吳閔俊的手。「我要去廁所。」

他其實沒想要上廁所，只是需要暫時獨處一下，或者說，暫時遠離吳閔俊。

吳閔俊和林敏成慢條斯理地收拾背包，譚知仁便加快腳步往教室門口走去，等確定自己脫離吳閔俊的視線範圍，才吐出一口長氣，閉上眼睛。同樣是用錢得到的關係，和溫時予相處為什麼就顯得那麼輕鬆？

溫時予淺淺的微笑浮現在他的腦海。他們對彼此沒有額外的期待，也沒有假友情之名的其他東西，一切都是開誠布公，簡單明瞭。

他想著溫時予柔軟的吻，還有他帶著一點挖苦的口氣，這似乎也比吳閔俊永無止境的撒嬌來得好多了……他突然想到，他還沒有和溫時予約下次見面的時間——擇日不如撞日，沒有時機比今天更好了。

第五章

深色珠簾掀起時，溫時予只是反射性地抬起頭，腦中一邊數著今晚上班的公關名單，想知道是誰遲到了……但是出現在通道入口的人影出乎他的意料——譚知仁？

距離上次張欽皓帶譚知仁踏進店裡，已經過去兩個星期，距離他們的那一次交易，則是一個星期。在這期間，譚知仁沒有和他聯絡，也沒有眞正和他敲定下一次的時間，只是在學校裡用眼神跟蹤他。

如果他在上課時間突然感覺到某人灼熱的視線，絕對不會是錯覺，只要抬頭，就會看見譚知仁直盯著他瞧。

溫時予不介意成爲對方行注目禮的目標，只覺得好笑。溫時予自認把距離維持得很好，沒有在學校與譚知仁有過多的互動，也沒有任何私人的對話（撇開他字裡行間的小小暗示），然而譚知仁的舉動完全不是那麼一回事。

這麼一想，譚知仁今天出現在店裡，好像又沒那麼意外。

可惜溫時予現在還沒有辦法立刻接待譚知仁。此刻他還坐在一張桌邊，跟另一名公關里奧，陪著兩個上班族男性喝酒。

哈利和他的大哥在另一張桌子旁，所以他也沒辦法去和譚知仁打招呼。

店裡的幾名公關被叫到前面去，站在譚知仁面前，溫時予見狀差點笑出來。這是自來客點檯必經的過程，但是現在譚知仁的表情，簡直像是被一字排開的男公關威脅。

「不行，你不能再喝了。」和溫時予同桌的里奧假裝惱怒地伸出一隻手，擋在身邊男人手中的酒杯上。「你今天已經喝太多啦。」

「第一次遇到有公關不讓客人喝酒的。」男人衝著他咧嘴一笑，從溫時予坐的位置上，都可以看見他被香菸燻得發黃的牙。「你這樣怎麼做生意？」

「不行啊。」里奧執拗地搖頭。「你不記得上次了嗎？你醉了之後吐得我滿褲子都是，送洗衣服好貴……」

里奧委屈巴巴的口氣讓溫時予差點笑出來，如果這個男人知道里奧嬌嗔的對象不只有他，不知道會不會氣到再也不來了。

不過這就是里奧的專長，他長著一張難以判斷年紀的娃娃臉，眼睛大而圓，看起來天真無邪。除了溫時予及幾個和他比較熟的公關之外，沒有人知道他其實快三十歲了。

里奧扮演的角色是弟弟路線的小男友，而長得可愛，讓他多了許多任性的空間。

「我偏要喝，大不了吐髒了我洗嘛。」男人回嘴，一邊推開里奧的手。

里奧癟癟嘴，手倒是很誠實地拿起桌上的威士忌，又倒了兩個酒杯，「好啊，你就喝，乾脆喝到睡死在這裡好啦，直接把我坐檯的時間都睡光。」

男人大笑起來，一手勾住里奧的肩膀，仰頭喝光杯子裡的烈酒。

和他一同前來的男人抓了抓眉毛，嘆了一口氣。他坐在溫時予身邊，和他大嗓門的朋友正好相反，說話輕聲細語，大多時候都在迴避溫時予的眼神。

「你同事一直都是這樣子嗎？」溫時予將手中的酒杯遞給他，一邊低聲問道。

「欸，對……有點丟臉。」男人悄聲回答，接過他的酒，「謝謝你。」

「沒什麼好丟臉的。來酒店嘛，就是來玩的。」

溫時予脖子上的寒毛豎起，就像有隻小精靈在告訴他什麼小祕密……又來了，又是那股有人在看著他的感覺。

他轉向矮牆的另一側，正好對上譚知仁的目光。儘管有兩名公關和譚知仁一起坐在遠處的桌邊，譚知仁的頭卻是面對他的方向。

溫時予不動聲色地轉回身子，他可不能怠慢正在服務的客人。

「你的話……看起來就不像會來這種地方玩的樣子。」溫時予拿起一個小酒杯，身子前傾，湊到男人耳邊。

對方看起來有點緊張，「什麼意思？」

「你太安靜了。」溫時予把頭一歪，眼神在他的臉上遊走，「你比較像是喜歡去咖啡廳，然後在那裡看書看一下午的那種人。」

男人笑了出來，搖搖頭，「你太看得起我了吧，我沒那麼文青啦，去咖啡廳打一下午的手遊可能還差不多，不過我真的很少上酒店……我沒有要冒犯你的意思喔。」

溫時予舉起杯子，「猜錯了，我先罰一杯。」他一口喝完小酒杯裡的酒，伸手再拿過一杯。「這一杯就敬你了。」

男人將手中的玻璃杯和他相碰，「敬我什麼？」

「敬你勇敢踏出舒適圈？」

男人的嘴角逐漸揚起一個微笑。

溫時予知道譚知仁還在看他。如果譚知仁想要把他找過去，就得透過酒店的玩法，然而截至目前爲止，譚知仁都還很安靜……看來，需要有人推他一把。

溫時予將手中的小酒杯喝乾，兩shot的威士忌下肚，他的臉頰就熱了起來。眼看男人也將杯子裡的酒液喝盡，溫時予拿起桌上的玻璃瓶，再爲他倒了一杯。

「既然來了，我們就來玩個遊戲。你會划拳嗎？」溫時予問。

無論男人的回答是肯定或否定，溫時予都可以把對方引導到他想要的方向上——他想要在譚知仁身上做個小測試。

男人瑟縮了一下，搖搖頭。

「沒關係。」溫時予輕笑一聲，將說話聲也放得很輕，只比耳語大聲一點。他靠在男人耳邊，繼續說：「我們來玩別的。」

「什麼意思？」男人側過頭來看他。

他們此刻的距離只剩下不到一個拳頭寬，溫時予的手搭上男人的大腿，垂下視線，落在對方的嘴唇上。

男人的喉結明顯地跳動了一下，身體有點僵硬，但沒有推開他的手。

「來酒店，不可能只是來喝酒的。」溫時予說：「你總是要體驗一點只有在酒店才體驗得到的東西嘛。」

面對男人瞪大的雙眼，溫時予只是用微笑鼓勵他，下一秒，男人就撞上了他的嘴唇。溫時予懷疑這個人沒什麼接吻的經驗，動作笨拙得近乎荒唐，或許比國中時的溫時予還要糟糕。

溫時予的下唇微微刺痛起來，他忍住倒抽一口氣的衝動，調整頭部的角度，好讓他們的嘴唇更自然地貼合，也更能讓譚知仁看清楚。

溫時予的眼神往譚知仁的方向掃去。當他發現譚知仁依然面向他的時候，他便勾起嘴角，閉上眼睛，將一隻手搭上男人的脖子。

他並沒有加深這個吻，自始至終，他們都只有停留在嘴唇上。但是溫時予放開對方時，男人完全失去直視他的能力。

「呃，謝謝……我該說謝謝嗎？」他囁嚅地說，一邊把酒杯湊到嘴邊，一口氣喝光。

該說謝謝的是溫時予才對。他只是利用了這個可憐人，當作譚知仁小實驗裡的催化劑而已……現在就等譚知仁做出反應了。

果然，不出幾分鐘，店裡的廣播就響了起來。

「本店蘇西，請到第一桌訪檯。」

溫時予的胸口突然一陣緊縮，像是有人把他的胸骨用力掐住，一股隱隱的疼痛從心臟的位置開始擴散，他並不討厭這種感覺。

「不好意思，失陪一下。」

從沙發上起身前，溫時予在男人臉頰上落下一吻，作爲道歉與感謝。在他前往譚知仁所坐的第一桌前，他先到休息室去，找了另一名公關來頂他的位置，又進了廚房，拿出一瓶雪莉桶威士忌。

溫時予來到第一桌的桌邊，靠近沙發外側的公關站起。「蘇西終於來啦。」他背向譚知仁，對溫時予擠眉弄眼了一番，嘴上繼續：「你再不出現，你的客人就要跟我們翻臉囉。」

「對不起嘛，這瓶算我的。」溫時予把威士忌放在桌上。「我先自罰。」

譚知仁沒有事先和他講好就跑來，剛才一直盯著他看的過程中，想必也讓這兩個坐在沙發上的公關尷尬得很。現在他被叫來，公關們大概就只有基本的坐檯費可以領了，而他可不想得罪同事，該賠的罪還是要賠。

他打開瓶蓋，將酒倒進桌上的九宮格盤裡，然後喝掉一杯，桌邊的兩名公關笑了起來，搖搖頭。

「蘇西今天很敢喝喔。」第二名公關說，一邊伸手拿起小酒杯，「心情很好？」

「是託你們的福啊。」溫時予微笑。

沙發外側的公關站起身，拿起一個一口杯，朝溫時予舉起，「敬你啦。」

就這樣，溫時予知道他們不會和他計較譚知仁造成的小意外了。兩名公關藉著起身喝酒的機會離開桌邊，而譚知仁只是抬頭瞥了溫時予一眼，面無表情。

或許連喝三杯是真的有點多了，溫時予看著譚知仁的模樣，心底突然浮現一股毫無邏輯的滿足感。

「嗨。」

溫時予滑入沙發座，側身面對譚知仁。譚知仁已經不是穿著今天上學時的T恤和牛仔褲，而是襯衫配上合身的卡其褲，服貼的布料包覆他向前弓起的肩膀，捲起的袖口中露出的前臂，肌肉線條非常明顯。

溫時予很想要碰觸譚知仁的手臂，但他壓抑了這個念頭，只是拿起一個酒杯，遞到譚知仁面前。

「嗨。」譚知仁低聲嘀咕，接過酒杯，一口喝下。

卡拉OK台旁的音響，突然炸出響亮的台語歌前奏，里奧剛才服務的客人，現在正拿著麥克風，搖搖晃晃地站在台上。

男人五音不全的歌聲晚了一拍才開始，溫時予往譚知仁身邊挪去，靠近譚知仁的耳邊，「你應該要事先跟我說的，像今天這種事，下一次可不能再發生，我沒辦法一直請同事喝酒。」

「誰知道啊，我以為……」譚知仁粗聲嘆了一口氣，「靠，算了，當我沒說。」

「你以為我沒那麼熱門？」溫時予接口：「還是，你覺得只要你出現，我就會自動來陪你？」

後半句話說出口，譚知仁就用力咳嗽起來。溫時予露出微笑，那股滿足感在他的心底像漣漪一樣擴散、蔓延到整個胸腔，使他整個人變得溫暖……他是真的一口氣喝太多酒了。

溫時予調整一下坐姿，讓自己的胸口貼上譚知仁的手臂，一隻手搭上譚知仁的肩膀。他把臉頰貼在自己的手指上，感受著指節與面孔的溫差。

「你今天開車來嗎？你剛才喝酒了，這樣你就得坐到酒退了才能走囉。」

他感覺到譚知仁的脖子轉動了一下，「我今天搭Uber來的。」

「原來是有備而來。」溫時予點點頭，「那麼，你今天想做什麼？在這裡喝酒嗎？」

譚知仁沒有立刻回答。

還是，你要帶我走？溫時予差點脫口而出，然而他受酒精刺激的大腦還是有一點自制力。

「我今天有訂房。」譚知仁悶聲說道。

的樣了？」譚知仁想要他。這個星期，在學校裡，譚知仁看著他的時候，是不是都在想著他在床上的樣了？

一股溫熱的感覺從溫時予的腹部向下湧去。他抓起譚知仁的一隻手，拉到他的雙腿之間。第一秒，譚知仁還試著抵抗他的拉扯，但當譚知仁的手掌接觸到他褲襠的拉鍊，接著感覺到胯間腫脹的器官時，譚知仁倏地轉過頭來，垂下視線，掌心施加壓力。

溫時予的呼吸一顫，吸入鼻子裡的空氣混著濃濃的酒味，譚知仁的嘴唇就在距離他幾毫米的地方，只要抬頭，他們就會接吻。

「所以，你還在等什麼？」溫時予用連自己都聽不太見的聲音說：「我們要去哪裡？」

「你確定要這樣離開？」譚知仁的手在他的下腹按了兩下示意。

慾望所帶來的刺激讓溫時予倒抽一口氣，把臉埋在譚知仁的肩上，幸好台上的男人扯著喉嚨的歌聲，足以遮蔽他不小心流洩出的一聲喘息。

「大家早就習慣了，連在廁所裡直接打炮的都有。」溫時予向後退開一點，終於能與譚知仁對視，「你想要再喝兩杯嗎？這瓶雪莉桶的，不喝很浪費喔。」雖然他覺得譚知仁根本就不在乎這一瓶酒的錢。

「我叫一下Uber。」譚知仁摸索著，從口袋裡掏出手機。「等車的時間，可能還可以再喝一點吧。」

「那就敬你。」溫時予彎身拿起一個酒杯，舉到譚知仁的面前，「第二次帶我出場。」

「這算哪門子成就啊。」

溫時予笑了起來，將香氣濃烈的威士忌一飲而盡。

◆

譚知仁以爲今天已經不能再更糟了，直到他踏進酒吧裡的那一刻爲止。

最後一堂課結束後，他先回了公寓一趟，打算補眠之後換個衣服。但在他進家門之前，他又在信箱裡看見一封國稅局寄來的郵件。

他不知道爲什麼這種信不是寄到爸媽開的公司，而是寄到他這裡，這已經是這幾個月來的第三封了——而爸媽已經飛出國好一陣子了，一個月？還是兩個月？他沒有特別記。他只不過是一個十九歲的大二學生，連打工都沒有，國稅局到底有什麼事要找他？

他把印有國稅局自樣的信封隨手扔在鞋櫃靠牆的角落，那裡已經累積了一疊厚厚的信封，有些是水電費的自動扣繳單據，還有一直沒有拆封的信用卡對帳單。

今天早上，離開了中級會計的教室之後，譚知仁就沒有再和吳閔俊他們會合，甚至連最後兩堂課都懶得上。他不曉得那股在他心底蠢動的煩躁感是怎麼來的，吳閔俊從大一開始就是這樣，他已經和他共處了一整年，早就該習慣了，不是嗎？

或許也就是因爲經過了一整年，吳閔俊還沒有任何改變，才會讓他感到厭煩了。

「譚知仁長大了，偷偷交新朋友都不用跟我們說了。」

不知爲何，吳閔俊的這句話，在他的腦海中迴盪了大半天。好像他有義務對他們解釋什麼似的，好像他破壞了什麼無形的契約，虧欠了吳閔俊一樣。

譚知仁在浴室的水槽邊，用冷水洗了兩次臉，直到冷靜下來。他脫掉上衣，然後往沙發上一躺。

當他一邊用線上系統預訂飯店房間時，一邊度賭氣地想，乾脆直接把溫時予找來家裡算了，這樣還不必出門。可他心中還有一點理智的部分，阻止自己這麼做。

他帶回家打炮的對象，後來幾乎無一例外地暈船了，大概是因爲帶他們回家的感覺太過親密，而他又喜歡在上床時身體上的親近——他知道自己有點太熱衷於親吻和擁抱了。

其實他每次在找對象時，都會說得很清楚，自己要找的是感情炮、戀愛炮。他沒有要定下來、沒有要找長期交往的對象，只想要可以一起玩玩的對象。

可是只要和同一個人重複約個幾次，對方總會開始提出某些要求，例如希望他更頻繁地回訊息、互相叫對方起床，或者當他開始疏遠、不願意繼續這段關係時，就用受傷的口吻逼問他原因——這完全就是把他趕跑的最佳方式。

也許吳閔俊的話讓他渾身不對勁，就是因爲類似的理由，所以他今天才會那麼想跑，想離吳閔俊越遠越好。

譚知仁決定，他不會讓溫時予進他的家門。他不想把和溫時予的關係變得比現在更複雜，保持在單純的金錢交易，是最容易不過的了，後來他就想著這件事、抓著手機，在沙發上睡了好一陣子。

當他醒來時，已經是晚上九點多。他昏昏沉沉地爬起身，快速沖了澡，換上他覺得更符合酒店形象的衣服，然後出發前往WAKE。

然而他忘了一個很重要的事實，上一次張欽皓有預約。

當譚知仁進入酒店裡，看見溫時予和另外幾個人坐在一起時，才意識到自己的錯誤。他應該要轉身離開，應該要回到外面的騎樓走廊，然後打電話給溫時予，叫他過半小時下來之類的。這樣他才不用看著溫時予和別的客人摟抱，甚至接吻的模樣——溫時予明明已經看到他了，甚至在和那個男人的嘴唇相碰之前，還轉過頭來看了他一眼。

即使現在他和溫時予一起坐在Uber的後座，看著窗外快速掠過的街景，那一幕還是一直在譚知仁的眼前重播。不是溫時予親吻對方的畫面，而是在那之前，短短一瞬間，溫時予看他的眼神。

那個眼神在他的胸口和下腹所造成的騷動，從方才到現在，不但沒有停止，還隨著溫時予的靠近變得越來越強烈。這種感覺讓他亢奮不已，卻又有一股想要拔腿就跑的衝動，他完全沒辦法理解，這兩種極端的感受是怎麼並存在他身上的。

譚知仁腦中的想法也同樣矛盾，一方面好想對著溫時予大吼大叫，雖然他不知道到底要吼什麼，另一方面，他想用自己的嘴唇，覆蓋剛才那個人碰觸到溫時予的地方。

溫時予剛剛直接把他的手拉過去，摸了他的胯下……溫時予也會對其他客人這麼做嗎？他差點就要把溫時予壓倒在那張沙發上了，幸好他酒喝得還沒那麼多。

回想起短短幾分鐘的一切，譚知仁胸口的騷動又達到了新的高峰。他吐出一口長氣，把額頭靠在冰涼的車窗上。

「怎麼了，你暈車？」

溫時予的聲音使譚知仁從座位上彈起。

溫時予的身體斜靠著車門，後腦勺靠著車窗玻璃，雙眼看起來有點朦朧，也許是因爲車子的規律震動太催眠，再加上他在離開前又連喝了好幾杯的威士忌shot。

但譚知仁得說，他不討厭溫時予此刻的模樣，事實上，正好相反，溫時予放鬆而迷茫的姿態，令他性慾高漲。

這整個星期，他在學校裡看著溫時予，卻不能和對方有任何接觸，就像是看著流水席的美食一道道上桌，香氣四溢，卻不准饕客動刀叉，他已經快要慾死了。

「你才要小心暈車吧。」譚知仁回嘴：「剛才喝那麼多，不怕吐？」

「我喝酒不會吐。」溫時予慢悠悠地說：「只會睡著而已。」

譚知仁翻了個白眼，「你就不要等一下直接睡死。」

「那我就全是你的了。」溫時予的回答好像根本沒有經過大腦思考，就從他的舌尖溜出。

「你要對我做什麼都可以。」

譚知仁發誓他眞的不是心虛，但是當他看向前座的後視鏡時，發現司機大哥正用懷疑的眼神看著鏡中的他們。

譚知仁用副駕駛座的頭靠擋住臉，迴避司機的目光。要命，在他確認車程的時候，飯店明明沒有這麼遠，他們到底還要坐多久才會到？

一隻手指緩緩滑過他的大腿，指甲刮搔的地方，一股酥麻的感覺擴散開來，一直延伸到他的雙腿內側。

譚知仁伸手抓住那隻手指，阻止它繼續移動，而後抬起眼，但手指的主人只是一手撐著頭，嘴角帶著一抹似笑非笑的弧度。

儘管時間已晚，櫃檯已經沒有客人辦理入住，手續處理的速度對譚知仁來說還是太慢了。

溫時予站在距離他好幾公尺外的巨大沙發旁，低頭看著手機，但強大的吸引力幾乎像是有形的線，使譚知仁忍不住頻頻回頭。

他們進到電梯時，譚知仁差點就像低成本愛情電影中的角色一樣，將溫時予壓在包圍著他們的鏡子上，親吻他。而溫時予只是雙手環抱在胸前，靠在電梯的角落，靜靜地打量他，表情無法解讀。

找到房間、刷開房門的過程，漫長得讓譚知仁失去耐心。剛聽到關門的喀噠聲響，房裡的電源都還沒打開，譚知仁就一把拉過溫時予的手臂，將他拉到自己與牆面之間，在黑暗中胡亂地用嘴唇尋找目標——溫時予炙熱的鼻息和嘴裡的酒氣，很快就讓他正確地定位。

溫時予的笑聲低低地從他們相貼的唇角流出，他的雙手鬆散地環上譚知仁的脖子。

「今天這麼興奮？」溫時予的聲音很輕，帶著慵懶的鼻音，搔得譚知仁心癢。

「我沒有。」譚知仁含住溫時予豐滿的下唇，報復性地咬了一口。

溫時予低哼的聲音不像是抗議，更像在挑逗。

譚知仁沒有興奮，他是不爽。他已經不爽一整天了，看見溫時予和那個男人卿卿我我的樣子，更是火上澆油，現在那一點火星蔓延成不可收拾的大火——他要溫時予負責。

譚知仁伸出一隻手，在溫時予後方的牆上摸索，直到找到電燈的開關。刺人的光線使他暫時睜不開眼，但溫時予的身體緊貼在他身上，炙熱的體溫不需要透過視線傳遞。

他突然想起張欽皓說過溫時予非常配合，一股酸澀的感覺在他的腸胃翻攪……張欽皓對溫時予做過什麼，才會得到這樣的結論？

他想知道溫時予會有多配合。

「去洗澡。」譚知仁貼在溫時予的嘴上說，手往溫時予的雙腿間滑去，掌根抵上正逐漸膨脹的性器。

溫時予發出一聲喘息，身體向下沉，貼上他的手掌，「你呢？」

「我洗過才出門的。」譚知仁回答，向後退開一點，一邊隔著布料握住他的器官，稍微用力地搓揉一下，「出來的時候不要穿浴袍。」

溫時予看他的眼神，閃爍著好奇的光芒，雙唇揚起一個令譚知仁想要咬上的角度，舌尖淺淺探出，在下唇畫了一圈，「遵命，長官。」

等待溫時予沖洗的時間，像是只有幾分鐘，又像是過了好幾個小時，譚知仁坐在床角，焦躁地等待。當浴室門打開，一股濕熱的空氣從門縫竄出，他幾乎按捺不住踏進去的衝動。

溫時予走出浴室，就像譚知仁命令的那樣，沒有穿上浴袍，除了腳上踩的客房拖鞋之外，他身上什麼也沒有。

這一個星期以來，譚知仁想著的就只有這具身體——稜角分明，肌肉線條清晰，幾乎沒有多餘的脂肪。沒有衣物遮蔽，使溫時予脖頸和肩膀的線條看起來更加纖細，洗澡水的溫度和酒精造成的紅暈，攀附著溫時予的皮膚。

譚知仁可以感覺到慾望在他的體內流動。

「我好了。」溫時予在靠近走道的落地鏡前站定，雙臂落在身側，沒有試圖隱藏或遮蔽性器，「現在，你想要我做什麼？」

「你喜歡怎麼玩，他基本上照單全收。」

張欽皓的聲音再度在譚知仁腦中迴盪。

譚知仁從床上站起，走到溫時予面前，在只有一個腳掌的距離停下腳步，「他摸了你哪裡？」他的聲音比他以爲的更粗暴。

「誰？」

譚知仁無法說出張欽皓的名字。現在這裡只有他跟溫時予，他不想想像溫時予和張欽皓在床上的樣子，不想讓這張雙人床上突然出現第三個人，尤其是他認識的人。

「今天那個人。」最後，譚知仁只能這麼說：「他不是親了你嗎？」

他伸出手，碰觸溫時予的唇角。不知道是不是他的錯覺，溫時予的身體似乎顫抖了一下。

「對。」

「還有呢？」

譚知仁的大拇指撫過溫時予的下唇，來到下顎。

溫時予垂下目光，看向譚知仁的手指，再回到他的臉上，嘴角浮現起一抹微笑，「你說呢？」

譚知仁咬牙，溫時予明明看見他了，卻當著他的面和那個男人接吻。

「那是我的工作。」溫時予一字一句，緩緩地說：「讓人親、讓人摸，你不也是正在這樣做嗎？」

譚知仁低吼一聲，溫時予現在說的每一句話都只讓他感到更不高興，但他的性器似乎有完全相反的感受，勃起的陰莖抵著內褲的束縛，對他發出抗議。

他抓住溫時予的手臂，將對方轉過去面對落地鏡。頭頂上明亮的嵌燈燈光正好打在溫時予身上，讓他的身形在鏡中一覽無遺。

譚知仁靠上前，含住溫時予的耳殼，咬了一下，一手撫上溫時予的脖子，在耳邊問道：「這裡呢？他有親你這裡嗎？」

「嗯……」

他不確定溫時予是在回答，還是只是呻吟。鏡子裡，溫時予的陰莖正從休眠中甦醒，頭微微向後仰，靠在他的肩上，不過溫時予沒有閉上眼睛。他們的視線在鏡中交會，溫時予半闔的眼皮，就像是在鼓勵他繼續。

於是他恭敬不如從命，手向下滑去，指腹擦過溫時予的乳尖，「如果他這樣摸你，你也會興奮嗎？」

溫時予吐出一口顫抖的氣息，身體向前挺起，臀部更用力地抵住譚知仁的下腹。

「不管是誰，這樣碰我，我都會興奮啊。」溫時予對鏡中的他說。

溫時予是故意在挑釁他，他很肯定。他想要溫時予因他的挑逗而失去理智，只能因為他，但是他該怎麼確定溫時予不是在「配合」他演出？

大概只有一個辦法可以知道了……譚知仁的左手繼續在溫時予的胸口揉弄，右手則往溫時予的雙腿間探去。當他的手握住溫時予半硬挺的陰莖時，溫時予的頭猛地向後一仰。

「所以，你現在的反應。」譚知仁盯著鏡子裡溫時予的臉，「這也是工作嗎？」

不用幾秒鐘，在他的手指下，溫時予的陰莖便活躍起來。溫時予的喘息聲離他好近，熱氣打在他的側臉，光裸的背部緊靠著他的胸膛。

「是工作的一部分……哈啊。」溫時予的表情幾乎像是痛苦，眉頭蹙起，身體緊繃，然而他的眼神依然沒有轉開，牢牢盯著譚知仁鏡中的雙眼。

譚知仁的性器腫脹得發疼。他從來不知道，他滿腹的惱怒和煩躁，居然也能成爲驅策慾望的原料之一。

他想要把溫時予壓在床上，用力進入對方的身體，用性愛將腦中的一切全部趕跑。他想要溫時予的腦子裡只有他，至少在今天晚上，只能有他。

「這樣是工作的話，你也未免太爽了吧。」

「哈……是因爲你喜歡看，記得嗎？」溫時予的聲音沙啞，「是你說，想看我舒服的樣子。」

譚知仁再度咬上溫時予的耳朵作爲懲罰。他們上星期上床時，他說的話，溫時予不該記得這麼清楚。

溫時予的陰莖在他手中抽動了一下，伴隨著乞求似的哼聲。

「但我不想要你給別人看。」譚知仁的嘴唇沿著他的脖子移動，印下一個個濕潤的吻，「你興奮的樣子，只有我可以看到。」

溫時予也在張欽皓面前露出現在這樣的表情嗎？他也會這樣磨蹭張欽皓的下體，撩撥他的慾望嗎？

酸澀的感覺又使譚知仁的腸胃一陣緊縮。他咬住溫時予的肩膀後側，留下一個齒痕。

溫時予的目光和他對上，他試探地加快套弄的速度。

「嗯……嗚……」溫時予的膝蓋一軟，而後他勾起手，抓住譚知仁跨過他身前的右手臂，「那你只能多找我了，把我的時間表排滿……」

「你對每個客人都說一樣的話？」

譚知仁打量著鏡中的溫時予——他看起來比上星期還要興奮，譚知仁不知道爲什麼。不過，如果溫時予喜歡，譚知仁不介意讓他更瘋狂一點，只要他的反應不是做戲，譚知仁就想要滿足他，給他更多他想要的，直到他求饒爲止。

「沒有。」溫時予的雙唇微啓：「只有你。」

譚知仁不知道這是不是眞的，但他發誓，這是溫時予整晚說過最性感的一句話。熱血往他的腦門與下身湧去，譚知仁抓住溫時予的肩膀，將他往床的方向拉。途中溫時予的小腿被床鋪絆了一下，他便順勢向後摔倒，跌進柔軟的棉被裡。

溫時予泛紅的肌膚襯著純白的被單，刺激著譚知仁的視覺。

譚知仁踢掉腳上的休閒皮鞋，爬上床，跪在溫時予的大腿邊。現在的溫時予又是他的了，而且只屬於他。

他賭氣似地俯下身，將溫時予的性器含進嘴裡。

「啊！」比起快感，溫時予的叫聲，一開始更多是出自於驚訝和混亂。

上次他在譚知仁面前高潮，並不在他的計畫裡。他早就知道一但開了先例，譚知仁之後就會把這當作理所當然的流程，所以這次他是做好心理準備的。

但是讓譚知仁替他口交，這再度超出了他的預期。

舌頭柔軟的觸感，口腔溫暖濕潤的包覆，激起的感受幾乎像是鄉愁。這是某種溫時予只會在夜深人靜，沒有客人、沒有上班，只有獨處的時候，才會偶爾放任自己去想像的東西。

觸覺在腦中召喚出破碎的畫面：阿嬤家紅色的碎花棉被、午後拉上窗簾的房間、只有一點點橘黃陽光灑落在窗台下的五斗櫃上、房間裡木頭的氣息、阿嬤用來擦手的乳膏香味，還有那個有時候會進入他房間的身影，以及房門鉸鏈發出的吱嘎聲。

「不行。」他伸手抓住譚知仁的頭髮。

譚知仁抬起眼，對上他的視線，同時一股電流從下身傳來，令他渾身一顫。

身體的感覺騙不了人，他是舒服的，而這令他羞恥不已——他不該感到舒服。

後來他所知道的一切，都告訴他，他不該感到舒服，但是他確實這麼覺得，而他沒有辦法對身體撒謊。他究竟有多淫蕩、多下賤，才會對這樣的行爲感到舒服，好像心神都要爲此停止運作？

他捫心自問過無數次，可是他沒有答案。

「不喜歡嗎？」譚知仁的雙眼烏黑而深邃，在他臉上來回搜索。

不，他喜歡，這才是問題所在。

這其中所夾帶的羞辱感令他身體發燙，卻和快感與慾望疊加在一起，使他再也分不清之間的界線。電流般竄進他腦中的酥麻感，是他身體給他的證明，也是他的懲罰，而他確實應該要接受懲罰。

「喜歡。」溫時予聽見自己這麼說。

譚知仁再度把他含進嘴裡。

這就像是打開了一扇門，當溫時予放棄堅守阻擋這股罪惡感與羞恥的城門時，一切就開始崩解。強烈的刺激使他在床上弓起身體，太多了，一切都太多了，譚知仁用嘴深而緩慢的套弄，以及唾液黏滑的包覆，使他近乎瘋狂。

他想要譚知仁進到他的體內，狠狠地插入，好把積聚在身體裡的性慾、恥辱，以及所有他此刻不想面對的感覺，全部釋放。

相比溫時予的急躁，譚知仁顯得更加慢條斯理，這幾乎要讓溫時予挫折地大喊出聲。

當譚知仁終於放開他時，他渾身顫抖不已。

「不要急。」譚知仁的指腹輕柔地替他按摩著，「我不想弄痛你。」

溫時予很想告訴譚知仁，他不在意，或許一點點的疼痛對此刻的他更好，這可以轉移他的注意力，讓快感對他大腦造成的衝擊沒那麼鋪天蓋地。但是他沒有說出口，因為譚知仁將指尖推進了他的體內。

此刻他如果張開嘴，就只能發出哀求的哼聲，擴張的階段從來沒有這麼難耐，又這麼令他心癢。

「嗚……」溫時予咬牙，「拜託。」

「拜託什麼？」譚知仁的嘴角勾起一個弧度，幾乎要把溫時予逼瘋。

「幹我，用力幹我。」

他發誓，譚知仁就是來折磨他的。譚知仁抽插的節奏緩慢而慵懶，不夠，這樣還不夠，他想要的不是這個，他想要更粗暴、更猛烈的性，想要能讓他的大腦失去運作的刺激。

他猜自己開口要求了，因為譚知仁下一秒就從他體內退了出來，然後將他翻過身，再度塡滿了他。

一次次強烈的撞擊使他嗚咽不止，身體被填滿又像是要被貫穿的錯覺，讓他的大腦變成一整團錯亂的感受與情緒。

他好舒服，舒服得幾乎快要靈魂出竅，然而被男人幹得這麼舒服，不就證明了他有多麼淫穢嗎？

下身隱約的痛感刺激著他的大腦。是的，這就是他想要的，讓他因快感受到懲罰，讓他的身體記住這種羞恥的感覺。

一股滿足感從他的腹部深處膨脹、擴張，溫熱的感受竄上他的胸口，湧入他的大腦。此刻他的身體只是性慾的俘虜，眞正的溫時予已經不存在，消失在某個黑洞裡。

不行，如果繼續下去，他眞的會射，但是他不想……一聲哭號鑽進他的耳裡，他的身體像是失去控制的另一個生物，在床上抽動，一直到好幾分鐘之後，他才意識到，那個哭聲是自己的聲音。

恢復知覺的時候，所處的環境令溫時予有點困惑——譚知仁正親吻著他的唇，動作很輕，拇指撫過他的臉頰。濕潤冰涼的觸感讓溫時予有點不安，但身體一陣陣顫抖的反應，終於讓他的大腦接收到訊息：他在哭。

淚珠無法克制地從他眼角滾下，劃過他的鼻翼，流進嘴裡。

「不要哭，不要哭。」譚知仁在一個個吻之間低聲說：「是我弄痛你了嗎？」

溫時予搖頭，卻無法阻止自己抽噎，剛才那股溫熱的感受依然存在，盤踞在胸口，使他的身體隨之震盪。

他為什麼在哭？他不覺得難過，或許是太過強烈的快感和情緒，超過大腦能承受的極限，所以轉換成淚水，從他體內釋放……一定是這樣。

「抱歉。」譚知仁將溫時予的頭拉進懷裡。

他的額頭抵著譚知仁的肩胛，對方身上淡淡的香水味充斥他的鼻腔。

接下來的幾分鐘裡，溫時予只是靜靜地啜泣，讓胸腔中奇異的感受逐漸褪去。

等到他覺得終於能開口時，便推了推譚知仁的胸口，將頭向後退開，「所以，你最後有射嗎？」

譚知仁側躺在他身邊，一手從他的脖子下方伸過去，另一手環著他的肩膀。他不確定自己是什麼時候開始哭的，如果他的眼淚讓譚知仁性致全失，該怎麼辦？

他用手背抹過臉頰，突然在意起臉上的妝。他現在的底妝一定很慘烈，希望譚知仁不要這麼近距離地看他的臉，儘管他好像也沒得選。

「有啊。」譚知仁扯扯嘴角，「要不射有點難吧。」

譚知仁翻身下床，從浴室裡拿來一把沾濕的衛生紙，默默整理床上和身上的一片狼藉。

對方認真清潔的樣子使溫時予忍不住笑了起來，短時間內的情緒起伏大得荒謬，他現在只覺得大腦一片迷茫。他伸手想要接過那些衛生紙，卻被拒絕了，譚知仁反而要他先去沖澡。

溫時予想下床，然而腳一踩到地面，差點腿軟摔倒。

「小心，要我扶你嗎？」譚知仁的聲音從他身後竄出。

「沒關係，你只要享受把我幹到站不起來的成就感就好了。」

譚知仁嗤之以鼻，溫時予則輕笑著，鑽進浴室裡。

他把慘不忍睹的妝卸掉，然後站進浴缸中，將乾涸在下腹的精液沖洗乾淨。高溫的熱水帶來熟悉的安全感，當他洗完澡時，渾身的血管都舒張開來，使他的皮膚泛紅。

他穿好衣物，回到房裡，譚知仁已經換掉他的襯衫，舒適地躺在棉被下了。

譚知仁看起來很睏，但是看見他，還是伸手替他掀開被子。

「謝了。」溫時予爬上床，將自己縮在枕頭與厚實的棉被之間，伸手關上燈的總電源。黑暗瞬間包裹住他們，隨著布料摩擦的聲響，譚知仁的手跨過他的胸口，鼻息輕輕打在他的臉頰上。

「你還好嗎？你剛才嚇死我了。」

「我也嚇死了，不過我現在沒事啦。」

他感覺到譚知仁點頭的動作，下顎摩擦著他的肩膀。

讓譚知仁抱著他睡，依然使他有點緊繃，但是此刻身體脫力的感覺比他的不自在更強，他的上下眼皮像是有某種磁力吸引，讓他幾乎沒辦法睜開。

「欸，問你。」譚知仁的聲音低低響起。

「嗯？」

「你一開始，爲什麼會來做酒店啊？」

「我缺錢。」這是這個問題的標準答案，他記得譚知仁之前就問過，他也回答過了。

「我知道。」譚知仁哼了一聲，「我是說，你家裡……狀況不好嗎？」

如果換作更清醒的時刻，溫時予可能會覺得譚知仁問得太多了，可他現在好累，而且他的大腦依然受到高潮後的荷爾蒙影響，有點過度放鬆。

他們是同學，而且已經同班一年了，知道一點關於他家的事，不算太過分吧？他只要當作譚知仁在這之前就知道這個資訊就好了，沒關係的。

「我爸媽沒有金援我念大學，我只能自力更生。」

「噢。」

溫時予輕笑，「我知道，這對你來說可能很難想像。」

在他的人生中，爸媽的存在只有高中那短短的三年，在那之前，他的一切都在阿嬤那間有個小院子、兩個房間有冷氣的老房子裡。

聞言，譚知仁沒有馬上回答。

溫時予不想讓譚知仁有機會問更多關於他背景的問題。有些事情他不能提，那是酒店公關訓練中最基本的一項——不要說出會讓客人可能失去興致的話。

實際上溫時予並不怎麼在意，如果有人問，他就會講，比竟發生過的事情就是發生過，沒有必要假裝不存在。只不過公關之間不會互相詢問這些，而爲了不失去賺錢的機會，客人問起，他也只會給出官方的答案。

「你問了我一個問題，我是不是也有一個問題的扣打？」

「你問啊。」

「你到底哪來這麼多錢上酒店？」

譚知仁像是被口水嗆到，用力咳嗽起來。當他終於可以說話時候，聲音沙啞得有些好笑。

「我爸媽是做生意的。你懂的，商人就是那樣，有錢但沒時間，他們這幾個月都在美國，所以就只好給我錢了。」

溫時予其實不知道，但譚知仁這麼說，他就決定相信了，「眞好。」

譚知仁笑了一聲，「這我不知道喔。」

這句話中包含了其他東西，不過溫時予認爲今天他們交換這樣的資訊就已經夠了。

「睡吧。」溫時予拍拍譚知仁的手臂，「明天要上課。」

譚知仁簡單應聲作爲回答。

柔軟的床被托著溫時予的身體，他容許自己的眼皮闔上，感覺身軀逐漸下沉。

「對啦。」譚知仁的聲音突然將他從半夢半醒間拉了回來，「明天上鄧老的課之前，你要一起吃午餐嗎？」

這個問題應該要造成他的緊張，讓他腦中警鈴大作，他們並不是朋友，不會在學校一起吃飯的。然而他們也不需要是朋友，公關本來就會和客人在下班時間約見面，這只是加強客人對公關的依賴，穩定客源的手段。

一切都是爲了錢，爲了讓他過上想要的生活。

「吳閔俊跟林敏成不會找你嗎？」溫時予提醒他。

「我沒跟他們約。」

譚知仁的聲音悶悶的，不過溫時予決定不要多問，這不關他的事，他不需要知道他們之間發生了什麼。

「好吧。」

「好。」譚知仁輕聲說：「晚安，時予。」

溫時予想要提醒譚知仁，現在他是蘇西，不是溫時予，可是他眞的好睏，而且等到他們睡醒，營業時間就結束了，現在強調這個又有什麼意義？

「晚安。」最後，他只是這麼說。

第六章

譚知仁坐在寬敞的沙發座，手中拿著一個寬底的玻璃杯，裡頭的威士忌已經快要喝乾了，只剩下冰球。

溫時予不著痕跡地接過他的杯子，爲他再倒入淺淺的酒液。

這次他學乖了，有事先打給溫時予。電話那端，溫時予接起電話時語帶笑意的聲音，令他的耳根感到溫暖不已。

這個週五，他並沒有想要帶溫時予出場，只是想要找溫時予講話。或許是在酒店工作都有一套員工訓練，或者他們都會教公關話術，譚知仁總覺得比起在學校，在WAKE裡面和溫時予說起話來更爲自在，也更有趣。

當譚知仁抵達酒店門外，聽見廣播喊出蘇西的名字時，他心中的感覺，就像是小時候自己拿出兩張千元大鈔，在百貨公司買下第一雙運動鞋的成就感，重點不是他花了多少錢，而是他終於爲了自己這麼做。

「嗨。」溫時予從暗紅色的布幕後方走出來，對他伸出手。

譚知仁猶豫一下，才牽起他的手，咧嘴一笑，「我這次就沒忘記要打給你了吧。」

「很受教，值得鼓勵。」溫時予輕吻他的嘴角，牽著他往布幕後走去。

這個動作所掀起的一小波胃酸，使譚知仁的胸口有點悶悶的。

進入那段短短的狹窄通道時，溫時予的身子突然緊貼在他身上，湊到他的耳邊：「今天你就不會看見我跟別人勾搭了。你在這裡坐多久，我就都是你的。」

溫時予是故意挑逗他的嗎？或許他不該這麼明顯地表示自己對對方難以忘懷，溫時予現在完全知道要怎麼把他哄得服服貼貼了。

「你這樣說，是爲了拿小費嗎？」譚知仁低聲回應。

「不。」溫時予用同樣輕巧的聲音說：「這只是我的惡趣味而已，我想看你會不會有反應。」

譚知仁甚至不用問他指的是哪方面的反應，溫時予的手拂過他的褲襠，他的器官便像一隻忠誠的動物，立刻準備跳起來歡迎他。

譚知仁忍不住歪著嘴笑起來，不禁開始慶幸，溫時予把這面完全保留在酒店裡，要是對方在學校裡也這樣，他還要不要上課了？

溫時予帶著譚知仁來到沙發區，爲他倒滿九宮格盤，接著譚知仁點了上次那支雪莉桶的威士忌，成功換得溫時予懷疑的眼神。

「今天不出場，但是很大手筆喔。」溫時予在譚知仁身邊坐下，一邊熟練地打開瓶蓋。溫時予的大腿緊貼著他的腿側，使他很想用手碰觸。「今天沒開車嗎？」

「沒有啊，我搭車來的。我只是覺得上次你請的那支酒很好喝。」譚知仁盡可能保持自己的表情中立，不想讓溫時予覺得他在投其所好。「你不想喝嗎？」

「我想。」溫時予回答，然後壓低聲音，靠近譚知仁的耳朵，輕輕說道：「只是我現在看到這支酒，就只會想到我們喝完之後做了什麼事。」

譚知仁瞪視著他，「你就非得開口閉口都是打炮嗎？」

溫時予笑了起來，「不然你想要跟我聊什麼？商業法？還是中會的期中考？」

譚知仁不確定溫時予究竟知不知道自己在說什麼，一開始想要切割學校和酒店的人是溫時予，不是嗎？

然而就算溫時予眞的意識到自己說了越界的話，他也沒有表現出來，只是一手撐著下巴，手肘抵在膝蓋上，饒富興味地看著譚知仁的臉。

「好啊，不然這樣好了。」譚知仁語調平板地說：「以後我天天來幫你開桌，然後我們一起念書，怎麼樣？」

這句突發奇想的話，大概有百分之三十是眞心的，如果溫時予答應，他也許可能眞的就會這麼做。

溫時予只是咯咯笑個不停，不置可否，於是譚知仁決定假裝自己也只是在開玩笑。

他們一起喝了幾杯，直到別桌的客人開始上台唱歌，譚知仁終於不用再壓低聲音對溫時予說話。

譚知仁不記得具體他們究竟說了些什麼，但時間的流逝似乎變得很奇怪，好像已經說了很多話，同時卻又凝滯在同一個瞬間。在有矮牆和珠簾隔開的座位區裡，譚知仁幾乎產生一個錯覺，好像溫時予是和他一起去夜店玩的朋友，而不是在這裡服務他的公關。

譚知仁的手機在口袋裡震動起來。他掏出手機，預期會是吳閔俊或者林敏成，卻在螢幕上看見他爸爸的名字。

他爸媽出國這幾個月，從來沒有打過電話給他，他都懷疑他們是不是人間蒸發了，或是被國際罪犯綁架了……也不知道現在他打來想幹麼？

「你不打算接嗎？」見譚知仁關閉震動提醒，任螢幕在桌面上發亮，溫時予伸手指了指。

「不接。」譚知仁聳聳肩，翻了個白眼。「而且，接了我要說什麼？『嗨，爸，我現在沒空講話，因爲我在酒店玩』嗎？」

「搞不好啊。」溫時予歪著嘴笑起來，「也許你爸是老前輩了，他會懂的。」

譚知仁爆笑一聲，他爸這麼常應酬的人，進出酒店的次數應該不會少。

如果是重要的事，他爸會傳訊息來叫他回電，或者晚點會再打來，手機螢幕又亮了幾秒，最後終於暗下。他一邊和溫時予說話，一邊等待，然而螢幕沒有再亮起，他悄悄放鬆了些。

一個公關帶著另一名客人經過他們的沙發前，譚知仁下意識地抬起眼，同時聽見了他再熟悉不過的嗓音，還有對方如王子般高高在上的笑聲。

「譚知仁？」顯然張欽皓也很意外在這裡看到他。

面對張欽皓臉上出現片刻的驚訝，譚知仁只是舉起一隻手，打招呼地揮了揮。一旁的溫時予沒有說話，譚知仁瞥了他一眼，發現溫時予只是看著張欽皓，表情深不可測。

「嗨，蘇西。」張欽皓說。

「嗨，這麼剛好啊。」溫時予轉頭看向譚知仁，眼神中帶著質疑。

譚知仁只是回瞪著溫時予，他也很想知道現是怎樣。他們只是各自挑了時間來酒店玩，而他剛好在今天約了溫時予而已，不需要因此感到尷尬的，對吧？

理性上知道是一回事，實際上的感覺又是一回事，現在的譚知仁尷尬得想要把自己塞進沙發椅墊的縫隙之間，假裝張欽皓不存在。

「我們可以坐在隔壁嗎？」張欽皓對帶領他的公關說：「這個人是我朋友，我想說這樣靠在一起，我們還可以稍微聊個天。」

聊天？譚知仁一點都不想跟張欽皓聊天。

譚知仁拚命祈禱公關拒絕他的提議，但是事與願違，張欽皓和公關在譚知仁背面的矮牆後方入座，溫時予則靜靜看著他們的動作。

等到張欽皓點好酒後，卡拉ＯＫ台上的客人又開始了新的一首台語歌，溫時予趁機向譚知仁悄聲說：「是我的錯覺，還是你們的狀態看起來很奇怪？」

「錯覺。」譚知仁撇了撇嘴角。認真說起來，這件事與溫時予無關，只是他們最近各自有點忙碌，變得有點疏離……仔細想想，這好像也完全是溫時予的事。

張欽皓是他的朋友，也是溫時予的客人，如果沒有張欽皓的慫恿，他就不會接觸到溫時予。另一方面，溫時予除了是酒店裡的蘇西，也是他的同班同學。

溫時予說他需要學費，才開始在酒店上班……張欽皓是什麼時候認識他的呢？

譚知仁很想說是他先認識溫時予的，但是他不敢肯定，更可笑的是，他和溫時予同班超過一年，兩人在酒店相遇前卻根本沒說過幾次話……張欽皓甚至可能更了解溫時予。

他一直想起第一天在酒店外的接待區，溫時予墊起腳尖親吻張欽皓臉頰的樣子，這畫面總使他腸胃一陣糾結，然後一股像胃食道逆流般的灼燒感，就會在他的胸口擴散。

剛才進店之前，溫時予也對他做了一樣的事。對溫時予來說，這舉動究竟代表什麼意義？或者說，真的有任何意義嗎？

天啊，他簡直是瘋了，怎麼會想要探討酒店公關行為背後的動機？

張欽皓轉過身，把手臂靠在矮牆的頂端，掀起他們之間的珠簾，眼睛帶著笑容的弧度，「沒想到會在這裡看到你，更沒想到原來蘇西說他沒空，原來是因為你啊。」

「什麼意思？」

譚知仁看向溫時予，而他只是淺淺微笑，聳了聳肩，「你先和我約好了，我的時段就保留下來了，我跟你說過呀。」

譚知仁想要繼續追問下去，但溫時予的回答有點避重就輕，他大概知道是怎麼回事。溫時予是不可以透露其他客人的隱私，至少不能白目到在當事人面前。

張欽皓這麼說，是想要挖坑給誰跳，溫時予或是譚知仁，或是以上皆是？

突然間，譚知仁很不希望溫時予在這裡，張欽皓想要坐在他們旁邊的提議，此刻似乎顯得有些不妙……他想做什麼？

「你不是說想上廁所嗎？」譚知仁對溫時予說：「你先去好了，我可以跟欽皓聊天。」

溫時予的眉毛挑起了一個幾乎不可見的角度，接著不疾不徐地站起身，對譚知仁說：「那麼我先失陪一下，馬上回來。」

你可以晚一點回來也沒關係。譚知仁看著溫時予離去的身影，希望他的想法能透過眼神傳遞過去。

等溫時予走得夠遠之後，譚知仁便轉向張欽皓，對方正把下巴枕在手背上，靠著矮牆，打量著他。

「你剛才是什麼意思？」譚知仁問。

「就是字面上的意思。」張欽皓聳聳肩。「我打給蘇西，問他要不要出場，他說沒空，所以我就想說來這裡看看其他人有沒有時間，眞是沒想到啊。」

「出場」這個詞牽動譚知仁大腦裡的某一根神經，使他渾身的血液好像沸騰起來，突然坐立難安。

他的臉頰發燙，因爲他無法否認，張欽皓說得對，自從他們一起上過酒店之後，他就沒有再見過張欽皓，連訊息往來都少了。他不是刻意迴避對方，只是不知道要怎麼和張欽皓說話。

他們三人的關係，在他心中形成一個無限迴圈，不管怎麼想，最後都會兜回原點。

如果沒有張欽皓拉他來酒店，他或許永遠不會和溫時予產生交集，然而只要想到張欽皓，就無法不去想像他和溫時予上床的畫面，而那總是會在譚知仁的肚子裡留下一股酸澀的滋味。

「怎麼樣，你最近很忙喔？」張欽皓的嘴角勾起，眼神在譚知仁臉上來回移動，「玩得很開心嗎？」

「哪有時間玩。」譚知仁撇開視線，「學校很忙，最近小考很多。」

「眞的是因爲學校嗎？」

譚知仁皺眉瞥向他，卻看見張欽皓正掛著一抹歪斜的微笑看他。

「什麼啦。」他假裝聽不懂張欽皓話裡的意思。「最近每堂課都在小考，我念書都快念不完了，哪有時間玩。」

這句話是實話，他最近眞的花很多時間在念書，因爲他不管準備哪一科的考試，都得花上兩倍的時間。他的腦子大部分的時間都被溫時予占據，要他專心簡直是不可能的事。

「你沒差吧。」張欽皓哼笑一聲，「你不是沒在念書也能考上頂大的嗎？」

譚知仁翻了個白眼，「最好是。」

就算在上大學前他能靠著小聰明蒙混過關，現在也不行了，事實上，他還擔心自己大二會不會被二一。

如果沒有吳閔俊黏在他身邊，還夾帶著一個林敏成，他或許會開口邀請溫時予和他一起念書，不過他也懷疑溫時予會不會答應。上次溫時予答應他的午餐邀約，已經讓他很意外了。

譚知仁不知道那天晚上溫時予到底怎麼了——被幹哭這件事，他只有在網路上看到過、只有聽他的某些朋友說過，沒想到眞正發生時，會對他造成這麼大的衝擊。

在那之後，溫時予整個人就變得不太一樣。譚知仁說不上來是哪裡不一樣，或許是有一層無形的面具被摘去，他好像看見了一絲溫時予眞正的樣子，不是蘇西，也不是在學校沉默少言的好學生，而是會哭、會尖叫、會看起來徹底無助的溫時予。

隔天中午，當溫時予眞的和他一起坐在學餐的鐵桌邊，吃著學校的自助餐便當時，他仍然覺得很不眞實。

溫時予看起來倒是神色自若，優雅地吃著眼前餐盤上的一小份牛柳，所有菜色的湯汁幾乎瀝得乾乾淨淨。

不知爲何，看著自己餐盤中完全照喜好夾取的食物，譚知仁突然覺得很有罪惡感，最後他忍不住把自己盤子裡的一根雞腿放進溫時予的盤子裡。

溫時予抬起眼盯著他，嘴邊沒有笑容，不過後來他還是道了謝，用筷子將雞肉剝下一塊，放進嘴裡。

明明在酒店工作應該賺不少錢，溫時予卻連吃一頓午餐都要節省……他家的狀況究竟有多糟啊？

在那天之後，他們並沒有培養起一起吃午餐的習慣，但是在教室中視線相遇時，溫時予的嘴角會勾起淺淺的弧度。這對譚知仁來說已經很出乎意料了，所以他不敢約溫時予一起念書——出於某些原因，他不想挑戰自己的運氣。

書念不好，還有無法釐清的人際關係，譚知仁從來沒有覺得這麼腹背受敵過。

「我小考都快爆掉了，現在都還沒到期中考耶。」譚知仁說。

張欽皓笑了出來，「你在裝傻吧？知仁。」

「什麼？」

「你知道我在說什麼啊。」張欽皓將整個身子轉向他，壓低聲音，「我是說蘇西。」

所以這幾個星期以來，他才不想要和張欽皓見面。他的潛意識可能比自己更清楚，只要跟張欽皓待在一起，他們就不可能迴避關於溫時予的話題。

「欸，所以……」張欽皓往他的臉靠過來，「你後來上過他了嗎？」

過了幾秒，譚知仁才感覺到自己的牙關咬得死緊。他要怎麼回答這個問題？對，他上過溫時予了，而且不只一次，但是這關張欽皓屁事，他爲什麼想知道？

譚知仁想否認，他不想讓溫時予成爲他們談話的一部分，儘管他不知道爲什麼。另一方面，他又不想在張欽皓面前服軟——張欽皓擺明了在看他的笑話，他可不要讓對方稱心如意。

他只要把溫時予當成他的炮友來看待就好了，溫時予就只是另一個和他上過床的對象，沒什麼大不了的，用更爲疏離的角度，他就能跟張欽皓對話了。

「有啊。」他試著讓聲音更漫不經心一些。他希望這個回答能滿足張欽皓的八卦心理，從而放棄這個話題，但是顯然還不夠。

「怎麼樣？」張欽皓一手靠在沙發椅背上，撐著下巴。「我說得沒錯吧？他很會玩。」

張欽皓臉上的表情看起來實在太得意了，好像溫時予是他的財產，是他出借給譚知仁體驗似的。

譚知仁和他聊過炮友的事，卻從來沒有共用過炮友，這正是他不想和張欽皓碰面的原因。他其實不在乎張欽皓比他更早和溫時予上過床，但他討厭張欽皓在這件事情上展現出的優越感，好像因爲張欽皓比較早認識「蘇西」，對方就有更多權力似的。

而且他覺得自己絕對有病，因爲每當他腦中浮現溫時予在張欽皓身下喘息、哀叫的畫面，就會有一撮火苗從他的腹部深處燃起，他不確定那是出自於怒氣，還是慾望。

至少有一件事可以確定，他討厭張欽皓提起溫時予的語氣。

他四下張望了一下，以防溫時予在此時突然回到沙發區。

「你最近還有跟他約嗎？」譚知仁裝作若無其事地反問，可是他的下顎緊繃得讓他張不開嘴，話就像是從牙縫裡迸出來的。

「最近喔……很少吧。」張欽皓搓搓下巴，視線在譚知仁的臉上打量，若有所思，「今天難得想約一下，就被你搶先了。」

很少是什麼意思？這三個星期中，張欽皓還有去找溫時予嗎？或者張欽皓只是在試探他的態度……張欽皓想要從他這裡得到什麼？

「欸，我們剛好都在這裡。」張欽皓繼續說：「你等一下有什麼計畫？」

「什麼？」

「不如，我們一起帶他出場？我們兩個都在，可以給他兩倍的錢，他應該不會拒絕吧。」

「什麼意思？」

譚知仁當然知道張欽皓是什麼意思，這只是他大腦找不到適當的反應時，自動拋出、用來拖延時間的句子而已。張欽皓不是認眞在提議吧？如果他現在不阻止，張欽皓眞的會當著溫時予的面這麼說嗎？

「我還沒有試過3P，你不覺得很嗨嗎？」張欽皓邊說邊咧嘴一笑，「我猜蘇西應該也會很興奮，看他在床上的騷樣……」

譚知仁的耳裡一陣嗡嗡作響，有那麼一瞬間，他聽不見張欽皓在說什麼。他的身體和大腦彷彿是分開的兩個主體，而在大腦意識到自己在做什麼之前，他已經從沙發上跳了起來。

「幹！」

張欽皓摔進茶几和沙發之間狹窄的縫隙，咒罵聲終於使譚知仁的神智回到體內。他跪在沙發上，越過矮牆，一手抓著張欽皓的T恤領口，指節用力得發白。

張欽皓瞪大雙眼，目光在譚知仁的臉和手之間緩緩移動了兩次。

其他沙發區的客人和公關回過頭來，盯著他們看。酒客的拳腳相向在這裡屢見不鮮，公關們只是遠遠地觀察他們，沒有上前介入。

呼吸幾乎進不到譚知仁的肺裡，所以他用力喘氣，胸口劇烈起伏。他口乾舌燥，嘴裡卻沒有任何唾液。

「不要這樣說他。」譚知仁開口，聲音低啞得連自己都意外。「不准這樣說他。」

張欽皓又打量了他幾秒，眼皮微微移動，表情從驚訝和惱怒，變成了某種類似笑容的樣子——張欽皓在嘲諷他。

「怎麼啦，知仁？」張欽皓歪著嘴角，「爲什麼突然這麼激動？」

譚知仁只是瞪視著他，此時他渾身的力量都被用來控制呼吸，試圖找回平衡，還有阻止他一拳往張欽皓的鼻粱上揮去。

面對譚知仁的怒氣，張欽皓似乎一點都不介意，甚至沒有試圖捍衛自己的臉，或者甩開譚知仁的手。「我就覺得奇怪，你最近變得很安靜，連訊息都不太回了，果然是因爲跟蘇西玩開了吧？」

張欽皓直到現在都還瞧不起他。即使過了這麼多年，張欽皓依然把他當成那個個子矮小、個性畏縮的青少年，他在張欽皓眼中就只是個笑話而已。

譚知仁的臉頰發燙，「你閉嘴。」

「眞的是笑死，你跟蘇西現在是什麼關係啊？你多久找他一次？三天？還是兩天？」

「干你屁事。」

「是不干我的事，但你現在在威脅我，就干我的事了。」張欽皓再度看向譚知仁的手，眉毛向上聳起。

譚知仁幾乎是用扔的，將張欽皓往後推開，他的手指痙攣著，無法伸直，就像是動物的爪子。

只見張欽皓哼笑一聲，從地上站起身，拉平自己的上衣。現在對方的高度再度高於他，張欽皓垂下頭，而他突然覺得自己又變回國中時的樣子。

「你是不是搞錯什麼了，知仁？」張欽皓一字一句輕聲說，譚知仁幾乎聽不見他的話。

「不管打炮的時候他跟你說了什麼，那都是做生意而已，你該不會當眞了吧？」

譚知仁咬緊牙關，直到牙齦疼痛起來，卡拉OK台上的客人不知道什麼時候安靜了，現在只剩下酒店裡播放的舞曲在他們身邊迴盪。

他依然清楚記得上一次的那一場性愛，溫時予說自己沒有對其他客人說過那些話，只有對他。他明白這有可能只是話術而已，他很清楚，然而溫時予後來的反應看起來實在太眞實，所以他就信了。

「我沒有。」譚知仁說。

「是嗎？因爲我覺得你的占有欲已經多到要滿出來了。」張欽皓歪著嘴角，瞇起眼，「我勸你一句，知仁，無論你有多愛幹他，他就只是在賣而已，你不要太自作多情了。」

譚知仁腦子一片混亂，張開嘴卻說不出一句反駁的話。

對，是占有欲，他在吃醋……他怎麼完全沒想到呢？

他差點因爲自己的愚蠢而爆笑出聲。他不願意接受溫時予和張欽皓上床的事實，又無法忍受張欽皓對溫時予的羞辱，居然還爲此對張欽皓動粗。他居然對一個酒店公關產生這種心態——因爲他們是同學，他又對溫時予不小心產生太多了解了嗎？

他不喜歡這其中暗示的東西，一點都不喜歡，至於這到底代表了什麼，他沒有細想，也不願細想。他只是把這個念頭塞進大腦角落的一個盒子裡，蓋上盒蓋。

「我沒有。」譚知仁又重說了一次，從沙發上站起身，突然的暈眩感差點使他摔倒在地。

他一手撐住沙發椅背，穩住身體，溫時予在哪裡？他就算眞的是去廁所，這時候也應該要回來了……

「一切都還好嗎？」

一隻手輕輕搭上譚知仁的肩膀，譚知仁嚇得差點跳起來。他倏地轉過頭，發現溫時予正站在他身旁，臉上掛著溫柔的微笑，眼神在他與張欽皓之間來回移動。

譚知仁張開嘴，卻一句話都說不出口。溫時予是什麼回來的？他聽見他們的對話了嗎？如果有，他又聽見了多少？

溫時予沒有表現出任何異樣的情緒，手指不著痕跡地捏了捏譚知仁的肩膀。

「很好啊。」張欽皓對溫時予咧嘴一笑，「我只是很久沒有和知仁聊天了，剛才聊得熱烈了一點。」

「老朋友就是不一樣，眞好啊。」溫時予柔聲附和，接著轉過身，從他們桌上拿起一小杯酒，對張欽皓和譚知仁敬了酒，「不好意思，我剛才離開得太久了，該罰。」

這時，接待張欽皓的那名公關好像終於逮到回桌的機會，從一旁闖進對話中，也端起一個小酒杯，「對對對，我也該罰，欽皓，這杯罰我自己。」

張欽皓拿起公關為他帶回來的調酒，啜了一口，「只罰一杯感覺不夠吧？把客人留在桌邊這麼久，今天不多喝幾杯說不過去了。」

店裡的氣氛放鬆下來的瞬間，譚知仁的身體幾乎都可以感覺得到四周再度移動起來的人們，原來剛才幾乎所有人都停下手邊的事，小心翼翼地觀察他們。

只是此刻，他完全沒有心思繼續坐在這裡，沒有辦法和張欽皓呼吸同一個空間的空氣。

他抓住溫時予搭在他肩上的手腕，打量他的臉，「你今天還有別的客人嗎？」

「沒有。我說過了，你待多久，我就在這裡多久。」

「好，我們走吧。」

這次，溫時予沒有藏住臉上的驚訝，譚知仁不知道自己在做什麼，他甚至不知道要帶溫時予去哪裡，他們能去哪裡？

但無論如何，除了溫時予之外，他現在不想見到任何人，就算他們只是找一個公園，坐在那裡喝咖啡喝到天亮，都比坐在這裡強多了。

他緊盯著溫時予，等待對方的回應。他不確定自己想要挑戰什麼，不過如果溫時予答應了，應該代表一點什麼，對吧？

倘若溫時予不和他走呢？譚知仁拒絕深入思考這個可能性。

溫時予沒有給他太多時間和腦中的思緒搏鬥，只是緩緩眨了兩下眼睛，「當然，我去拿我的東西。」溫時予的另一隻手輕輕覆上他的手背，「你在外櫃等我好嗎？」

譚知仁照溫時予說的話做。當他往離開酒店的走道移動時，刻意避開了張欽皓的視線，他不確定這件事最後會怎麼收尾，但他剛才對張欽皓動手之後，便知道他們再也不會是朋友。

不過，在被酒精影響的情況下，譚知仁一點也不在意。

溫時予看著開車的譚知仁，對今晚發生的事依然感到困惑，又有點好笑，這可不是他對今晚走向的期待。

說到期待，溫時予是有點太期待譚知仁的出現了。兩天前，當他看見手機上出現譚知仁的名字時，他得刻意忽視胸腔裡雀躍跳動的那顆心，才能用他最淡然的聲音回應那通電話。

「你這星期五晚上有空嗎？」

如果不是因爲他在酒店上班，他又太清楚譚知仁這通來電的目的，這句話聽起來簡直像是要約他出去一樣。

「有。」溫時予無法壓抑自己嘴角上揚的衝動。

「眞的嗎？」譚知仁的聲音有點懷疑，「沒有別人要找你……那叫什麼……開桌嗎？」

「沒有。」溫時予鄭重地回答。「歡迎你來。」

「好……那我大概十一點左右到。」

結束通話後，溫時予把手機放在大腿上，盯著漆黑螢幕中自己的倒影，試圖回想剛才的語氣有沒有透露出任何東西，然而他想不起來了。他心底的飄然感覺，令他有點頭重腳輕。

當他回過神時，才發現和他一起在休息室裡的哈利，正露出一抹讓溫時予很想打他的微笑，挑著眉看他，一邊彈著舌頭。

「怎樣？」

「我和你當同事這麼久了。」哈利緩緩搖頭，「你有爲哪個客人這麼快樂過嗎？」

「因爲他很大手筆，就跟你那位大哥一樣，而且他是好客人，如果你還沒忘記那個要買原味內褲的承哥……」

溫時予不需要說完，哈利心領神會地扮了個鬼臉，這個話題到此結束。

到了和譚知仁有約的當天晚上，溫時予一直在心裡計算，什麼時候才到十一點。明明十點才開始上班，這一小時卻長得令他坐立難安。

如果譚知仁沒有在十一點出現呢？如果他更晚才來呢？客人預約的時間通常都只是一個估計值，就算被放鴿子也無可厚非。他們只是酒店公關，不是客人的約會對象，可是溫時予衷心希望譚知仁不會這樣對他。

他兩天前和哈利提到的承哥，偏偏又挑在今天成爲他今晚的第一個客人。外櫃廣播溫時予去接待時，他還以爲譚知仁提早出現了，走過通道時，他在內心盤算著要怎麼取笑他……當他看見站在入口處，弓著身子、看起來畏畏縮縮的承哥時，突然覺得自己是個笑話。

溫時予盡量保持營業用的笑容，然而他懷疑自己焦躁的情緒，依然透過行爲表現出來了。因爲就連溫和少言的承哥，都忍不住多看了他兩眼。

「你在等人嗎？」承哥的視線跟著他望向入口的通道。

「我？沒有呀。」溫時予像是被老師抓到上課發呆的學生，突然一陣心跳加速。他轉身從桌上拿起一個小酒杯，遞給承哥，只是爲了找點事情做。

「是嗎？」承哥低聲說：「因爲我覺得你好像一直在找什麼東西。」

溫時予暗罵自己愚蠢。他必須專心一點，他還有工作在身。

「對不起。」溫時予在大腦中快速搜尋合理的解釋，最後決定回歸到最老套，卻也最接近事實的答案，「我只是上課有點累了。我是不是沒有跟你說過，我還是大學生？」

「沒有。」承哥的視線來回在他臉上打量，然後遲疑地輕輕點了點頭，「你看起來的確滿年輕的。」

溫時予將一隻手搭在承哥的膝蓋上，感覺到他骨頭的稜角，輕笑起來，「承哥看起來也很年輕啊，眞要說的話，你也才大我沒幾歲吧？」

接下來他還跟承哥說了什麼，他已經沒有印象了。他只明確記得，當他發現時間逼近十一點時，他的心臟怦怦跳得差點使他聽不見自己說話。

片刻後，他找來里奧替他接手承哥的檯，然後悄悄躲進休息室裡，等待不知道今晚會不會出現的譚知仁。

譚知仁沒有讓他失望，只是他沒有料到，今晚出現的還有張欽皓。

在他當公關的這一年中，他看過不少次全武行，見血的、叫警察和救護車的都有，但沒有哪一次令他這麼尷尬。

不過他所體驗到的，或許還不到譚知仁所經歷的十分之一……看著譚知仁此刻直盯著前方的側臉，還有他抿緊的嘴唇，便不需要更多證明了。

「知仁。」他出聲提醒，然後伸手碰觸譚知仁的大腿。

「嗯。」

好吧，看來接下來的夜晚，他也不會過得太容易。

「別生氣。」溫時予柔聲說：「我現在在你車上了啊。」

譚知仁發出像氣球消氣般的吐氣聲，翻了個白眼，依然沒有說話。

車裡播的音樂塡滿他們之間的空氣，是一首前幾年爆紅的饒舌歌曲，溫時予跟著音樂在心裡哼唱，歌詞裡說的別無選擇，只有走下去和走下去這兩條路，也正與他所處的狀況相符。

「你剛才聽到了多少？」

「什麼？」

「我跟張欽皓說的話，你有聽到嗎？」譚知仁瞥了他一眼。

溫時予猶豫要不要和他說實話。

「不管打炮的時候他跟你說了什麼，那都是做生意而已。」

客人的高歌停歇後，溫時予聽見的便是這句話，而且在那之前，他就看見譚知仁對張欽皓動手……是因爲張欽皓說了他什麼嗎？

他覺得譚知仁不會想要他聽到這句話，但另一部分的他更好奇，如果他眞的聽見了，譚知仁會有什麼反應？

溫時予決定誠實爲上，「我聽到他說，我在床上說的那些話，都只是工作而已。」

溫時予不得不承認，張欽皓說得一點也沒錯，他就是在賣的，而包括張欽皓在內的這些男人，也都只是來消費的。

他或許是一塊又髒又破的布，但這些人不也用得很爽嗎？在性和金錢這件事上，沒有人比別人高尚。

「幹。」譚知仁吐出一口氣，掄起拳頭敲了一下方向盤。

溫時予不禁暗笑起來，這個反應很譚知仁。有時候，他會覺得譚知仁的行爲很像某種張牙舞爪的小動物——他並不反感。

譚知仁的額角抽動著，後面再也沒說別的字。

回想他們第一次在酒店裡相見時，他是如何大費周章地引導譚知仁說話，現在他幾乎可以肯定，譚知仁不是無話可說，而是有些話無法對他啓齒。

「我對你說的話，每一句都是眞話。」這句話不只是爲了效果而已，溫時予發現，就連他在床上對譚知仁表現出來的模樣，也都是眞的。

爲什麼變成這樣呢？或許是因爲譚知仁是一個非常好的客人吧，值得他眞心對待。可是他好像不應該把實話說出來，他到底在做什麼？

聽見溫時予這麼說，譚知仁終於轉頭看了他一眼，「你現在又在營業模式了嗎？」

溫時予只是微微一笑，鬆了一口氣。他喜歡現在的狀態，不論他說什麼，譚知仁都只會當成他的話術而已。

「我問你。」譚知仁猶豫許久，久到溫時予都懷疑他是不是忘了自己要問什麼，才終於開口：「你最近還有和張欽皓……出去嗎？」

原來他們是爲了這個在吵架……溫時予得用上大量的意志力，才能阻止自己的嘴角上揚，儘管他不曉得爲什麼。

「對不起，我不能透露其他客人的隱私。」他盡可能嚴肅地說。

譚知仁的下顎肌肉抽動一下，一句話也沒說，臉上的表情冰冷，連溫時予都覺得車內的冷氣好像突然降溫了幾度。

也許他不該繼續捉弄譚知仁了，畢竟他們接下來還要相處超過二十四小時呢。

「沒有。」

譚知仁看了他一眼。

「他昨天有打給我，本來想約我今天晚上的時間，我拒絕了。」溫時予輕聲說：「你先說要來找我的。」

眞要說的話，和客人間的信任，就是溫時予的收入來源。既然他和譚知仁先約好，就不能破壞他們之間的契約，至於內心更想和譚知仁見面的事實，他決定忽視。

「噢。」譚知仁簡短地點了一下頭。

「你們是爲了這件事起衝突嗎？」溫時予試探道。

譚知仁猶豫了幾秒才回應：「他講話太瞧不起人了。他對我本來就一直都是高高在上的態度，我早就受不了了。」

「是嗎？」溫時予柔聲說。譚知仁的反應勾起他內心的好奇，他決定再追問一句。這個問題不是出自於身爲公關的蘇西，而是溫時予，「還是……是因爲他羞辱我呢？」

他預期譚知仁會否認，但是沒有，譚知仁的下顎動了動，在幾秒鐘的沉默後才開口：「你沒有聽到嗎？更前面的對話。」

溫時予搖搖頭。「客人唱歌唱得太快樂了，不過我有看見你抓住他。」

譚知仁吐出一口長氣，「他說了一些……不好聽的話，讓我很生氣。」

「讓我猜。」溫時予竊笑起來，「他說我很騷？或者很淫蕩、很欠幹？」

譚知仁朝他拋來一個震驚的眼神，溫時予就知道自己猜得八九不離十。

這些話，客人們沒有少對他說過，他早就習慣了，就某方面來說，這對他而言或許更像是一種誇獎。

「他講話就是那樣，一副狗眼看人低的樣子。」譚知仁低聲說：「我眞的聽不下去。」

溫時予打量譚知仁的側臉，有點出乎意料。用這些話來形容一個公關，本來就是再平常不過的事，就連他自己都是這樣認定的，但是譚知仁卻爲了這些話生氣，甚至不惜與朋友起衝突，這代表了什麼？

「不然，我們換個角度想吧。」溫時予微笑，「這不就是我客人會多的原因嗎？」

譚知仁的嘴巴動了動，咕噥一聲他聽不清楚的話。

溫時予突然覺得他繃著臉、生悶氣的樣子很可愛。他輕撫譚知仁的手臂，試著安撫他，「你願意這樣護著我，我覺得很感動喔。」

譚知仁甚至沒看見他就站在身後，所以這不是為了做給溫時予看的，而是發自他的內心，可是他為什麼要這麼做？

「我沒覺得我保護到什麼啊。」譚知仁哼笑一聲，「後面你還是聽到了，不是嗎？」

車子裡的空氣好像變得濃稠悶熱，儘管開著空調，溫時予卻感覺皮膚上沁出一層薄汗，胸口壓著沉甸甸的重量。譚知仁在他身上看見了什麼，為何要這樣捍衛自己？這是他從未體驗過的感受——有人為了他感到憤怒，願意為了他和其他人起衝突。

一股溫暖的感受在內心擴散，使他突然湧起想要將譚知仁擁進懷裡的衝動……這代表什麼？譚知仁的保護需要拿什麼東西交換？他的祕密，或者他的感情？

溫時予沒辦法繼續往下思考了，這不是他今天預期要處理的問題，現在他還在工作，他就當好蘇西，當好一個以肉體換取金錢的酒店公關就好。

「我們決定要去哪了嗎？」這不是溫時予轉移話題最圓滑的一次，不過他相信譚知仁也不會介意。

譚知仁瞥了他一眼，「不知道要去哪，就直接上我的車，你不怕被我綁架？」

「我覺得你帶一個來路不明的酒店公關去開房間，可能比較危險喔。」

「你又沒有來路不明，我們是同學，記得嗎？」車子駛出隧道，經過另一段黑暗的公路，譚知仁頓了頓，「我想說，我們去泡溫泉之類的？我爸媽有一間溫泉飯店的會員。」

說來有點好笑，溫時予從來沒有和任何人出去旅行過，和父母沒有，當然也沒有和朋友。他的阿嬤對旅行沒有興趣，所以對他來說，那間小小的屋子就是他的全世界。

不過，比起目的地，溫時予更感到不可思議的是，譚知仁這次直接約了他兩天兩夜。就算他用最低的酒店消費時數計算，這樣一趟下來，光是要付給酒店的錢就超過三萬。

多虧譚知仁，溫時予在過去幾週裡，收入已經達到他近幾個月來最高的水準……譚知仁的爸媽到底賺了多少錢，才能這樣讓他花？這是溫時予無法理解的世界，他也不需要理解，他的工作只有服務好譚知仁，鞏固這個經濟來源。

「都可以。」溫時予回答，爲了效果，又補上一句：「跟你待在一起都好。」

「你知道，我開始後悔了。」譚知仁說。

「什麼？」

「我不該說要鐘點男友。」譚知仁似笑非笑地翻了個白眼，「你的話術肉麻到我有點受不了了。」

「我就把這當作誇獎囉。」

譚知仁輕笑。「隨你吧。」

隨後，譚知仁跟著車內播的音樂哼唱起來，剛才低壓的氣氛在不知不覺間消失了，溫時予靠在柔軟的皮革座椅上，看向窗外的黑夜。

第七章

「嗯……」溫柔的吻一個個落在溫時予的頸側，一陣酥麻感緩緩擴散開來。

他還不想醒來，但他的身體似乎有別的點子，下身的器官在早上本來就已經很活躍了，此刻摩擦著柔軟的被單，令他忍不住低哼出聲。

被親吻的感覺很好，而現在圍繞著他的溫暖懷抱，他只希望永遠不要放開。他往身後靠去，想要更加貼近背後環抱他的人。

一隻手撫過他腰側光裸的皮膚，使他渾身一顫。

「你醒了？」有點沙啞的嗓音在他耳邊說道，掀起一片雞皮疙瘩。

「沒有。」他閉著眼，嘴角微微上揚。

「那它醒了嗎？」

那隻手向下游走，靈巧地滑到溫時予的下腹，他勃起的那處被人握在手裡，突然過度強烈的刺激使他輕喊了一聲。嗯，它是醒了，精神顯然比主人好多了。

「你能不能再提醒我一次。」溫時予咕噥道：「我昨天晚上爲什麼會決定裸睡？」

譚知仁的笑聲低低地在他的腦後響起。

大腦還沒有完全清醒，所以溫時予沒有辦法好好控制身體的反應，或是他的叫聲，舒服的感覺大過一切，而他不想抵抗快感的力量。

昨晚臨時辦理入住後，他們真的累到沒有體力做任何事了，能撐到兩人盥洗完畢，就已經謝天謝地。

溫時予沒有帶換洗衣物，因爲譚知仁告訴他，隔天再直接幫他買新的就好，所以洗過澡後，他就光著身子倒在特大雙人床上。

譚知仁回家開車時其實拿了行李，但看見溫時予裸體的模樣，或許起了玩心，也跟著裸體爬上床，接著立刻就進入夢鄉了。

看來，現在譚知仁是要把昨晚錯過的份補回來了。

譚知仁的器官在他赤裸的臀縫之間摩擦，引誘著他。他應該要服務譚知仁，但是此刻，對方似乎更享受他的回應。

溫時予回過頭，眼睛還沒睜開，譚知仁的嘴唇就找到了他的，而他的呻吟聲因爲這個吻而變得破碎。

「嗯——等一下。」他喘著氣，抓住譚知仁的手腕。

譚知仁鬆開手，「怎麼了？」

「你要告訴我潤滑放在哪嗎？」他低聲問。他現在還在工作中，譚知仁的慾望才是他的服務對象。

「不要。」譚知仁用同樣接近氣音的音量說：「現在這樣很好，你幫我就可以了。」

他到底何德何能，遇上這麼好的客人？

溫時予點點頭，正準備起身爲譚知仁服務，卻被譚知仁再度拉回懷裡。

「不要起來。」譚知仁的嘴唇輕貼他的臉頰，喃喃說道：「冷氣好冷。」一股溫熱的感覺從溫時予胸口蔓延開來，他試著完成任務，譚知仁卻把手探進他的胯間。

「我們一起好了。」譚知仁說。

溫時予擔心自己沒有辦法和譚知仁一起，照這樣下去，過不了幾分鐘，他就會繳械投降——所幸譚知仁最終並沒有落後他太多。

溫時予喘息著射進譚知仁手裡後，有幾秒鐘的時間，他沒有辦法繼續手上的套弄。譚知仁沒有責怪他，只是攬著他，等待他身體的顫抖緩和下來。

溫時予一邊低哼，一邊在幾乎無法運作的大腦中召喚出足夠的意志力，再度進行未完成的任務。

「你好性感，時予。」譚知仁的聲音低啞，眼神掃過他的雙唇。

於是溫時予就把自己的嘴唇給了譚知仁。在舌尖的糾纏下，不出幾分鐘，譚知仁的體液便噴濺在他的手心。

他們維持相擁的姿勢好一陣子，直到溫時予向後退開，「我想去洗手，這個東西乾在手上有點噁心。」

最終，譚知仁跟他一起進入浴室。

巨大的泡湯浴池在右手邊，左邊則是乾濕分離的淋浴間，廁所則是獨立的另一個隔間，在浴室的對面。

明明廁裡就有洗手台，譚知仁就偏要和他一起用淋浴間的水龍頭，然後在洗手的時候拿水潑他。

冰涼的水濺到肚子，溫時予大喊一聲，捧起一手的水回擊。

譚知仁一邊罵髒話一邊大笑，響亮的笑聲在浴室裡迴盪。

溫時予不知道是什麼使譚知仁看起來如此雀躍，但是如果這就是譚知仁和每個炮友的相處方式，他一點都不需要懷疑那些人爲什麼會暈船。

擦乾身子後，溫時予從衣櫃裡拿出昨晚掛起的衣服穿上，在他們離開飯店前，他還特意上了妝。

「你素顏也很好，幹麼非化妝不可？」譚知仁坐在床尾，看著鏡子前的他，喃喃抱怨。

「這是禮貌。」溫時予在鏡中對上他的視線，一邊將粉底拍在臉頰上。而且化了妝，他才不會忘記自己是在工作。

譚知仁說要帶他去買衣服，並不是一時興起的空頭支票，他們搭計程車去距離最近的購物中心，眞的爲他買了從裡到外、從上到下的兩套衣服。

「記得提醒我，把這些從你的消費金額裡扣掉。」

「嗯哼。」譚知仁不置可否地應道。

他們去的是平價日本連鎖品牌。在譚知仁的堅持下，溫時予挑了兩件襯衫、兩條不同顏色的休閒西裝褲，還有換洗用的內褲和襪子。

那兩件襯衫都是上班時可以穿的顏色，一件暗紅，一件深藍，也能搭配他現有的領帶。休閒西裝褲則是安全的淺灰和黑色，這樣的造型可以讓他看不出年紀，又擁有俐落的線條。

衣服在紙袋裡沉甸甸的，溫時予一邊在內心計算該扣下多少錢……其實也就是三張千元鈔有找的價格而已，可現在還不到他需要治裝的時候。他壓下心中那一點點心疼的感覺，告訴自己，多花三千元並不會讓他離目標更遠。

譚知仁催著他去廁所換上新衣，所以他就照做了。

下午的時間，他們就牽著手在商場裡閒逛，從商場的一樓開始，一路往樓上晃去，還去了位於六樓的書店。

儘管溫時予真的沒有多餘的時間看閒書，他還是很喜歡身處在書店的感覺。書店和學校都會讓他覺得自己像個平凡人，只是一個普通的大學生。

他的手指輕輕撫過平台上展示的書，想像他挑選喜歡的某一本去結帳，就和書店裡的其他人一樣。

譚知仁在漫畫的區域逛了很久，如數家珍地和溫時予介紹一部部最近流行的動漫作品。

溫時予只是微笑著聽他說，一邊嘗試記住哪一部的男主角有超能力、哪一部的男主角是臥底探員。

「你從來不看漫畫嗎？也不看動畫？」當溫時予表示自己沒有看過最近剛上映的電影版動畫時，譚知仁不可置信地盯著他。

「小時候在阿嬤家看過《烏龍派出所》。」溫時予彎了彎嘴角，「還有《哆啦A夢》，這個算嗎？」

「救命。」譚知仁搖著頭，一撮瀏海在額前擺盪，「不行。我必須要給你一點漫畫教育，提醒我下次帶幾本給你。」

「有一種東西叫網路，你告訴我作品，我可以上網看就好。」

譚知仁直瞪著他，「請支持正版好嗎。就這麼決定了，你沒得拒絕。」

溫時予只能說好。

他們在商場待的時間，比溫時予以爲的還要久，卻過得比他想像的還要快。

當他們走出商場時，天色已經暗下來了，在譚知仁的提議下，他們再度搭上計程車，前往附近的夜市。

譚知仁或許眞的想要把所謂的鐘點男友發揮到極致——和昨天晚上煩躁的狀態相比，今天譚知仁的情緒簡直高亢得不可思議。他們的對話幾乎沒有停下來過，而且甚至不需要溫時予的引導。

溫時予只是饒有興味地觀察譚知仁，一邊任由對方主導整個行程的走向。

他對哈利說的是眞話，他不記得遇過比譚知仁更好的客人了，或許是因爲他們有除了酒店之外的其他交集。他是眞心享受與譚知仁說話。

他心底有一個細微的聲音，提醒他工作和學校的界線，但是他只是把目光聚焦在譚知仁臉上，用譚知仁的聲音蓋過它。

那道界線如今好像也沒那麼重要了，譚知仁是他特別的客人，給他一點特別待遇，應該不爲過吧？

「我臉上有蟲嗎？」譚知仁問。

「什麼？」他回過神，只見譚知仁眉毛挑得好高，好奇地打量他的雙眼。

他們在一家烤玉米的攤販前排隊，濃郁的炭烤與醬料香氣直往溫時予的鼻孔裡鑽。

四周人潮洶湧，人聲嘈雜，他和譚知仁不得不站得靠近，他的肩膀胸口幾乎是貼在譚知仁的手臂上。

「你知道你已經盯著我看好幾分鐘了嗎？」譚知仁不懷好意地微笑，湊近他的耳邊，「是不是看我長太帥啦？」

溫時予決定貫徹他對譚知仁說實話的原則。「對。」他靠上前，對著譚知仁說：「而且離你這麼近，讓我有點分心。」

儘管是譚知仁先開口逗溫時予的，但聽見他這麼說，譚知仁又露出他再熟悉不過的彆扭微笑，然後撇撇嘴角，手肘輕輕頂了一下他的胸口。

溫時予順勢擁住譚知仁的手臂。譚知仁的身體明顯一顫，導致他忍不住暗笑起來，他們都已經裸裎相見這麼多次了，譚知仁卻還是會因爲他的親密舉動而感到難爲情，他甚至懷疑譚知仁根本不像宣稱的經驗豐富。

爲了證明他的觀點，他墊起腳尖，毫無預警地在譚知仁的嘴角印下一吻。

「嗯，這樣好多了。」溫時予對他眨了眨眼。

譚知仁就像被石化一樣，有那麼一瞬間失去回應的能力，當隊伍往前移動時，溫時予還得拉著對方往前走。

「你不要太得寸進尺囉。」譚知仁壓低聲音警告道。

「你可以懲罰我。」溫時予用氣音回答：「等我們回去之後。」

在夜市攤販耀眼的日光燈下，譚知仁的面孔逐漸泛紅，這讓溫時予只想要再吻譚知仁一次。他身爲鐘點男友，這應該在業務範圍內——

「知仁？」

不論剛才溫時予在想什麼，在聽見這道嗓音後，所有想法都直接飛到九霄雲外了。他的大腦現在正急著從某種著魔的狀態下清醒過來，並從資料庫裡搜尋這個聲音的主人，而他臂彎間的譚知仁則是渾身一僵。

短暫的幾秒過去，溫時予回過頭。

「你是……溫時予？」

他不確定自己現在是什麼表情，但是他很確定，他沒有打算在這裡見到林敏成。而且就算他和林敏成一點也不熟，林敏成臉上的震驚，他無論如何都不會看錯。

「敏成，是你朋友嗎？」

他身後兩個看起來像是父母的中年男女露出和善的笑容，來回看著他們倆。

「呃，對，他們是我同學。」林敏成的視線像是被磁鐵吸住，無法從溫時予的臉上轉開，「時予，你居然會化妝？」

譚知仁有在他的朋友面前出櫃過嗎？如果沒有，現在這個畫面，或許就勝過千言萬語了。

林敏成的眼睛眨了眨，視線緩緩落到溫時予和譚知仁接觸的肢體上。

這對溫時予而言，就像一個召喚，他不該在譚知仁的朋友面前做出這個動作，這違反了他們一開始的協議。

所以他選擇放開手，不過不知道是否已經太遲了。

「你們居然也在這。」林敏成的眼神發亮起來，伸出一隻手指比向他們，「哇喔，你們現在是……在一起嗎？」

「沒——」

溫時予的話幾乎還沒有離開舌尖，譚知仁的速度比他更快。

「對啊。」

譚知仁的聲音清晰無比，在他耳邊響起，一隻手臂搭上他的肩，將他拉得更近。

溫時予倏地轉過頭，差點扭到脖子的肌肉，然後看見譚知仁嘴角勾起的微笑……譚知仁瘋了嗎？

「哇。」林敏成尖聲說：「上次吳閔俊說，你跟溫時予都偷偷來，原來是眞的……」

溫時予完全不知道這是什麼狀況，譚知仁和吳閔俊他們究竟說過什麼？在他的印象中，林敏成一直都是吳閔俊身邊的跟班而已，明明他是當事人之一，卻彷彿置身事外，說實話，這感覺並不太好，而且依照吳閔俊對他的看法，想必說的話也絕不會是什麼好話。

不過……現在這件事的主角好像不是他。

譚知仁臉頰上的肌肉抽動，儘管還帶著微笑，那抹笑意並沒有抵達他的雙眼。

他們前方的客人點完餐，往一旁走開，再過一組，就要輪到他們了。

「要排到我們了。」溫時予輕拉一下譚知仁的衣襬，「先點餐吧。」

譚知仁依然緊盯著林敏成，沒有說話。

溫時予抿了抿嘴，堆起他最親切的笑容，就像平常上班那樣，「學校見囉，敏成。」

他從來沒有這樣和林敏成說過話，然而此刻他想不到更好的辦法了，只希望這樣做林敏成的父母就會識趣地將兒子帶走。

「好喔，拜拜。」離開時，林敏成的視線依然停留在溫時予身上。

隊伍輪到他們，譚知仁向攤販點了餐，兩人便前往一側的等待區。

「剛才是怎樣？」

「嗯？什麼怎樣？」譚知仁看著烤玉米的架子轉動，沒有回應溫時予的目光。

「你跟林敏成說我們在一起，這個資訊量有點大。」

「嗯，這就是我花錢想得到的東西，不是嗎？」譚知仁的嘴角動了動，露出一個溫時予不確定是不是微笑的表情。「鐘點男友。所以在這段時間，你跟我就是在一起。」

溫時予沒辦法反駁，可是他不喜歡譚知仁說這番話的口氣，不是因爲譚知仁冒犯了他，而是因爲譚知仁聽起來像在賭氣，而賭氣這件事向來沒有好下場。

可是他有什麼立場對譚知仁說教？譚知仁說得沒錯，他有付錢。溫時予的工作就是服侍好他，讓他在這段時間裡快樂，林敏成不該是他要擔心的事，至少現在不是。

溫時予點點頭，再度挽住譚知仁的手臂，將身體靠上前，把臉頰靠在譚知仁的肩膀。

幾秒過後，他便感覺到和他相貼的肌肉逐漸放鬆下來。

這是他擅長的事，他的身體就是最好的安慰，大多數來找他的人，追求的也就是這個……

但是他逐漸無法確定譚知仁也是如此。

◆

直到回到飯店，譚知仁都還處在震驚狀態，覺得非常不眞實——他居然會遇到林敏成？和溫時予一起遇到林敏成，這樣也就算了，被撞見的還是他們狀似親蜜的模樣，那個畫面根本騙不了人。

還不只這樣，譚知仁驚訝地發現，比起被同學看見他和溫時予親密的舉動，或者他無意間讓溫時予出櫃的糟糕事實，他更在意的，卻是溫時予甩開他的手的舉動。

溫時予的否認，讓譚知仁突然覺得好像有一隻手狠狠掐了一下他的心臟。

小學的時候，他在抽屜裡發現一張折起來的紙條。他以爲是他的朋友寫給他的，當他滿心期待地打開字條時，卻發現那張字條本來應該是要寫給另一個人的。

紙條上面確實寫了他的名字，但他不是收件者——他是字條裡的討論對象。

你不覺得譚知仁眞的很吵嗎？下課一直叫，眞的好煩喔。

等一下下課我們跑快一點，這樣他就不會跟著我們了。

他以爲自己與他們兩個是朋友，畢竟他們都會一起去學校後門旁的遊樂場玩爬架。

讀完字條時，他感覺有一大塊冰塊沿著他的喉嚨，滑落到胃裡，讓他的肚子因爲冰冷而翻攪收縮。

就和溫時予放開他的時候一樣，他的身體依然還記得，從體內一路發冷到皮膚的感覺。

小時候，他沒有辦法和那兩個孩子面對面。他沒有立場，他就只是一個讓他們討厭的同學，但是現在他有籌碼了，他有付錢，所以在這段旅行的時間裡，溫時予休想拋棄他們之間的契約。

所以他就對林敏成那樣說了。對啊，他們是在一起，如果溫時予眞的很介意，大可繼續反駁，然而溫時予並沒有。

眞要說的話，那個回答更像是某種暗示，接下來在夜市裡的時間，溫時予沒有再離開過他的身邊，態度一如往常地溫柔——如果不說是更溫柔的話。

他想知道溫時予放開他的理由，可是又覺得問出口太丟臉了……他可不想讓溫時予覺得自己是被人一腳踢開的小狗。

坐在床尾看著浴室溫泉池旁的溫時予，譚知仁試著解讀對方的表情，當然最後什麼也沒看出來。

溫時予是以服務他人情緒維生的，大概也同樣擅長隱藏自己的想法，或許只有在床上的時候例外吧。回想溫時予在床上的情感有多麼豐富，一股溫熱的血液便往他的下腹湧去。

房裡的冷氣很強，譚知仁卻覺得自己的後頸開始出汗，忍不住翻了自己一個白眼。

「我臉上有蟲嗎？」

「什麼？」

溫時予笑了起來，一邊伸手把水龍頭關上，「你已經盯著我看很久了。看了我一整天，還沒膩嗎？」

譚知仁挑起眉，「如果膩了，你會退我錢嗎？」

「抱歉，不會，不過我售後服務很好，我可以幫你物色下一個你滿意的公關。」

譚知仁瞪視著溫時予，這個回答太圓滑，好像他說什麼都無法激起溫時予的情緒反應。這使得和溫時予相處非常容易，因爲譚知仁不用承擔說錯話惹惱人的壓力，可是現在他突然非常想要惹惱他。

「你想泡澡了嗎，知仁？」時予站在水池邊問。

泡澡兩個字讓譚知仁的身體有點興奮，但讓他的大腦有點難為情，他從床上站起來，發現他的胯間已經有微微的隆起……天啊，他還能再更精蟲衝腦一點嗎？

譚知仁走進浴室時，溫時予便從他身邊溜過，在浴室門口站定。

爲了和人上床而脫衣很簡單，他也毫不懷疑，等到他們洗完澡後，他們就會那麼做了。然而現在他們都還太清醒，距離眞正的性愛還有一段太長的時間。

溫時予打量著他，眼神帶著笑意，「想要我幫你洗澡嗎？畢竟……這段時間我們是在一起的嘛。」

譚知仁的身體喜歡這個點子，他本人卻沒那麼喜歡。

「不用了。」譚知仁咕噥道，一邊脫下T恤。

溫時予伸出手，接過他的衣褲，彷彿一切都是如此理所當然。

當譚知仁站在蓮蓬頭下，先將自己的身體沖淨時，溫時予只是靠在浴室的門框上看著。即便他的臉上爬滿水滴，使他沒辦法時時關注溫時予的眼神，他的身體似乎依舊可以感覺到對方的打量。

他關掉水，將濕漉漉的頭髮往後推起，抹去臉上的水，往溫泉池水走去，一邊瞥了溫時予一眼。

「好看嗎？」他挖苦道：「下次欣賞表演請自由打賞。」

「沒問題。」溫時予動手解開襯衫鈕釦，「至於我的部分，已經包含在整套服務裡了。」

譚知仁嚥了一口口水，他知道溫時予一定看見他喉結跳動的樣子了。他爬進浴池裡，弓起身，直到溫泉水淹到他的肩膀。

溫時予脫下身上的衣物，然後對譚知仁微微一笑，然後往淋浴間走去。

水從蓮蓬頭中灑下，很快就將溫時予的頭髮打濕。回到飯店後，溫時予就將臉上的妝卸除了，現在的他，只是仰著頭，任水流沿著他的鼻梁、臉頰與下顎蜿蜒而下。

溫時予的脖子細長優雅，抬頭時的弧度、喉結與鎖骨的形狀，性感得令譚知仁轉不開視線。溫時予的指尖彷彿有某種魔力，將他的雙眼牢牢吸引，跟著它們，走過溫時予的胸口、肚子，然後是下體。

溫時予的性器還沒有完全充血，手指緩緩搓弄自己的器官，細心地清洗每一寸皮膚，只不過這造成的效果卻是在譚知仁身上。他想要阻止溫時予繼續動作——他想要溫時予因他而興奮，而不是自己來。

溫時予抬起眼，對上譚知仁的視線，然後勾起嘴角。

譚知仁倒抽一口氣，倏地撇開視線。

不久後，蓮蓬頭的水聲就停止了，他抬起頭，溫時予正好走到浴池邊。

「如果你覺得好看……有打賞嗎？」溫時予跨進溫泉水中，半勃起的陰莖在雙腿間晃動。

「可以啊。」譚知仁的嘴角一歪，強迫自己正視溫時予的雙眼，「你想要什麼？」

溫時予的身子緩緩沉進水中，掀起一陣小小的波浪，而後朝他靠過來，直到膝蓋碰到他的小腿。

「也許，一個吻？」

譚知仁的心臟跳起快樂的舞，視線落在溫時予的嘴唇上，說實話，他喜歡溫時予的素顏遠勝過帶妝的樣子，少了那一層化妝品，好像溫時予就少了一點偽裝。

「一個夠嗎？」譚知仁對溫時予眨眨眼。

溫時予的微笑美得幾乎要讓他融化。接著溫時予來到他面前，手指輕觸他的膝蓋內側，將他向外推開，他忍不住嚥下一口口水，喉頭突然乾澀起來。

當溫時予進入他的雙腿之間，用手捧住他的臉頰時，池水的溫度好像又升高了一點。柔軟的嘴唇覆上他的唇，那股他逐漸熟悉的、屬於溫時予的氣味刺激著他的神經，使他的皮膚變得敏感，溫泉水隨著他們的動作打在身上，溫時予裸露的身體碰觸到他，全都轉換成難以壓抑的慾望。

一個吻很快就結束了，溫時予的臉向後退開，但是身體沒有，依然坐在譚知仁的大腿間，雙腿跨在他的臀部兩側。

譚知仁伸手圈住溫時予的腰。潮濕的瀏海貼在溫時予額頭上，柔和了眉毛的線條，溫泉水的蒸氣似乎也進了溫時予的眼裡，讓眼神變得迷茫。

「我只是想要維護你的形象。」溫時予輕聲說。

「嗯？」

「剛才，在夜市的時候。」溫時予的手滑到譚知仁的頸側，用拇指輕撫著他的下顎邊緣，「我放開你，是因爲我不確定他們知不知道你的性向。」

溫時予居然還提起這件事……這也是話術的一部分嗎？只是作爲「蘇西」的表演之一？溫時予這麼說的目的是什麼？爲了安撫他，以免失去他這個客戶嗎？

溫時予的眼神沒有動搖，直直看著他。如果溫時予能這樣直視著他的眼睛，對他說出違背良心的甜言蜜語……他不相信。

他好想問溫時予，現在說話的人究竟是蘇西，還是溫時予，或者這兩個身分究竟有什麼區別……可是他眞的想要知道答案嗎？

「嗯，他們知道。」譚知仁喃喃回答。

「對不起。」

譚知仁不確定溫時予是爲什麼事道歉，是因爲讓自己不開心了，還是因爲……一定是因爲浴池裡太熱了，溫時予又坐在他面前，他的思緒才會變成一團破碎的詞語。

「我還沒打算要原諒你。」他搖搖頭。

「眞的嗎？」溫時予挑起眉，「要怎麼做才能讓你氣消？」

「讓我思考一下。」譚知仁咬著嘴唇，他的體溫已經高到快要暴斃了，同時聲音沙啞得讓他感到丟臉。

接著他傾身向前，吻上溫時予的嘴唇。

在水裡相擁的感覺，好像比在床上還來得令人性慾高漲，水成了似有若無的阻擋，他們既相碰卻又沒有完全貼合。呼吸變成一件無比困難的事，他的喘息聲在耳邊迴盪，和溫時予的聲音交疊在一起。

泡什麼溫泉啊？他現在只想要溫時予。

「你想要在哪裡做？」他貼著溫時予的嘴唇問道：「在床上？浴室？還是……」

「你這樣讓我很難做事……」溫時予的聲音顫抖著，嘴角拉出微笑的弧度，臉色潮紅。

「你想要什麼？除了看我高潮之外。」

譚知仁還眞的不知道。如果他曾經認爲自己對性愛有點成癮，簡直就是白癡，他沒有性愛成癮，而是對溫時予上癮。

溫時予因爲他而瘋狂的樣子，就是最能讓他興奮的東西，什麼體位、什麼地點，對他而言根本不重要。

他的手握上溫時予的性器，輕輕套弄一下，溫時予帶著鼻音的哼聲，就讓他的腦門發燙。

「我只想聽你的聲音，很好聽。」

溫時予笑了起來，伸出手，環住譚知仁的脖子，「有人跟你說過你有多可愛嗎？」

有很多人說過他很多東西，但可愛不是其中一項，他不知道溫時予在他身上看到什麼，才會做出這種評價，不過他喜歡溫時予的語氣。

當他們離開浴池時，他們的性器脹大的樣子幾乎要讓譚知仁笑出來。

洗去溫泉水的過程漫長得令人生氣，他們把身體擦得半乾之後，他就迫不及待地扔下浴巾，將溫時予推倒在床上。

溫時予喜歡從背後來，於是他就這麼做了。溫時予的脖子上還掛著點點水珠，肌膚因爲剛才的溫泉而泛紅，讓他忍不住彎身啃咬溫時予的後頸，換來肉壁的一陣緊縮，差點讓他提前繳械投降。

溫時予的叫聲帶著哭腔，夾雜喘息與破碎的字詞，沒有什麼比溫時予斷斷續續的哀求來得更性感。最後他只能用嘴唇堵住溫時予的嘴，以免溫時予的叫喊讓他太快射出來。

譚知仁不想比溫時予更早高潮，所以他把溫時予翻了過來，用正面的姿勢再度進入，一邊套弄對方的陰莖。

溫時予到達頂點的瞬間，身體弓起，穴口緊縮，精液濺在他的下腹和手上，然後他才終於容許自己越過高潮的邊緣。

他眞想直接趴在溫時予身上睡著，但是等到射精的餘韻逐漸褪去後，他們身體間的體液就變得沒那麼容易忽視了。他心不甘情不願地爬起身，將鬆脫的保險套扔掉，再拉著溫時予回到浴室裡清洗。

他們再度回到床上躺著，打開電視，隨便轉台，最後停在正播映某一部超級英雄系列作的電影台。

譚知仁學著裡頭的魔法師施法的手勢，拙劣的模仿讓溫時予笑得說不出話。他討厭丟臉，可是如果能藉此換來溫時予的笑容，或許還不算太糟。

他放在床邊桌上的手機螢幕又亮了起來，震動聲吸引他的視線，這次是他媽媽打來的，和昨天晚上在酒店裡的時間差不多。

溫時予探頭望了一眼。「雖然我很想問你要不要接，但我應該知道答案了。」

譚知仁哼笑一聲，他才不要接，現在他從裡到外都太舒服了，溫時予靠在他肩上的感覺也是。不管他爸媽有什麼事，他才不要讓他們破壞這一刻。

小時候，譚知仁聽最多的，就是他們說的「等一下」，他們永遠都有更重要的事情要做──接客戶的電話、和合作廠商吃飯，或者和哪個議員朋友去見更多的朋友。

不管他怎麼生氣、哭鬧，父親就只是叫他要懂事，說凡事都有先來後到和優先順序，他要學會先處理重要的事。

所以他們應該也不介意等他一下吧？

「他們是成熟的大人了，可以等。」

譚知仁打開手機的勿擾模式，這樣他就不用看見發亮的螢幕。

溫時予沒有針對他的選擇做出任何評價，只是伸出一隻手，越過他的胸前。

譚知仁把臉頰靠在溫時予的頭頂，如果可以在這裡多留幾天就好了，遠離學校、遠離其他人，就只有他和溫時予，好像整個世界都和他們無關。

第八章

溫時予突然意識到，不該養成和譚知仁一起念書的習慣。習慣對公關與客人的關係是好事，代表穩定的收入來源，作爲同學……好像就沒有那麼好了。

譚知仁說帶課本去酒店找他，他還以爲是玩笑，結果譚知仁還眞的帶著厚重的商事法課本出現，他當場笑了出來。

爲了讓他們有安靜的空間認眞看書，溫時予和譚知仁去了裡頭的包廂，外頭嘈雜的聲音變成模糊的背景，沒有人來打擾他們，所以溫時予可以和譚知仁討論證券交易法。念累的時候，他們就擁抱、接吻，或者做些其他事情。

半夜兩點多，譚知仁就睡著了，躺在沙發上，枕著他的大腿，肩膀隨呼吸微微起伏。

溫時予猶豫要不要叫譚知仁起床。讓對方付錢在這裡睡覺，似乎不太有職業道德，但是譚知仁的睡臉太安詳，打擾他或許更不道德。

自從第一次在沙發上睡到肩頸痠痛之後，譚知仁就學乖了，第二次，他就帶溫時予出場。

溫時予從來沒想過，會有人在五星級飯店裡開房間念書。

「最近吳閔俊和林敏成願意把你借給別人啦？」

再繼續試著切割學校和酒店，已經沒有意義了，他越界太多次，甚至直接被林敏成撞見他們外出的樣子，再裝模作樣下去，只會顯得做作。

林敏成有因爲那件事爲難他嗎？這是譚知仁開始找他一起念書的原因嗎？但面對他的試探，譚知仁只是翻了個白眼，沒有正面回應。

說到底，吳閔俊和林敏成怎麼想的，確實和他沒有關係，和他有關的只有譚知仁。

和譚知仁待在一起，能讓他暫時忘記許多其他事，忘記阿嬤依然在昏迷中的事實——這幾乎像是另一種人生，是獨立在學校和酒店之外的另一個時空。

是從哪一刻開始變成這樣的？起點好像不存在一樣，就像某種時空悖論，他現在正處在一個沒有起點和終點的迴圈裡。沒有離開的出路，他也並不想離開。

這其中所帶來生理、心理，還有經濟上的滿足，讓溫時予想要更多，越多越好。譚知仁一定也同樣滿足吧？如果譚知仁會一直回頭來找他，代表他在這裡得到他想要的了。

隨時可以斬斷，不必負責又能盡情享受戀愛氛圍的關係。

他只是沒有想到，當這段關係眞的斷掉的時候，那突然出現的空缺會如此難以忽視。

就如同譚知仁第一次出現在酒店裡的時候一樣，他的消失也毫無預警。

譚知仁先是在課堂上缺席。平常譚知仁總是會和吳閔俊一起出現，林敏成有時會在吳閔俊旁邊，但有一天，吳閔俊旁邊坐了另一個同學。

吳閔俊究竟知不知道譚知仁和他的事，知不知道譚知仁在哪裡？從吳閔俊看他的眼神，他無法判斷，也不想問。

一整個星期所有的共同課，譚知仁都不在，就像從學校裡蒸發了一樣……不，不只是學校，酒店也是，譚知仁沒有約他的時間，也沒有像之前那樣突然出現在外櫃。

溫時予依然上班、上課，只是少了一點什麼，時間好像變得更漫長。才過了一個多月，他爲什麼已經忘記譚知仁成爲他的客人之前，日子是怎麼過的了？

「欸，溫時予。」

譚知仁消失的第二個星期，中級會計下課時，吳閔俊叫住他。

溫時予在走道上停下腳步，對他挑起眉。

「知仁最近有跟你聯絡嗎？」吳閔俊的樣子，好像問他這個問題是一種侮辱。

溫時予儘量保持面無表情，不想透露自己的驚訝，「沒有，我以爲他會跟你說。」

聞言，吳閔俊白皙的面孔漲得通紅，他垂下視線，牙齒將嘴唇咬得凹陷。

林敏成歪了歪頭，「你跟知仁最近都沒有見面嗎？」

「沒有。」

林敏成看起來還想要說些什麼，吳閔俊搶先他一步開口了：「算了，我再問他吧。」

溫時予聳聳肩，轉身離開。少了譚知仁，吳閔俊甚至懶得對他保持虛假的友善，不過這才是原本的樣子，不是嗎？

吳閔俊的話在他的腦海裡揮之不去，儘管酒店裡的客人時常無預警地消失，然而譚知仁不一樣，他是他的客人，也是他的同學。他發生什麼事了？跟他爸媽前陣子頻繁打電話給他有關嗎？或許他們移民了，現在一切安頓好，就要把兒子接過去美國……如果要搬去美國，他會對吳閔俊保密嗎？

本來這一切都只是保留在溫時予的腦海裡而已，直到兩天後，哈利和他說的話，才讓他終於下定決心。

「你和知仁吵架了嗎？」

哈利的問題實在太微妙了。有些公關會利用和客人的關係，發發脾氣、耍耍手腕，好讓客人變得更死心塌地，但溫時予不走這個路線。

「沒有。」

「噢。」哈利頓了頓，「我只是覺得，好像很久沒有看到他了。」

溫時予不禁歪嘴笑了起來，「他是我的客人，還是你的啊？」

「我這是關心同事。」哈利回答：「看看你，笑這什麼樣子啊？」

「什麼樣子？」

「假笑的樣子。」哈利一隻手指對著溫時予的眼睛比劃，「他在的時候，你的眼睛也會笑，可是我好久沒看到你那樣的表情囉。」

「你韓劇看太多了，什麼眼睛會笑……」

「本店哈利，請至外櫃接待。」

廣播打斷他們的對話，哈利從休息室的沙發上站起身。離開前，他的手在溫時予肩上停了幾秒。

「他再不來，你的業績都要墊底了，到時候你就欲哭無淚。所以你還是趕快打給他，叫他拯救一下你的桌數吧。」

溫時予的業績才沒有墊底，哈利肯定最清楚，來找他開桌的桌數，也不會因爲少了譚知仁一人而有多大落差。

也許他是該打給譚知仁，以酒店公關的身分，關心好久沒有來消費的客人，這再合理不過了。

話說回來，吳閔俊不可能沒打過電話給他。但他如果連吳閔俊的電話都不接，他憑什麼會接溫時予的？

抱著姑且一試的心態，在哈利離開休息室後，溫時予便從通訊錄裡翻出譚知仁的號碼，手指在譚知仁的名字上徘徊好一陣子，卻遲遲沒有點擊。他要是眞的出國了，他的號碼會停用嗎？或者會變成國際漫遊，讓溫時予的通話費爆炸……只有撥了才知道。

電話沒有如他想像的那樣進入語音信箱，也沒有永無止境的提示音，當溫時予數到第十三次的時候，單調的提示音便被人的聲音取代了。

「喂？」

溫時予張開嘴，卻突然說不出一個字。他本來要說什麼？他根本沒想到譚知仁會接電話。他想問的問題太多了，一時之間不知道該從哪裡開始。

「時予？是你嗎？」

「嗨。」溫時予忍不住站起，在休息室裡來回踱步起來，「你最近……還好嗎？」

譚知仁沒有馬上回答，電話那端傳來混濁的呼吸聲。

「我以爲你已經睡了。」溫時予決定再試一次，起了頭之後，現在他說話就自然多了，「已經很晚了。」

「還沒。」譚知仁停頓了一下，「就算睡了，也被你電話吵醒啦。」

譚知仁的聲音讓他鬆了一大口氣，原先的害怕瞬間蒸發，取而代之的是隱隱的、在底層流動的憂慮。他還在國內，這算是好事吧，他爲什麼沒有去上學？爲什麼沒有和任何人聯絡？

「發生什麼事了？」溫時予脫口而出，也許有點魯莽，卻也可能是最簡單的方法了，「好幾天沒有在學校看到你。」

譚知仁吐出一口長氣，「家裡發生一些事。」

一股不祥的預感像濃霧聚集，籠罩著溫時予的心。

「你還好嗎？如果——」他硬生生地打住，現在在譚知仁耳裡，他聽起來是什麼樣子？會不會認爲他只是想要賺錢，才會打這通電話？

溫時予還沒有找到正確的措辭，譚知仁就再度開口：「我可能……暫時沒有辦法去店裡找你了。」

「沒關係，這不是重點，我只是有點擔心。」

這無關生意、無關錢，只跟譚知仁有關，因爲他擔心他，只是想知道他沒事。

「我只是有一些事需要處理。」然後譚知仁像是突然想到似的補上一句：「對不起。」

「吳閔俊前幾天問我，你有沒有跟我聯絡，他也不知道你在哪。」

譚知仁哼笑一聲，終於比較像原本的他，「對啊，他當然不知道，我沒有跟他說。」

「那……可以跟我說嗎？」

如果這句話嚇到譚知仁，溫時予也不覺得意外，因爲就連他自己都覺得荒唐，他憑什麼覺得他在譚知仁心中的地位會超過吳閔俊？或許是因爲譚知仁接了他的電話。

溫時予咬緊牙關，等待譚知仁的回應，就算對方拒絕，也在意料之中，他不會怪譚知仁。

「你明天有空嗎？」譚知仁最後說。

溫時予的心臟在胸腔裡重重一跳，他說不清現在在他心中翻騰的情緒是什麼，幾乎沒辦法控制自己的嘴巴，「有。」

「我們見面說吧。我，呃——」譚知仁發出一聲低吟，「不知道，我自己也還在想辦法處理。」

這句話讓溫時予皺起眉頭，「你該不會殺人了吧？」他不是有意搞笑，是認眞想要排除這個可能性。

「靠北。」譚知仁粗聲說道：「你才殺人了。」

溫時予忍不住揚起一個微笑，「我只是想要確保我不會成爲下一個受害者。」

結束通話前，譚知仁叫住他，道了聲謝。

「小事。」他的聲音，讓溫時予好想要抱抱他。「晚安，知仁。」

這天晚上的工作，溫時予幾乎是靠著反射動作度過的，他的內心只是一直在等待天亮，等待酒店結束營業。

上了大學後，溫時予從來沒有翹過課，因爲上課時間的每一秒，都代表著他繳出去的錢。這天早上第一節的通識課程，是他第一次曠課。

這個時間是他選的，多等一個晚上，已經是他能做到最大的讓步了。就算他勉強去了學校，也不可能專心，譚知仁會盤據在他的腦子裡，直到他們見面爲止。

下班後，他帶著渾身的菸味與酒氣，和通勤的上班族與學生一起搭乘捷運。

來到和譚知仁約定的那一站，溫時予走出地下道，就看見路口處的速食餐廳。推開店門，油炸食品的氣味撲面而來，溫時予買了兩杯黑咖啡，往一旁的樓梯走去，來到二樓。

靠近角落電視下方的雙人桌邊，溫時予一眼就認出譚知仁。他來到桌邊，碰了碰對方的肩膀，「知仁。」

譚知仁倏地抬起頭，像被嚇到般往牆邊彈了一下，眼神和他對上，接著立刻轉開。

溫時予咬住嘴唇內側的皮肉，將一杯冰咖啡放在譚知仁面前，拿下背包，抱在胸口，在譚知仁對面坐下。現在，他終於能好好端詳譚知仁的臉。

「謝了。」譚知仁說，一邊拿起咖啡喝了一口。

才幾天沒見，譚知仁看起來憔悴許多，眼下出現深色的黑眼圈，嘴唇顏色蒼白，帽T鬆垮地掛在肩上……甚至可以說是有些狼狽。

總是光鮮亮眼的譚知仁，究竟發生什麼事了？

溫時予想要握住他的手，告訴他沒關係，他在。可是這裡不是WAKE，現在他們不是公關與客人，這些話突然顯得好荒唐，所以他轉而拍了拍大腿上的背包，「我這裡有昨天上課的筆記，如果你想看的話，可以讓你帶回去。」

譚知仁哼笑出聲，「上課應該是我現在最不需要擔心的一件事。」

「所以你……在擔心什麼？」

「我不知道要怎麼說，這眞的很蠢，又很靠北。」

「我在酒店也聽過不少又蠢又靠北的事，讓我看看你的可以排第幾名。」溫時予提議。

聞言，譚知仁翻了個白眼。這熟悉的動作令溫時予忍不住微笑，只要他還能像原本的自己，溫時予相信，事情就還沒有糟到無可挽回的地步。

「你記得我爸媽前一陣子一直打給我嗎？」

溫時予點頭，「你說他們在美國。」

「對。」譚知仁的嘴角拉出一個角度，比起苦笑，更像是嘲諷，「原來他們會跑去美國，是因爲他們早就知道，他們欠稅繳不出來了，所以在被限制出境之前，他們就先跑了。」

溫時予的眉頭一皺，「是周轉困難嗎？」

「投資失敗。最慘的還不是這個。」譚知仁輕笑起來，轉動手中的咖啡杯，「我爸媽之前拿我的名字開人頭公司……現在，連我的名下也欠了超大一筆稅和罰款。」

溫時予屏住呼吸，「多少？」

譚知仁的下顎動了一下，「我不想說。」

如果是他欠了一屁股債，他大概也不會想說，這是譚知仁的隱私，而他會尊重。而後他聯想到譚知仁昨晚說暫時沒辦法找他……要說不感到失望，那絕對是騙人的，可是爲什麼失望？是因爲他少了一個穩定經濟來源，還是因爲他再也沒有理由和譚知仁一起過夜？

第二種可能性甚至不應該出現，然而一旦這個念頭出現在腦海中，他就再也不能假裝它不存在。

溫時予搖搖頭，暫時把這個思緒推到腦後，他還有別的事要做。

「沒關係。」溫時予猶豫了一下，「你有辦法還嗎？」

就他所知，欠稅除了罰鍰之外，還有利息，譚知仁現在只是個大二學生，就算他先前有父母的資助，但現在連他們都自身難保，譚知仁該怎麼辦呢？

一個多月以前，溫時予還認定譚知仁和他在不同的世界，此時，這個想法突然變得很陌生。他們早在不知不覺間進入了同一個世界，也不知道從什麼時候開始，溫時予能讀懂譚知仁的情緒。

這理應是公關工作必備的技能，現在即便離開了酒店的場域，他好像也無法把這個技能關掉。看著譚知仁疲憊的表情，他內心想安撫對方的心情就蠢蠢欲動。

這是公關的職業病嗎？溫時予從來沒有和哪個客人相處時間這麼長，上班時和下班後，他一個星期和譚知仁待在一起的時數，究竟有多長？

「感謝我偉大的爸媽。」譚知仁臉上嘲諷的笑容擴大，但眉頭依然下切，使他的表情有點猙獰。「他們之前給我的錢讓我還了滿多的。我猜這是他們留給我的，那叫什麼——最後的疼愛？」

溫時予不禁失笑，這種時候譚知仁展現出的幽默感，倒是和他很像。

「我這幾天一直在跑國稅局。他們寄來超多封通知，我一封都沒有拆開看過，我一直以爲那是給我爸媽的東西，本來要等他們回來，再全部拿給他們。」

「可是你不知道啊。」溫時予輕聲說。

「對，我什麼都不知道，所以我現在得到教訓了。」

溫時予不是這方面的專家，然而這不是一個大學生該得到的教訓，至少不是用這種方法。話說回來，他也不能要求每個人的父母都好好負起他們的責任，就像自己的爸媽。

他還記得他們把他帶去阿嬤家，讓他在小院子裡玩遙控車。當他回過神來時，他們已經離開了。

溫時予記得自己那天哭了很久，最後在沙發上睡著。隔天，他就知道父母不會來接他了。

他很愛阿嬤，只是他有時候會忍不住懷疑，像這樣沒有打算負責的父母，當初爲什麼決定要把他生下來。

桌上的咖啡冰凝出水滴，在桌面留下一灘積水，溫時予緩緩抬起視線，「你接下來打算怎麼辦？」

「打工吧。」譚知仁聳聳肩，「剩下的欠款，我每個月慢慢還，而且我現在戶頭直接歸零，也需要生活費……我聽起來是不是很可悲？」

「還好。」溫時予向他保證，「需要上班賺生活費的人，不只你一個。」

譚知仁蒼白的臉頰泛起一片紅暈，「對不起，我不是在說……」

溫時予擺擺手，打斷他的話，「你還差多少？」

譚知仁瞪視著他，眼神中寫滿震驚與懷疑。

溫時予不怪他，就連他自己都被這句話嚇了一跳。他在想什麼？他在說什麼？這句話其中所含的暗示絕對越界了。

作爲公關，這件事不在他有權詢問的範圍之內；作爲同學，他們有親密到這個程度嗎？也許吳閔俊或林敏成可以問……溫時予可以嗎？

不，他還是要問，也必須問。看看譚知仁的表情，就像一隻無家可歸的流浪動物……就某方面來說，譚知仁現在確實是流浪動物。

這段時間累積起來的焦慮，原本被溫時予收在心底的某個盒子裡，在這一瞬間打開，再也關不回去了。

他懂被人遺棄，整個世界好像只剩下自己的孤獨，就像身處在一片伸手不見五指的黑暗中，獨自摸索前進。國中與高中時期，有幾年的時間，他都處在這個狀態裡，沒有任何人能成爲他的浮木，他抓住的任何一樣東西，最終帶來的都是失望。

譚知仁曾經捍衛過他，這件事他沒有忘記，所以他怎麼可能坐視不管？

譚知仁緩緩搖頭，「不行，溫時予。我不會告訴你。」

「沒有必要多付那個利息，如果可以，就把剩下的錢先還一還。」

譚知仁的雙臂在胸口交疊，「不要，我不會拿你的錢，你說過你也缺錢。」

「夠用了，我這一年賺得還可以。」其實那是他存下來，要留給未來的自己，讓他不再受制於任何人的資本……他到底在做什麼？

但真要說的話，客人與公關的情誼，不是本來就這樣嗎？他們是互利共生的夥伴，他們的關係是建立在互信之上，在這個前提之下，現在他所做的事，也只不過是經營的一環而已。借錢給客人，讓對方度過難關，然後他就會對自己更加忠誠。

只是他工作中比較少見這種突發狀況罷了……現在唯一的問題是，譚知仁願意接受他的提議嗎？

他們的目光在半空中相撞，譚知仁的眉頭微微抽動，雙眼來回打量他的眼睛，好像想要搞清楚他試圖提出幫助是出於什麼心態。

又或許像譚知仁這樣的有錢人，覺得接受酒店公關的幫助，是一件加倍丟臉的事吧，這些錢甚至還有不少是從譚知仁那裡拿來的，這其中的諷刺，令溫時予在心中暗笑。

最後，先轉開視線的是譚知仁。他垂下頭，低聲說：「我不想製造你的困擾。」

「你沒有。」

「我可以寫借據給你。我不想讓你覺得，我是故意在你面前裝可憐，要騙你的錢。」

「我們各取所需，記得嗎？你現在需要錢，而我需要的是未來穩定的客人，這叫投資。」

「哇，要是我爸媽聽到這個話，一定會被你氣死。」

「作爲投資失敗的商人，我覺得他們沒什麼資格嫌棄我。」

這是在溫時予坐下之後，譚知仁第一次用原本的聲音笑了起來。他從來沒想過自己會這麼喜歡聽見一個人的笑，甚至產生一種錯覺，好像他這麼努力地想要說服譚知仁接受幫助，就只是爲了要換得譚知仁的笑容。

譚知仁的雙手抹過臉，身體終於稍微軟化下來，向後靠在椅背上，拉下帽子，撥鬆亂糟糟的頭髮，「我這幾天除了跑國稅局，還有找工作，還要找新的地方住。」

在他們一起回譚知仁家打包行李的那個晚上，溫時予才知道，譚知仁沒有住在家裡，那間公寓是他租的。

「你能先回老家住嗎？你爸媽的房子？」

譚知仁搖搖頭，吐出一口氣，「我現在才知道，他們早就把所有的房子都拿去抵押還是幹麼了。他們現在眞的什麼都沒有，所以才早早就跑出去，以免現在想跑都沒辦法跑。」譚知仁扮了個鬼臉，「他們這叫斷尾求生，我就是那條尾巴。」

「聽起來滿合理的。」溫時予評論道。

「至少父債不用子還，我現在還有這些選擇，就應該謝天謝地了，對吧？」

溫時予只能同意。譚知仁剛才說的話，在他的腦海中揮之不去，譚知仁不是外縣市的學生，不能申請學校宿舍，此外現在在學期中，要找到屋況合理的學生套房也不容易。

一個念頭閃進他的腦海，「知仁，你現在的租金是多少？」

譚知仁的眼睛轉向他，「你想幹麼？」

溫時予只是直直和譚知仁對望。

對啊，他想幹麼？現在他想提議的事情，甚至比剛才借錢的事更糟……不，這甚至不叫糟糕，這是危險，非常、非常危險。

「我只是覺得，你或許可以考慮找個室友。」他沒有指名道姓，但是他相信譚知仁懂他的意思。

「溫時予。」譚知仁語帶警告。

溫時予的心臟在胸腔裡怦怦狂跳，「這是雙贏。」他保持表情中立，慢條斯理地說：「分租兩房一廳的公寓，比租單人套房便宜，水電可以平攤。你省掉搬家的麻煩，少一個需要決策的問題。」

譚知仁抿起嘴，瞪視著他。

「我借你的錢，就當作我預付的房租。」溫時予繼續說：「在那之後，如果你不需要了，或是你提早還我了，我就搬走，就這麼簡單。」

「你幫我太多了，時予。」當譚知仁再度開口時，聲音有點沙啞，「你……爲什麼要這樣幫我？」

「我說過了，這是投資，而且這對我也有幫助，我沒有吃虧，爲什麼不幫？」

這番話比他想像的更有說服力，他很滿意。就如他之前對譚知仁說的，他所說的一切都是眞話，只是還有些東西在他的心底緩緩湧動，他暫時沒有辦法思考，也沒有辦法說明。

譚知仁伸出一隻手，越過桌面。

當譚知仁的手指碰到他的手背時，一陣雞皮疙瘩從他的手臂下方緩緩升起。

譚知仁的眼眶微微泛紅，「謝了，我是認眞的。」

溫時予心中的一絲猶豫，此時也完全蒸發了，他的心臟在胸腔裡快樂地翻滾一圈，讓他的嘴角無法抑制地揚起。

剛才他爲什麼會覺得危險？他突然想不起原因了，只覺得不需要杞人憂天。

溫時予反手讓譚知仁的手落在掌心，對方的手比他想像的更溫暖一點。

第九章

「打擾了。」

溫時予走在譚知仁身後，將行李箱拉過公寓的門檻。溫時予的行李箱輪子似乎有點故障，滾動聲大得好像隨時都會散掉，溫時予忍不住對譚知仁露出略帶歉意的微笑。

「請自便。」譚知仁轉過身，張開手，「就當自己家吧。」

這句話的眞實性，不禁使譚知仁頭皮發麻，不是不好的那種，接下來，這裡眞的是溫時予的家了。

事情是怎麼發展成這樣的？譚知仁不太知道，話說回來，這兩個星期中每一件事的轉變，也沒有一個是在他的意料中，至少溫時予絕不是最棘手的那一個。

在他們碰面之後，過了兩天，溫時予就搬來了。他曾經堅決不讓溫時予踏進的家門，現在不但讓對方進了門，接下來他們甚至會是室友。

剛開學的時候，「溫時予」對他來說還只是一個不具意義的名字，此刻卻好像突然什麼都是了，是同學、顧客、室友，還是……他們還是什麼？

溫時予脫下鞋，整齊地擺在鞋櫃前的地上，和他的鞋並排在一起。

譚知仁把手插進口袋裡，「嗯，我這裡有兩個房間，一間是我在睡的。」他一瞬間有點難為情，「另一間比較小……」

明明負債的人是他，他卻還在享受這麼奢侈的生活環境，憑什麼？

原本小的房間被他拿來當更衣室和倉庫，備用的床墊上堆滿他懶得整理的衣服，也沒有包床單。昨天晚上，他收拾堆積的衣物，拿出幾乎從沒用過的單人床包時，一股期待之情突然不合時宜地從心底湧起。

現在，溫時予出現在他的公寓中，他看待這間屋子的眼光，突然出現了全新的角度。將近二十坪的室內空間，有兩個房間、一間衛浴，還有餐廳跟廚房，甚至還有陽台，溫時予會怎麼看他？是不是會把他當成一個只會灑錢、玩物喪志的有錢人？

不過就算溫時予有任何批判，也沒表現出來，只是充滿興致地四下張望，當他的眼神落在電視下方擺的遊戲機時，眉毛向上聳起，微微一笑，「無所謂，有一張床能睡就夠了。」

「來吧，我帶你去看。」譚知仁領著溫時予往公寓最裡面的小房間走去。

房裡有一個房東留下的大衣櫃，一套平價家飾品牌的桌椅，還有一張靠在牆角的床。譚知仁已經留好一顆枕頭和一條薄被了，但如果溫時予要在這裡度過冬天，可能還需要再添購一些東西。

「衣櫃你就直接用吧，裡面還有一些我的東西，不過都不是我平常會用的……」

「我不介意，我沒有什麼不能讓你看到的東西。」溫時予的手搭上他的肩，打斷他的喃喃自語，然後像是想要緩和氣氛似的補上一句：「我是說，反正我什麼樣子你都見過了，對吧？」

譚知仁的臉頰一熱，溫時予臉上的笑容突然變得好像不懷好意。在內心深處，他得承認，溫時予說得對，事實上，這正是他接受溫時予幫助的理由。

在他發現自己一夜之間負債將近兩百萬的時候，真的不知道自己能做什麼。他爸媽都自身難保，他們留下的錢，再加上他情急之下以爛價格隨便賣掉車的錢，全部繳出去，也還欠債二十幾萬。

他沒有辦法向其他人求助，那些他靠著請客和玩樂所認識的朋友，要他開口向他們借錢，他寧可欠債。這不只是丟臉的問題而已，事關他在這些人面前的整個價值——他之於他們的存在意義，就是錢，沒有錢，他什麼都不是。

包括吳閔俊和林敏成，他不想告訴他們家裡出的事，拉不下臉告訴他們自己現在一貧如洗。再說，他說了又有什麼用？哪一個大學生能拿得出二十萬借他？

至於張欽皓，在最後一次的衝突過後，他們就沒有再聯絡了。譚知仁不可能向他借錢，光是用想的，張欽皓嘲諷的嘴臉，就令他的腸胃全部糾結在一起。

面對溫時予，卻是另外一回事。他看過溫時予最私密的模樣，溫時予也看過他的，在溫時予面前，他沒什麼好假裝，就是這麼簡單，簡單得連他都覺得驚訝。

溫時予借了他二十萬，沒有第二句話，他的債權人從國家變成了溫時予。

「謝了。」除了這個，他似乎沒有別的話能對溫時予說了。他瞥了溫時予一眼，再度垂下頭，「你知道，這樣真的幫了我很大的忙。」

「我知道。」溫時予把行李箱放在房門口，在距離譚知仁一步遠的地方站定。現在溫時予的臉上沒有帶妝，是最自然的樣子，瀏海鬆軟地蓋著眉毛，眼神似乎也因此變得更柔和。

和溫時予對視，突然變成一件不可能的事，房間好像突然縮小了，讓譚知仁的呼吸變得有點困難。

溫時予的指尖碰到他的臉頰，讓他的身體一僵，一股酥麻的感覺竄過他的全身，他咬緊牙關，以免自己低哼出聲。他好想念溫時予，想念得連自己都驚訝，才過兩個星期，就已經想念起對方的碰觸。

「沒事了。」溫時予柔聲說，拇指輕輕撫過他的下顎，「我在這裡，我可以幫你。」

他的語氣就和在酒店裡，或者他們開房間時一樣，只是現在地點在他的房間裡，而他什麼都給不起了。

「你不需要幫我的。」譚知仁撇了撇嘴角，「我現在已經不是你的客人了，記得嗎？」

「這種事情不是這樣運作。」溫時予停頓一下，聲音變得更輕，「在學校沒看到你，讓我很擔心。」

譚知仁的身體突然溫暖起來，血液往他的四肢末梢湧去，心臟怦怦撞擊著胸腔，他喜歡溫時予這句話的語氣。

「我本來有想要跟你說一聲，突然不出現，我怕你會覺得是你做錯了什麼……但我就是不知道要怎麼說。」話一出口，他就瑟縮了一下，這句話在他腦子裡時，還沒有那麼自命清高的感覺。

溫時予微笑，「你是指學校，還是酒店？」

「都有吧。」譚知仁咕噥道。

這兩個地點，對他們來說還有任何區別嗎？蘇西和溫時予早就已經混淆成同一個人，就是活生生地站在他面前的這個人。和溫時予在酒店見面，只是一個比較方便的場所罷了，因為在那裡，他想對溫時予做什麼都可以，他能最舒服地說話、大笑，不用在意會得罪誰，或者顧慮其他人的眼光。

現在，這裡也沒有其他人，在這個屬於他們的空間裡，他是不是也可以對溫時予說實話？

「我應該要告訴你的，對不起。」

「我可以理解。你願意接我的電話，我已經很有優越感了。」

譚知仁忍不住笑了起來，溫時予把他說得好像是在翻牌子的皇帝。

溫時予的手指輕輕按壓他的頸側，節奏溫柔平緩。

他好想抱住溫時予，好想將鼻子靠在溫時予的耳後，聞他身上那股淡淡的甜味。

在這混亂的兩個星期間，他沒有一刻像現在這麼放鬆，溫時予的存在卻有這種效果，讓他只想癱軟在溫時予身上，只要享受溫時予的陪伴就好。

「我問你一個問題喔，知仁。」

譚知仁抬眼看向他。

「這段時間，你都沒有自己解決嗎？」

「什麼？」譚知仁愣了愣，話題轉換得太快了，他有點跟不上。

「因爲你的下半身，好像滿高興看到我的。」溫時予的眼神中帶著調侃的笑意，往他的下身望過去。

「發生這種事，我還有興致才奇怪吧。」譚知仁翻了個白眼，不管他有多少實話想對溫時予說，現在這個場面都荒謬得不適合說了，「我都快發瘋了，哪有心情尻……」

這句話只是一半的實話，眞實情況是，在和溫時予上過床之後，譚知仁就有點對A片提不起興趣了，就算難得找到一部能勉強看下去的片，最後也都會在腦中將兩個演員代換成他和溫時予。

而這兩週只要他想到再也沒有本錢去找溫時予，就頓時失去所有的慾望。他不知道這是身體的什麼機制，或許是大腦怕自己未來產生太嚴重的戒斷症狀，所以乾脆讓他直接進入聖人模式了。

然而，事實證明，那些都是屁，現在溫時予就在眼前，他的身體倒是一點都不忌諱表現出對對方的喜愛。

溫時予的眼神在他的臉上來回遊走，使他無法與之對視。

「對不起，我知道這樣很失禮。」

溫時予似乎並不覺得他失禮，因為下一秒，溫時予就將他們之間僅剩的一點距離縮短了。柔軟的嘴唇碰觸到他的那一刻，譚知仁忍不住倒抽一口氣，他的身體彷彿被磁力吸引，要他抵抗擁抱溫時予的衝動，實在太難了。溫時予口鼻間的氣味就像某種催化劑，將譚知仁這段時間壓抑的慾望全部撩起。

他想要溫時予，想要把溫時予困在身下，想要彌補自己這兩週以來的挫折感——但是他不能，他現在沒有立場對溫時予做任何事。

「如果你想要的話。」溫時予含糊地說道。

「我……很想。」譚知仁嚥了一口口水，「可是我沒辦法再帶你出場了。」

他這麼說的用意，是想讓溫時予知道，他不打算占他便宜，但為什麼這句話聽起來卻那麼地羞辱人呢？

溫時予的呼吸只短暫地靜止一秒，然後他低聲笑了起來，「我已經在這裡了，不是嗎？」譚知仁的下體因溫時予的話而歡欣鼓舞，他們的身體相貼，溫時予的體溫，就算隔著幾層布料，依然刺激他的神經。

溫時予的身體動了動，逐漸轉醒的性器抵住譚知仁的大腿。

「就當作一個安慰禮，嗯？」溫時予喃喃說道：「客戶回饋方案之類的。」

譚知仁哼笑一聲，學著溫時予的口氣，「那我先把家裡環境介紹完，我帶你去看看浴室在哪裡。」

溫時予向後退開一步，牽起他的手，「麻煩你了。」

譚知仁帶著他前往浴室，同時內心深處的某個聲音質問著自己在做什麼。他不知道，他的大腦現在只被揮之不去的慾望籠罩，一切都變得一片模糊，唯一清晰的只有溫時予握著他的那隻手。

他推開浴室的門，讓溫時予先進去清洗。

「等一下到我房間等我。」他在溫時予耳邊說：「潤滑液和保險套都在抽屜裡。」

一會後，淋浴的水花聲停了下來。當溫時予走出浴室時，他身上的衣物已經全部褪去，皮膚有幾處依然沾著水滴，陰莖呈現半勃起的姿態，讓譚知仁好想給他一點刺激，使它恢復到完全興奮的模樣，不過他忍住了。

「待會見。」語畢，溫時予往譚知仁的房間前進。

當譚知仁也清洗完畢回到房裡時，溫時予正抱著雙膝坐在他的雙人床上。

「好久沒有看到這個畫面了。」

溫時予對他露出微笑，眼睛彎彎的，嘴唇掀起淺淺的弧度，朝他伸出一隻手。

譚知仁爬上床，跪在溫時予面前，牽住伸來的手，「懷念嗎？」

譚知仁也沒有將衣服穿出浴室，現在他渾身上下的皮膚，都因爲溫時予就近在咫尺而敏感不已。

溫時予的雙腿舒張開來，背靠著牆，將他迎接到懷裡。他沒有回答溫時予的問題，而是用一個吻來代替。

譚知仁捧著溫時予的臉，讓自己的身體回憶這雙唇的觸感，溫時予輕柔的嘆息聲，在他身上點起一叢火苗，從胸口開始擴散。他不知道溫時予怎麼想的，但他好想念這個人的身體在臂彎裡的感覺，想念對方的指尖掠過他的皮膚，所經之處都炙熱不已。

譚知仁彎身，親吻溫時予的喉嚨與鎖骨。

這段時間，溫時予的氣味總會突然竄進他的鼻腔，在他來往國稅局的捷運途中，或者在他打開衣櫃的時候。現在，伏在溫時予的頸窩，濃郁的香氣幾乎讓他睜不開眼睛。

「嗯……」溫時予低哼，輕笑起來，「我該說，我很懷念被人碰的感覺。」

譚知仁抬起眼，正好對上溫時予垂下的視線。

「多久啦？」譚知仁的嘴一歪，腸胃一陣緊縮，他討厭想像溫時予在別人床上的樣子。

「三天？五天？」他的手指在溫時予胸口逗留，輕擰他胸前的突起。

「兩個星期。」溫時予低吟一聲，身體向前挺起。「在我們去泡完溫泉之後就沒有了。」

譚知仁全身的血液，好像都往大腦與下體湧流而去。「沒有人約你嗎？怎麼可能，你不是紅牌嗎？」

溫時予對他微笑，眼神有點渙散，手指慵懶地撫摸著譚知仁的腰側，「酒店很忙，店裡都有人預約了。」

「是嗎？」譚知仁一口咬在溫時予胸前的皮膚，讓溫時予吃痛地哼了一聲。

「我對你說的是眞話。」溫時予的手指爬進他的頭髮之間，輕輕拉扯。譚知仁抬起頭，溫時予的雙唇微啓：「只有你。」

光是這樣，就足以將譚知仁的慾望瞬間放到最大。他混濁地低哼一聲，從溫時予身邊退開，向後靠在床頭板上，對溫時予伸手，「過來。」

溫時予爬到他身前，熟練地跨開雙腿，坐在他的大腿之間。

「你知道你在這裡，我有多開心嗎？」譚知仁抬起眼，來回打量溫時予的面孔。他是眞心的，他希望溫時予知道。

「我知道你很開心。」溫時予的手惡作劇似地撫過譚知仁的胯間。

他呻吟出聲，伸手扣住溫時予的後腦，將對方往下拉，抱怨道：「我在跟你認眞說話，但你只想性騷擾我。」

溫時予貼上他，腰部擺動了兩下，「你可以等到我滿足了之後再說，我太久沒有做了。」他頓了頓，補上一句：「太久沒跟你做。」

譚知仁翻了個白眼，溫時予太知道要怎麼配合他的占有慾了——眼前的人現在究竟是溫時予，還是蘇西？這兩者還有分別嗎？

爲了阻止溫時予繼續說話，他用唇堵住他的嘴。

溫時予則用手指輕輕爬過他的肩頭，然後抱住他，有什麼東西悄悄在譚知仁的心裡膨脹，將他的胸口撐得滿滿的。

這場性愛的剛開始，充滿親吻與愛撫，除了不得不呼吸的時候，他們的嘴唇幾乎沒有放開彼此。溫時予的手緊抓著他的手臂，雙腿圈著他的髖部，他進入的動作緩慢而溫柔，儘管他更想要要用力挺進，將他這段時間以來所有的挫折與焦慮全部發洩在溫時予身上。

然而他不想太快結束，想要享受溫時予的存在，也想要溫時予享受這個過程，溫時予的喘息是他最喜歡的聲音，他想再聽多一點。

「啊、嗯……」溫時予貼著他的嘴唇，聲音含糊，「喜歡。」

「喜歡？」譚知仁喃喃說道：「你說這樣嗎？」

他淺淺地在溫時予體內移動，來回摩擦前列腺，溫時予的哼聲變得高亢，染上一點淡淡的哭腔。

他床鋪的味道與溫時予的氣味混合在一起，這兩種他再熟悉不過的味道交織起來，居然會令他這麼瘋狂。一波快感再度捲過他的全身，他咬緊牙關，加快自己移動的節奏。

溫時予的叫聲，隨著他的動作變得破碎，「知仁，不要……」

「是不要，還是不要停？」

溫時予側過頭，臉色潮紅，眼角濕潤，喘著氣，「不要停。」

於是，譚知仁照做了。

最後，他不確定是誰先射的，當他終於停止喘息，從溫時予身上翻下來時，溫時予的體液已經沾在他的床單上了。他的棉被不知何時被他們踢到床下，在地上擠成一團。

溫時予的臉依然埋在枕頭裡，低聲說：「你又要再洗一次床單了。」

「晚點再說。」譚知仁一手跨過溫時予的背，他現在哪裡都不想去，只想躺在溫時予身邊，「你今天還要去上班嗎？」

譚知仁今天還是沒有去學校，在家裡等待溫時予下課後搬東西過來。他還不想面對吳閔俊和其他人的追問，直到現在，他也都沒有回應吳閔俊和林敏成的訊息。

溫時予住進他家後，他感覺自己就會有動力去上課了，和溫時予一起去學校，那些麻煩事，似乎都會變得比較容易忍受。

不過因爲搬家的關係，溫時予理應補眠的時間被占據了，他不想要溫時予拖著疲憊的身體去酒店工作。如果溫時予的反應慢了，因此得罪其他客人，該怎麼辦？

「我已經請假了。」溫時予呢喃道：「我現在的精神，大概不用喝就會睡著。」

譚知仁的內心某處放鬆了。他翻過身去，把鼻子貼在溫時予的肩膀後方，「今天晚上，睡這裡好不好？」

溫時予的身體顫了一下。

一道冰涼的感覺從譚知仁的後腦勺開始，沿著脊椎一路下滑，性愛之後籠罩大腦的迷霧，突然間驅散了。有那麼一瞬間，他不確定自己該不該繼續抱著溫時予。

他提議了什麼？他是不是太久沒有看到溫時予，大腦都變得不太正常了，才會忘記他們兩個的身分？忘記他們不是……不是什麼？

現在少了公關與客人的身分，少了金錢交易，他和溫時予現在是什麼，又不是什麼？

一系列的問題在他的腦中炸開，一時之間，他又抓不住四散的思緒，而溫時予沒有給他太多的時間進行思辯。

「我一定要拿你的床單去洗了。」溫時予輕巧地說：「我可不想睡在我自己的體液上。」

譚知仁幾乎要後悔自己提出的邀請，可是他話已經說出口，溫時予也答應了，他要怎麼反悔？另一方面來說，他也不知道爲什麼要反悔。

或許是因爲他本來堅決不要讓溫時予上他的床吧——那是他自己訂下的原則，現在他卻忘記這個規則爲什麼要存在了。

他不必防著溫時予。溫時予知道他不打算戀愛，這就是他們一開始會產生協議的原因，不是嗎？和溫時予待在一起，他很安全，溫時予不會逼他做那些他做不到的事，也不會用感情當作籌碼威脅他。

最重要的是，他也不必擔心被溫時予背叛。

溫時予現在是他的室友，是他的債權人，是他的同學，也是他的朋友，這樣已經夠了。

「起來吧。」溫時予翻過身，從床上坐起，「帶我去看洗衣機在哪裡。」

沒事的，他們早就把這些話攤開來說過，他們的現狀很好，不需要擔心。

◆

「確定不用我來接你下班嗎？」譚知仁把雙手插進口袋裡，重心放在後腳跟上，身體前後搖擺。

「不用。」溫時予微笑，「你是我室友，不是保鑣。」

「我不介意啊。」

「但我介意。」溫時予搖搖頭，「晚安，等我回去洗澡的時候再叫你起床。」

他在人行道上目送譚知仁的背影離開，才動身爬上樓梯。

進到休息室裡時，幾個公關已經坐在各自平常習慣的角落，滑著手機，桌上擺著幾袋散亂的速食。店才剛開始營業，他們可能還有一小段休息時間。

「嗨。」哈利抬起頭，對溫時予微笑。

他那種好像對什麼事都了然於心的笑容，讓溫時予只想拿薯條堵住他的嘴。

「怎樣？」

溫時予在沙發的角落坐下，把背包放在腳邊，拿出商事法的練習題，在開工前，或許他還能偷到時間先寫個幾題。

今天下午他去醫院看了阿嬤，所以他要利用工作之間的空檔，盡量彌補學業。而且，如果他夠專心在作業上，他的心思就不會一直往他無法控制的事情飄去，例如在病床上昏迷的親人，或者關係有些微妙的室友。

顯然哈利不打算讓他專心。

「心情很好喔。」哈利拿起桌上的一個紙杯，遞給溫時予，「喝紅茶嗎？」

溫時予接過外頭凝著水珠的杯子，喝了一口，甜甜的蜂蜜味在他嘴裡化開，「有嗎？」

「有啊，你剛才進門的樣子，感覺都快要飛起來了。」

「腳底下像是踩著棉花一樣唷。」里奧頭也沒抬，像唱歌般說道。

「你根本沒看到吧。」溫時予回嘴。

「沒有。」里奧回答，終於從手機上抬起視線，「但是皮鞋的聲音聽得出來呀。」

溫時予決定假裝沒有聽到，定睛在助教印給他們的考古題。

「知仁和你和好了嗎？」

如果溫時予嘴裡有飲料，一定會噴出來。「什麼？」

哈利只是一派無辜地看著他，「很久沒看到他啦。上次我問欽皓，他說知仁『人間蒸發很久了』。」

溫時予也已經很久沒有見到張欽皓了……其實不是沒見到，是張欽皓不再來開他的桌，也不再點他的檯了。

「他沒跟我吵架。」溫時予說。

「沒吵架。」哈利挑起眉，「只是讓你有點魂不守舍而已。」

休息室裡的其他公關依然各自看著手機，面無表情，好像一個字也沒聽見，不過溫時予可不想要當著所有人的面，和哈利討論他與客人的關係。

「都還沒開始營業，你就喝多了？」溫時予再度把視線轉回考古題上。

哈利是一個溫柔敏感的人，溫時予不得不承認，他說得沒錯。搬去和譚知仁同住，或許是他這些年來，做過最正確的決定。

不只是因爲他現在用更少的房租，換到一間有客廳、有餐廚，還有陽台的公寓，而是因爲譚知仁。

今天早上，溫時予睜開眼睛時，有一瞬間不知道自己身在何處，床上的氣味熟悉又陌生，身邊還有另一個人的體溫，平緩的呼吸聲輕搔他的耳廓，讓他的後頸一陣發麻。他翻過身，橫在他胸口的那隻手沉甸甸的，隨著他的動作挪開了。

他睡在譚知仁的床上，他們昨天晚上，在這張床上做了。

那不是一場交易，沒有錢牽扯其中，也沒有任何表演的成分。他給譚知仁的反應、說的每一句話，都是眞的，都是來自內心深處最柔軟的地方。

在譚知仁面前，他戴著面具的時間越來越少，昨天晚上，所謂的面具直接不復存在……這樣究竟代表什麼？

一個細小的聲音開始在他心底窸窣作響，然而溫時予用他最擅長的技巧，將它塞進心中的盒子裡。現在是下班時間，他應該可以稍微放縱一下，只做讓自己快樂的事吧？性愛是身體的事，而他的身體百分之百地享受，這樣就夠了，不是嗎？

片刻過去，譚知仁醒了，溫時予困惑的思緒也隨之中斷。

譚知仁睡眼惺忪地吻了他的嘴角，咕噥一句他聽不清楚的話，而他的心臟已經很久沒有塡得這麼滿了。

他差點決定今天晚上也請假，和譚知仁一起待在家裡，只不過他心中有另一個聲音，阻止他這麼做。他已經爲譚知仁重新規畫了生活，他要爲自己保留一點東西才對，說到底，工作才是他有本錢爲譚知仁做這些的原因，他至少該給它應有的尊重。

譚知仁本來想留他在家，被拒絕後，就提議送他來上班。他當下只覺得好笑，他只有被人帶離酒店的經驗，從來沒有被人送去酒店過。

所以，也許他上班的腳步是太輕盈了一點，表情是太放鬆了一些。

哈利說得沒錯，他確實有點魂不守舍。

「可能咖啡喝多了，有點亢奮。」哈利同意道。

「打算奮戰到天亮囉。」里奧說：「你的大哥今天會不會來呀？」

對話的主角終於不再是溫時予，他鬆了一口氣，抬起眼，正好看見哈利聳肩的模樣。「他今天沒有和我約。」

里奧開始拿哈利和那位大哥的事情開玩笑，溫時予終於有辦法專注在手中的題目。

當廣播的聲音響起時，溫時予已經寫完了半張練習題。

「本店蘇西和哈利，請至桌邊服務。」

溫時予對上哈利的視線，挑起眉。雖然他和哈利算是店裡走比較近的同事，但他們很少一起被點。

「你想的跟我一樣嗎？」哈利站起身時，對溫時予露出一個苦笑。

溫時予收起作業，稍微整理一下襯衫下襬，「你今天有沒有帶多餘的內褲？」

這句話使休息室裡的其他公關爆笑出聲。他們都知道溫時予在說誰，而且顯然剛才的對話，他們每一個人都聽在耳裡。

哈利和他一起來到沙發座，果然看見承哥弓起肩膀的身影。哈利的嘴角揚起一個似有若無的弧度，溫時予則回給他一個眼神。

今天的承哥看起來比以往更爲焦躁。哈利招呼他喝酒時，他的眼神看起來就像是縮在角落、深怕被人亂棍攻擊的流浪狗。

在溫時予與哈利的閒聊帶領下，承哥終於喝了兩杯威士忌。他靠向椅背，身體隨著酒精的流動，明顯放鬆下來。

「辛苦啦，承哥。」哈利微笑，一邊接過他手上的空杯，「今天上班很累吧？」

「被老闆當狗在罵啊……」

承哥的臉已經開始泛紅，他才伸出手，溫時予便立刻將另一個小玻璃杯塞進他的手心。

「你們在這裡不懂，在公司被人當成狗、使喚來使喚去的感覺。」承哥將杯中的威士忌一口氣喝光。

溫時予臉上的表情依然維持中立，不禁在內心暗笑起來。在酒店裡，他們也是被人使喚來使喚去的……溫時予不覺得他們是狗，或許更接近僕人，或者小丑。

「沒事的，承哥。」溫時予一手輕撫他的肩膀，一手拿起一張紙巾，擦掉他沾在唇邊的一點酒液。

面對來這裡發洩工作壓力的客人，他們能做的，就是給予客人心靈上的撫慰，哪怕只是暫時的也好。他們在酒店裡販賣的就是暫時的陪伴、暫時的愉快，甚至是暫時的感情，就像他和譚知仁一開始那樣。

「既然都來這裡了，就把這些事忘掉吧。」哈利輕聲說：「我們都在呢。」

「承哥，你記得我和你說過，我還是大學生嗎？」溫時予看了哈利一眼，將他的話題接過，「我最近壓力也很大，快要期中考了。」

承哥笑了起來，笑聲短促，像是嗆到的咳嗽聲，「學生的壓力哪能和上班族比啊。」他搖著頭，再伸手拿起一個小酒杯，「期中考喔，我距離要考期中考的時期已經很久了……」

趁他垂下頭的時候，溫時予對哈利投去一個眼神，哈利則心知肚明地點了點頭。他們認識承哥的時間不短，但今天的承哥不太像平常的樣子，喝酒的速度比以前快，語調也比以往急促和沉重。

「眞的，我們還太幼稚了。」溫時予柔聲說：「像承哥這樣面對壓力，我們很佩服。」他對承哥舉起一杯酒，一口喝下。「我敬你。」

承哥搖搖頭，放下酒杯，又拿起另一個。

哈利伸手替他扶穩杯子，一邊瞪大眼，看向溫時予。

溫時予暗自做好心理準備，如果承哥等一下情緒潰堤，溫時予不確定這人會做出什麼事。

「承哥、承哥……也只有你們會這樣叫我了。」男人的肩膀縮在脖頸兩側，像是要提防誰出手打他的頭似的。他緩緩搖著頭，臉頰和耳根紅成一片。「誰在乎我是誰，我叫什麼名字。」

溫時予輕輕攬住承哥的肩膀，安慰地搓了搓他的手臂，「承哥，別想了，覺得辛苦的時候，還有我們在這裡呢。」

他只是覺得，承哥現在需要聽的是這些話，那種還有人在身邊、有某個人可以期待的感覺。他想要撫平承哥的情緒，讓對方遠離危險的邊緣，以免承哥突然做出讓他和哈利措手不及的事。

可是當承哥的嘴唇重重撞上來時，溫時予才有點後知後覺地意識到，再多的心理準備，當事情眞正發生的時候，都不夠用。

溫時予的上唇撞上了牙齒，一陣發麻，他反射性地驚叫一聲，隨即打住，畢竟只是一個吻，在這裡再正常不過了。

「承哥，我知道你很累了。」溫時予將頭向後退開，溫和地說道，伸手扶住承哥的肩膀，像是要擁抱他，但是悄悄施壓，想要將往他身上欺過來的男人推回原位。

承哥緊盯著溫時予的臉，細長的眼裡布滿血絲。

溫時予懷疑，承哥現在根本看不清楚他是誰。

「給我一個吻就好。」承哥的聲音沙啞，像是在哀求。

他嘴裡的氣息打在溫時予的口鼻處，除了酒味之外，還有其他的味道混雜在一起，溫時予的腸胃翻攪，胃酸一瞬間湧上喉頭。他嚥了一口口水，那張嘴就在他眼前，但是他的身體僵在原地，遲遲無法做出回應。

「承哥，我們再喝一杯吧。」哈利的聲音從男人身後傳來，「我敬你。」

承哥像是沒有聽到一樣，抓住溫時予的袖子，繼續靠近，「這不就是你們在這裡做的事嗎？爲什麼我只是想要一個吻也不行？」

溫時予也在問自己同樣的問題，和客人接吻在這裡是常態，爲什麼這次突然做不到了？

「承哥，你喝得太醉了。」溫時予用他能擠出最溫柔的語氣說道：「很不舒服吧？我們幫你按摩一下頭，好不好……」

「我沒有。」承哥的聲音嘶啞得幾乎不像是他，而是某種動物。「你們只是瞧不起我，是不是？就跟其他人一樣……」

溫時予只來得及朝哈利投去一個求助的眼神，下一秒，承哥的臉突然在他的視野中變得模糊，那張嘴再度逼上來，帶著令他作嘔的氣味，動作強硬而生疏。

如果讓承哥得到想要的吻，他或許就會平靜下來了，如果是這樣——

「啊！」他還來不及做出決定，他的下體突然遭受壓力，令他無法壓抑自己的喊叫。

這不是出於疼痛或快感，甚至不是出於震驚，溫時予的心臟在胸腔裡瘋狂地跳動，渾身發燙，他的第一個反應是想要將這人一腳踢開，叫他離他越遠越好。

他的右腿僵硬地卡在他們之間，膝蓋骨抵住承哥的肚子。承哥的手在他的胯間胡亂抓撓，如果是以前，他大概會覺得荒唐，這個人已經是中年的年紀，卻仍然對這件事一竅不通，現在他只覺得噁心。

他不想要讓這個人碰他，不管是他的味道、他的身體，或是他手的動作，都令溫時予感到反胃不已。

他一手抓住承哥的手腕，另一手抵住承哥的肩膀，將對方向後一推。承哥的身體在他的推搡下向後摔倒，跌進沙發與矮桌之間的夾縫。

「蘇西。」哈利的手伸了過來，搭在溫時予的大腿上，另一手則挽住承哥的手臂，阻止他一屁股跌坐在地上。「承哥，你頭暈了……」

「你現在……也是把我當成狗在使喚，你也瞧不起我嗎？」溫時予的牙關咬得死緊，緊到連牙齦都在疼痛，他得用盡全力，才能壓下自己的音量。

「蘇西。」哈利的手指陷進他的大腿肌肉裡，瞪大眼望著他。

「你們都瞧不起我。」承哥或許是真的喝得太多了，他似乎沒辦法從縫隙間爬起來，只是揮舞著手腳掙扎，差點打到哈利的臉，「你們都覺得我是笑話，是不是？所有人都瞧不起我！」

「蘇西，你喝多了。」哈利閃過男人的手臂，一邊推了溫時予的身體一把，「你先下班回去也行——」

溫時予從沙發上站起身，承哥的手還朝他伸來，試圖抓住他的褲腳。他按捺住踢開對方的衝動，一步閃過他的手指，從桌子的另一邊離開這張沙發。

在他前往走廊的途中，儘管有隆隆的心跳聲遮蔽四周的聲響，他還是能聽見承哥胡亂大吼大叫的聲音。他對不起哈利，他居然在工作時間失態了，但是此刻的他什麼也無法思考。

溫時予穿過走廊，沒有回到休息室，而是走進盡頭的廁所。

他關上其中一個隔間的門，抓住馬桶蓋的邊緣，他的胃袋像是要把剛才吞下的酒精、充斥著他鼻腔的臭味，還有所有讓他覺得骯髒的東西，全部傾倒而出。

承哥對他做的事，掀起了某些他並不想在此時想起的東西——那種他沒有權利拒絕的態度，好像因爲他的身分，他就必須甘心樂意地接受對方做的任何事。

另一方面，他忍不住反問自己眞的想拒絕嗎？一直以來都是如此，至少他在這裡工作的時候，這就是他喜歡的東西，用他的身體所換來的喜愛，那些對他的身體所展現的渴望。

在今天以前，那些都是他願意的，可是今天他的生理和心理都不願意了……爲什麼會發生這種事？他究竟怎麼了？

溫時予不確定自己蹲在廁所多久，當他眼前因嘔吐而產生的水霧終於褪去時，他的腸胃依然痙攣著，只不過他已經沒有東西可以吐了。

直到他確定自己不會摔倒之後，才撐著馬桶站起來，用水清洗了嘴巴，至少讓自己看起來還有點人樣。他回到休息室時，其他公關便好奇地追問剛才所發生的事。

「我不太舒服。」溫時予只是簡單地說：「我今天要先下班了。」

他抓起自己的背包，回到開放的沙發座空間。

包含哈利在內的幾名公關聚集在剛才的沙發旁，承哥似乎已經在椅墊上躺下了，他沒有多看一眼。

他不想面對哈利質疑的目光，因爲他現在暫時不想思考自己爲什麼會有這種反應，只想回到他和譚知仁的那間屋子。

譚知仁一定已經睡覺了，但是沒關係，只要知道兩人在同一個屋簷下，光是這個念頭就足以安慰他。

溫時予推開珠簾，快步走進帶領他離開酒店的廊道裡。

第十章

客廳裡傳來的窸窣聲，讓譚知仁的心臟猛地一跳，原本籠罩腦海的睡意全消，一股冷汗瞬間浮現在後頸的皮膚，讓他從床上坐了起來。

過了兩秒，他才意識到，那是溫時予進門的聲音。

對，現在他有室友了，這間房子裡不只有他一個人了，但是溫時予不是應該在上班嗎？爲什麼他現在回來了？

他皺著眉揮開被子，打開房門的時候，溫時予正在脫下上班穿的黑色西裝夾克。

溫時予像是被他開門的聲音嚇了一跳，身體明顯地顫了一下，而後抬起眼，對上他的視線時，露出帶著歉意的微笑，「對不起，我吵醒你了嗎？」

「沒有，我也還沒睡著。」譚知仁揉了揉眼角，「你怎麼回來了？」

客廳裡此時只有溫時予進門時開的玄關燈，從頭頂直接照下的光線，使溫時予的五官被陰影包裹。不過不影響他看見溫時予的表情，他說不上來是哪裡不太對勁，或許是因爲在那抹微笑結束後，溫時予的嘴角便下垂至平常不會有的角度，也或許是因爲溫時予的眼皮比平時顯得更沉重，將眼睛半遮，看起來疲憊不堪。

譚知仁瞇起眼，「發生什麼事了？」

溫時予側過身子，從他身邊經過，聲音有點沙啞，好像感冒了一樣。「我身體不太舒服，哈利就叫我先回來了。」

譚知仁挑起眉，看著溫時予往浴室前進的背影，先前送溫時予去工作時，對方明明就還活蹦亂跳的……溫時予是身體不舒服，還是心裡不舒服？

譚知仁跟著溫時予往浴室走去，見溫時予在鏡子前卸妝，譚知仁便靠在門框上，「怎麼了，時予？」

「沒事。」溫時予用化妝棉擦拭眼皮四周，純白的纖維上，立刻染上混濁的色彩。「可能睡一覺就好了吧。」

在浴室的白光下，譚知仁終於能好好看清溫時予的模樣。

溫時予的襯衫胸前有一片較深的痕跡，像是逐漸乾涸的水漬，此外，溫時予的眼裡帶著血絲，眼皮浮腫。

他看過別人這個樣子，在他去夜唱，或是打保齡球打通宵的時候——酒喝多了的朋友，在把身體無法負荷的酒精吐光之後，看起來就是如此。再配上溫時予像鴨子叫一樣的嗓音，大概跟他猜測的八九不離十了。

「你吐了嗎？」譚知仁問。

「沒有。」拿起另一張卸妝棉，溫時予開始擦拭嘴唇。

「溫時予。」譚知仁撇撇嘴角，「你不是說你對我只說實話嗎？」

溫時予的動作頓了頓，轉過頭來，對譚知仁露出一個歪斜的笑容，「所以你現在是在情勒我嗎？」

「我沒有，我只是在驗證你值不值得我信任而已。」

溫時予低聲笑了起來，「我好像挖坑給自己跳了，是不是？」

聞言，譚知仁只是兩手一攤。

溫時予嘆了一口氣，把放在水槽邊緣用過的化妝棉扔進垃圾桶裡，開始解開襯衫的鈕釦。

譚知仁的眼神近乎著迷地跟著溫時予的手指移動，看著溫時予的皮膚一點一點從襯衫領口露出。

「我不小心喝太多了，一下子沒憋住。」

「屁啦。」溫時予看起來根本就沒有這麼醉，譚知仁瞪視著對方。

「我還沒說完嘛。」溫時予將襯衫脫下，掛在後方的毛巾架上，身上只剩下一件貼身的背心，稜角分明的肩膀微微下垂。他停頓了一下，好像在考慮接下來的措辭，「我和客人起了一點衝突。」

不知爲何，譚知仁突然湧起一股不太好的預感。

「可以讓我先洗個澡嗎？」溫時予把背心從頭頂拉起。「馬上就好。」

譚知仁現在就想要答案，但再多等個十分鐘，也不會造成太大的影響。於是他回到房間裡，鑽回棉被下，靜靜等待。

當溫時予推開房門時，頭髮還是濕的，一條毛巾掛在脖子上。溫時予換上了另一件背心，穿著寬鬆的短褲，細長白皙的雙腿裸露在外。

在自己家裡看見溫時予穿著如此輕便，有一種令譚知仁心癢的私密感。他掀開棉被，拍拍身邊的空位，「來吧，我準備好了。」

溫時予失笑，「準備好什麼？」

「聽你說故事啊，你感覺要準備跟我說酒店裡發生的事了。」

「說不定根本就沒有故事。」溫時予還是爬上床，在他昨晚所睡的床位坐下，「就只是有客人做了讓我有點生氣的事而已。」

「你會因為客人生氣？」譚知仁挑起眉，「感覺事情有點嚴重喔。」

就連吳閔俊那樣糾纏，都沒有讓溫時予不耐煩了，他很確定，能讓「蘇西」生氣的事，肯定非同小可。

溫時予用毛巾輕輕撥弄潮濕的頭髮，思考了一下才開口：「我們店裡有一個客人，算是常客吧，平常還不錯，安安靜靜的，很斯文，但他今天的狀況……不是很好。」

譚知仁點點頭，「發酒瘋嗎？」

「可以這麼說。」溫時予又停頓下來。

溫時予講話很少這麼語帶保留，是什麼事情嚴重到讓溫時予連工作也做不下去，必須提早回家呢？

「他做了什麼？」

溫時予沒有立刻回答，也沒有看他，半張臉被毛巾蓋住，不過他還是可以看見溫時予咬著嘴唇的模樣。

譚知仁盡可能保持耐心，等待溫時予繼續說下去。

「他……」溫時予的舌尖在嘴唇上掃了一圈，「做了一些我不喜歡的事。」

譚知仁突然覺得，他可能也會不太喜歡。這是一種很奇怪的感受——他明明知道自己不會喜歡溫時予的回答，但是與其被不得而知的煩躁感困擾，他更寧可知道具體的細節。

「他是不是……」譚知仁試探道。

溫時予側過頭，從毛巾下抬起眼，對上他的視線，「如果你想的是一些不恰當的身體接觸……對，就是那樣。」

譚知仁張開嘴，卻說不出一個字。他想像某個陌生男人，不顧溫時予的抗議，硬是往他身上壓去，那個人摸了溫時予哪裡？上半身？下半身？他有吻他嗎？或者是……

他渾身的血液好像瀕臨沸騰的邊緣，他想知道那個人是誰，想要抓住那個人的衣領搖晃，逼問他爲什麼要對溫時予做那些事。

上次和張欽皓起的衝突，再度浮現在譚知仁的腦海——占有慾，張欽皓是這麼說的，他還想要自欺欺人到什麼程度？

他的心臟咚的一聲，猛烈跳了一下，這所代表的，就是他一直以來最想要逃避的事情。

「你記得你問過我，爲什麼我要做這個嗎？」溫時予將頭上的毛巾拉下來，捏在手裡。

「嗯。」譚知仁咕噥道。

或許繼續聽溫時予說話是正確的選擇，因爲他現在沒有辦法思考。他的腦子裡有許多聲音試圖獲取他的注意力，那些聲音令他害怕，他不想知道它們在說什麼，因爲一但停下來仔細聆聽，他就再也不能假裝它們不存在。

「我跟你說我缺錢，但那不是全部。」溫時予的眼睛依然泛紅，不知是因爲疲憊還是嘔吐，或者是因爲剛才在浴室裡偷偷落淚。「因爲這是我唯一知道的賺錢方式。我從高中開始，就在靠這個賺錢了。」

譚知仁感覺有一口氣堵在喉頭，嚥不下去，卻也吐不出來，「你是說哪個？」

溫時予輕笑。「性交易啊，賣身啊，看你喜歡怎麼說。」

譚知仁瞪視著他，「可是……爲什麼？你是怎麼——」最終他硬生生打住。

追問這件事感覺非常惡意，像是在揭溫時予的瘡疤，如果溫時予不想說，他可以理解，況且他也不確定自己眞的想聽。

「沒事，你不用那麼擔心，我很好。」溫時予搖搖頭，「我做這個這麼久了，有什麼不好說的？」

顯然溫時予今天一點都不好，不然怎麼會從酒店早退？譚知仁來回打量著溫時予的臉，溫時予卻只是輕描淡寫地擺了擺手。

「我高一的時候，喜歡上一個學長。」溫時予的手爬過濕髮，露出光潔的額頭。「有一天，他找我去他家，說他爸媽都不在。我知道他這句話是什麼意思，所以我就去了，他要我幫他口交。」

譚知仁咬緊牙關。他開始後悔了，他應該要叫溫時予閉嘴。

「如果他扮演好一個想約炮的人，講一些好聽的話，我也會心甘情願地答應。」溫時予笑了，「但是他沒有。他只是告訴我，如果我幫他的話，他可以給我五百塊。」

譚知仁覺得自己的心臟被溫時予說的話燙得嘶嘶作響。

「靠。」他只能無力地罵了聲髒話。

「在那之後，可能其他人也知道，他們只要付錢，我就會做他們想要的事。而且，我靠這個賺了不少錢，至少讓我有錢在考學測之前補了兩個月的習。後來，其中一個人問我，有沒有興趣去酒店上班，可以賺得更多。」

譚知仁不知道此刻他的滿腔憤怒是針對什麼而來，是對溫時予、今晚那個陌生的客人、溫時予故事裡的學長，還是他自己？他在棉被下握緊拳頭，嚥了一口口水。

「然後我就做到現在了，從大一的時候開始。」溫時予舉起手，做出拋下麥克風的動作，「所以我其實已經很習慣了，你知道嗎，今天晚上，我的反應不太正常，也不夠敬業。」

溫時予自顧自地笑起來。

「爲什麼？」譚知仁勉強開口：「最開始的時候……你爲什麼要答應他？」

溫時予只是微笑地看著他，沉默了幾秒。

「我不覺得你會想知道。」他輕聲說。

「我今天已經聽得夠多了。」譚知仁翻了個白眼，哼笑一聲，「應該不差這一件啦。」

溫時予的視線在他臉上來回搜索，欲言又止，最後只是搖搖頭，露出淺淺的微笑，「我今天說得也夠多了，有機會的話，以後再告訴你吧。」

譚知仁討厭他話只說一半。但是他內心深處有一個聲音告訴他，今天得到的資訊量已經夠大了，他不確定自己能承受溫時予更多的祕密。

譚知仁猶豫一會後，輕輕拍了拍溫時予的大腿。溫時予告訴他這些事，總覺得他應該要回報一些什麼，這樣才公平。

「我大概可以理解啦。」雖然他和溫時予做決定的動機，一定有著天壤之別。「我也差不多是在國中畢業那時候開始約炮的。」

溫時予彈了彈舌頭，「現在的小孩啊，眞的是。」

譚知仁捏了溫時予一下，「你沒資格說我。」

溫時予側過身子，手肘撐著背後的枕頭，「那我也要問了，一開始的時候，你爲什麼會這樣做？」

譚知仁張開嘴，卻發現沒有答案，他從來沒有思考過這個問題，好像約炮這件事一直都存在，而他就只是順其自然地做下去而已。

他不記得原因了，不過他確實記得第一次和同性在床上裸裎相見時，那股強烈的吸引力，那不只是生理上讓另一個人碰到他的身體，對他而言，他也必須在心裡接受對方的碰觸才行。眞要說的話，也許是他對這種心理的親密有點上癮吧。

約炮的時候，這種親密關係有明確的起點與終點，他可以掌握自己該抱有多少期待，也知道什麼時候要停止這些期待。

他不需要擔心對方什麼時候會無預警地離開，或是在他毫不知情的狀況下，突然對他失去興趣，這種親密只會留在床上，也只能留在床上。

「因爲這樣可以省去很多麻煩？談戀愛、交往什麼的，要顧慮的事情太多了。」

「所以遇到暈船的人，你立刻就跑了。」溫時予點點頭，「很合理。」

「對，很合理。」

譚知仁打量著溫時予的臉，就算溫時予對他的態度有任何批判，也沒有表現出來，只是若有所思地望著他，像是在猶豫什麼。

「我覺得我可能快要失業了。」溫時予自嘲似的微笑起來，「我居然變得沒有辦法忍受客人的觸碰。」

一股溫暖的感覺湧上譚知仁的喉嚨，讓他吞嚥有點困難。

「你是不是被我養壞啦？」譚知仁開玩笑地說道，不過他知道，他內心的某個部分並不想聽到答案。

「有可能喔。」溫時予柔聲說：「我說過只有你，我沒有對你撒謊。」

溫熱的血液在譚知仁全身上下流竄，這次不是因爲性慾，而是一種很奇怪的感覺，他甚至不確定他的人生中有沒有過同樣的經驗。

溫時予話裡所暗示的東西，令他的心臟怦怦狂跳，好像整個人要從床上飄起。溫時予喜歡他嗎？因爲喜歡他，所以沒有辦法接受別人碰到身體了。

他心裡的喜悅幾乎要撐破他的胸腔，讓他難以呼吸……他爲什麼會快樂？他不應該感到快樂的啊。

當他遇上炮友暈船的時候，他只覺得恐怖，就連吳閔俊對他講些朋友間的抱怨，都令他感受到無以名狀的壓力。然而溫時予喜歡他，卻讓他覺得自己的心長了一對翅膀。

這只有一種合理的解釋，一個他一直都在試圖逃避的解釋——他喜歡上溫時予了。

這注定只會帶來災難，他很清楚，因爲這種事情總是這樣。

他所感受到的快樂有多強，同時在心底浮現的恐懼就有多強。

「你該去吹頭髮了。」

譚知仁推了推溫時予的大腿。他需要溫時予暫時離開他身邊，讓他腦中的風暴平息下來，就算只有一點點也好。

溫時予的視線在他臉上停頓一下，然後露出微笑，「你先睡吧。」

譚知仁預期溫時予會靠過來吻他，所以他的身體有點僵硬。但是溫時予沒有，只是抓著毛巾，從床上站起來，在離開房間時，替他關上房間的燈。

幾秒鐘後，吹風機的聲音在浴室裡響起，譚知仁縮進被單裡，閉上眼，卻無法召喚起應有的睡意。

床墊因爲溫時予的體重而搖晃，當另一個人的身軀在他身邊躺下時，他依然無比清醒。他只能慶幸房裡一片漆黑，所以他看不見溫時予的臉。

他的呼吸聲絕對出賣了他，溫時予一定知道他還沒睡著，可是溫時予一句話也沒說。

溫時予喜歡他，他也喜歡上溫時予了……不應該是這樣的。

從他失去溫時予的「客人」身分時開始，他們的關係就注定要走上毀滅一途，他怎麼會沒想到呢？

畢竟，看看他的親生父母，就連和他流著同樣血液的爸媽，都能扔下他，自顧自地逃到國外。他甚至不感到意外，只震驚負債金額如此之大。

現在他知道爲什麼他不意外了，因爲他爸媽向來只用錢負責任，他早就習慣了，既然他們沒錢了，他們當然沒辦法繼續爲他這個兒子負責。

連自己的父母都不能相信，他還能期待誰？

譚知仁不知道接下來會發生什麼事，唯一可以確定的是，他遲早會失去溫時予，不論他們現在有多快樂，都不會持續下去。

只要不要讓這段關係開始就好了，然而他們的關係不是已經開始了嗎？

溫時予說這叫做投資……那麼他只要及時止損就好吧？

譚知仁的心臟像是被一隻手緊緊掐住，隨時都會崩裂，在這一刻，他好討厭躺在他身旁的那個人，討厭他所帶來的這一切。

但他更討厭明明知道不該、卻依然想要擁抱溫時予的自己。

第十一章

上課上到一半，吳閔俊的手越過階梯教室座位的扶手，悄悄爬上譚知仁的大腿，令譚知仁的身體一僵。

「欸，知仁。」吳閔俊用只有他聽得見的聲音說。

「怎樣？」他希望吳閔俊可以把手拿開，這人爲什麼非得要這樣摸他？

平心而論，整個大一，還有大二開學到現在的時間，吳閔俊一直都是這樣，譚知仁以前並不介意。直到幾個星期前，吳閔俊那句埋怨他的話，才突然讓他開始對這個所謂的「朋友」，感到不耐煩——與其說是不耐煩，不如說是壓力。

現在和溫時予的關係微妙地變調之後，譚知仁就懂了，吳閔俊正試圖用言語對自己施壓，想要自己繼續留在他身邊，只做他的朋友。

吳閔俊憑什麼這樣要求他？他們又不是在交往……這個詞光用想的，就讓他忍不住一陣頭皮發麻。

他跟溫時予的事情都還沒有個結論，眞的不需要吳閔俊這時候也摻進來攪和。

「沒事。」吳閔俊先是瞥了他一眼，然後對他露出一如往常的微笑，「我只是想要叫你一下嘛。」

即使以前譚知仁曾經覺得吳閔俊那張臉算得上是甜美可愛，現在也完全感覺不到了，他之前怎麼會曾經考慮過要和他上床？

吳閔俊繼續低聲說，手指輕輕捏了捏譚知仁的腿，「我只是覺得，你又重新回來上課眞是太好了。」

「對啊。」對方過度親暱的動作，使譚知仁一陣雞皮疙瘩。吳閔俊爲什麼要特別說這個？以及對方到底什麼時候要把手放開？

譚知仁微微撇過頭，視線掃向教室的角落，溫時予平常坐的位子。

即使他們現在幾乎是每天都一起來學校，但他們在學校裡的相處模式，似乎沒有什麼太大的改變。

譚知仁的身邊依然是吳閔俊和林敏成，有時候再加上更多其他人，溫時予則依然和他保持距離，繼續置身事外地當好學生。

他的視線與溫時予在半空中相交，使他像觸電般一顫，立刻轉回頭來。

溫時予正在看他，那溫時予有看見吳閔俊的手在他身上的樣子嗎？他想知道溫時予有什麼感覺，會不會有點吃醋？會希望他阻止對方嗎？他非常想知道，他對溫時予的占有慾是不是互相的。

然而就算是又怎樣，不是又怎樣？這對他們的現狀會有任何改變嗎？

譚知仁只慶幸，一起睡了兩個晚上之後，溫時予就回去酒店上班了，所以他晚上暫時不會見到溫時予。只不過溫時予去上班這件事，會讓他的腸胃產生一股酸澀的感覺，好像吃壞肚子一樣。

他不希望溫時予再去上班，不想要溫時予再和客人有那些多餘的互動，尤其是在他吐過之後——他憑什麼提出這種要求？

後半節課，譚知仁什麼也沒聽進去。

下課鐘響時，他便把桌面上的東西胡亂掃進背包裡，收起折疊桌，從座位上站起，想要趕快離開這間教室，暫時遠離吳閔俊。

吳閔俊的手卻握住他的手腕，溫熱的手心貼著他的皮膚。

「知仁，我好久沒有去你家玩了耶。」吳閔俊的語調十分高亢，雙眼睜得老大，好像在期待些什麼。

先別提溫時予住在他家的事實，最近他沒辦法負擔朋友來家裡玩的開銷，也沒有多餘的時間——他還在找時段配合得上的打工。

思及此，譚知仁意外發現，他不記得自己上次有如此明確的目標是什麼時候了。現在的他需要工作，需要有錢進帳，這是最基本的生存，僅僅是這麼單純的目標，卻帶來一股前所未有的踏實感。

溫時予一開始還開玩笑地建議他到WAKE一起當公關，他當然拒絕了。可觀的收入確實很吸引人，但是如果張欽皓來消費的時候看見他呢？還不如直接宣告破產好了。

「我最近很忙啦。」譚知仁勉強扯出一個微笑，「我要開始找打工了。」

「你為什麼要打工？」吳閔俊噘起嘴，「你是不是跟溫時予學的，開始拿打工當藉口來敷衍我？」

「你家不是滿有錢的嗎？」林敏成在一旁幫腔，「看你之前那樣請客……該不會是裝闊裝過頭了吧。」

譚知仁瞪視著林敏成。他知道對方一開始就只是爲了這個才和他打交道，但是聽到林敏成這麼直接地說出口，依然感覺像是被人踢了一腳。

林敏成的眼神沒有迴避他，表情單純得像是在開玩笑……如果這是玩笑，這其中的惡意，難不成是他自己想像出來的嗎？

「敏成太沒禮貌了吧。」吳閔俊笑了起來，推了林敏成的肩膀一把，然後轉向譚知仁，「溫時予有幫你找工作嗎？」

吳閔俊圓滾滾的眼睛挑戰地盯著他，好像在等他親口承認他跟溫時予的關係。

這也是譚知仁不那麼想和吳閔俊待在一起的原因。

在夜市那個尷尬的小意外後，譚知仁不知道林敏成有沒有告訴吳閔俊——他相信一定有，他不知道吳閔俊對這件事有什麼看法。

吳閔俊遲遲沒有任何表示，讓他更加不安。然而他又不想去問，光是他和溫時予好像有私交的樣子，吳閔俊就會對他酸言酸語了，如果以爲他們在交往的話，他會多難熬？

「沒——」

「我幫他什麼？」

譚知仁話還沒說完，思緒就被溫時予的聲音硬生生打斷。他抬起眼，看見溫時予正從階梯上走下來，來到他們這排座位旁。

「時予，你看他啦。」吳閔俊起身，挽住他的手臂，胸口貼在他的身側。「我只是好久沒看到他了，很想他嘛，可是他一直拒絕我的好意。」

譚知仁轉過頭，質疑地盯著身旁的人。吳閔俊的語調甜膩得都快要滴出糖分了，但是撒嬌的對象卻是溫時予……這人想幹麼？

「是嗎？那還眞是不夠朋友啊，知仁。」

溫時予挑著眉，露出無法輕易解讀的笑容，目光來回打量他與吳閔俊，最後定睛在吳閔俊的面孔。

「我最近很忙。」譚知仁只能僵硬地說。

現在是什麼狀況？剛回到學校的那兩天，他還有點提心弔膽，深怕吳閔俊纏著他問問題，結果並沒有發生那樣的狀況。他還以爲危機已經過去，顯然他搞錯了。

吳閔俊究竟想要做什麼，他毫無頭緒。

吳閔俊伸手戳了戳他的臉頰，「你看，你看，現在連台詞都跟時予一模一樣了，你是不是吃到溫時予的口水啦？」

溫時予停頓了兩秒鐘，然後嘴角向上勾起。熟知溫時予如他，譚知仁覺得溫時予彎起的雙眼，比起微笑，更像是在警告。

「我也不知道譚知仁在忙什麼，你問過我，記得嗎？」

「對呀，我記得，知仁實在太愛搞失蹤了。」吳閔俊臉上掛著甜甜的微笑。

他們兩個人說話的態度，好像當事人不在現場似的，譚知仁清了清喉嚨，正打算打斷他們的一來一往時，吳閔俊的臉突然逼近他，嘴唇貼上了他的臉頰。

下課時間嘈雜的教室，聲音好像一瞬間全都消失了，吳閔俊是……親了他嗎？這人到底在幹麼？

眼前的畫面好像被切換成了慢動作，吳閔俊退開的過程，彷彿持續了好幾分鐘，他嚥了一口口水，看見溫時予緩緩眨了眨眼，然後一動也不動地望著他的臉。

溫時予爲什麼在看自己？他在期待些什麼嗎？

「現在他回來了，這樣就好啦。」吳閔俊的雙臂圈住譚知仁的肩膀，將他緊緊抱在懷裡，「看到知仁開心，我就開心。」

現在他一點也不開心，但是他懷疑吳閔俊根本不在乎。說實話，他也不在乎吳閔俊，只是看著溫時予，屏著氣息，等待溫時予的回應。

溫時予輕笑出聲，「很好啊。我還有事，我要先走了。」直到離開教室的前門時，溫時予都沒有再看譚知仁一眼。

吳閔俊放開他的同時，他便倏地轉過身，直瞪著始作俑者，「剛才那是怎樣？」

吳閔俊的雙眼依然睜得圓滾，無辜地回應他的目光，「嗯？沒有呀，我是眞的很高興你回來了。」

「但是你剛才——」譚知仁說不出口。他不知道吳閔俊那麼做的目的是什麼，卻也不想知道答案。

他咬住嘴唇，四下張望了一下，教室裡還剩下三三兩兩的學生，還有在講桌邊收拾東西的助教。他不想引起不必要的注意，所以他不會在這裡對吳閔俊抓狂。

「知仁，今天晚上你有空嗎？」吳閔俊說：「我們一起去吃飯？」

譚知仁瞇起眼，覺得眼前的人一定是瘋了，才會覺得他在這個時候還會答應邀請。

「我眞的沒空。」譚知仁簡短地回答，把背包掛到肩上，避開吳閔俊的視線，「改天再說吧。」

「知仁，等一下。」

譚知仁當然沒有等他，反而加快腳步跑下階梯，從前門溜了出去。

第十二章

溫時予坐在病床旁的椅子上，不知道是第幾次，看向阿嬤緊閉的雙眼。如果他看得夠久，就會覺得那雙眼皮正輕輕顫動，好像隨時都準備睜開。

但這不是眞的，他已經來這裡十次？還是十一次了？阿嬤每一次都像他上一次看見的那樣——躺在同一個位置，蓋著同一條醫院薄被。

他期待的奇蹟到現在都還沒有發生過，他幾乎快要認命，所謂的奇蹟不會出現。到這個地步，或許直接放棄希望會讓他比較好過，比起每個星期重複燃起、再捻熄希望的折磨，宣布一切到此爲止，可能對他們都更好。

搬離阿嬤家之後，溫時予就再也沒有回去了。他一開始還會打電話關心，然而阿嬤家只有市話，沒有手機，他沒有辦法確保接電話的人是誰。

他還記得有一次打電話回去，接起電話的是個男人。一聽見那個聲音，溫時予就像被電話燙到一般，手機摔到地上，當場關機，導致他後來連電話都不太敢打回去。

阿嬤第一次住院的事，他或許是全家最後一個知道的，他無從判斷。當時他收到的是來自父親的簡訊，不是通訊軟體，也不是電話，而是一封像詐騙訊息一樣、來自某個無名號碼的簡訊。

他抱著半信半疑的心態來到醫院，看見躺在床上的阿嬤，才知道那不是詐騙。

第二次因爲中風而住院，能夠活著離開的機率有多少？就算眞的出院了，那樣還算是活著嗎？溫時予心中有很多疑問。

阿嬤的鼻子上接著呼吸器，身上還有許多他叫不出名字的管線，使她看起來像是在實驗室接受改造的生化人。

「阿嬤。」他試著出聲：「你聽得到嗎？」

當然什麼回應都沒有，只是溫時予還是忍不住期待，阿嬤能在這時候醒來，對他露出熟悉的微笑。

他還記得小時候，阿嬤帶著他去市場買菜的樣子。他會在一旁聽著阿嬤和攤商閒話家常，順便殺價，然後她會在回家的路上，買麥芽糖做的棒棒糖給他吃。

他也記得阿嬤教他唱台語老歌，他卻怎麼學都學不會阿嬤的發音，儘管他在阿嬤家住的時間那麼久，依舊學不會。

他也記得自己考試考壞了，回家時不敢拿聯絡簿給阿嬤簽名，後來阿嬤只是告訴他，考壞沒關係，下次學會就好了。

這些事微不足道，然而現在回想起來，溫時予才發現，這些是他人生中最接近被人當成一個孩子照顧的時候。

布簾外，隔壁病床的病人用力咳嗽起來，然後是一陣含糊嘶啞的說話聲，接著是往病房外走廊前進的腳步聲，或許是負責照顧的外傭去找護理人員了。

溫時予平常不會在病房裡待太久，這裡的死亡氣息幾乎是肉眼可見，要是待得太久，會讓他沒辦法把情緒分門別類地收好。而且他也不需要用時間證明，阿嬤不會醒來的事實。

但是今天隔壁床的病人不知道是換人了，或是肺部狀況進步了，咳嗽完後一片寂靜無聲。寧靜的病房，幾乎讓他的心靈與情緒也跟著平復下來。

這樣是最好的，他需要一點獨處時光，最好不要見到任何人，尤其是譚知仁。

離開學校後，溫時予還沒好好消化掉在階梯教室所發生的事。

說實話，直到現在，溫時予都還不太確定，他那天脫口而出的事，究竟是不是譚知仁該聽的。他得承認，自己是有點衝動了，也許是因爲譚知仁睡眼惺忪的眼神降低了他的戒心，或是因爲譚知仁的臥室感覺太安全、太隱密，所以他不小心就說得太多。

他其實不介意說，只是他不確定譚知仁介不介意聽，所以譚知仁問的第二個問題，他最後決定不要回答……他還是沒有想像中的灑脫。

少了金錢的往來，和譚知仁的關係反而變得微妙，他越是顧慮譚知仁的心情，就越難像譚知仁期望的那樣，對自己的過去直言不諱。

在那之後，譚知仁似乎就被他嚇到了，也許他是一下靠譚知仁太近了……但無論如何，吳閔俊都和他們之間的事無關。

溫時予幾乎都要覺得好笑了。在酒店裡看客人爭風吃醋還不夠，現在連在學校裡都逃不過了嗎？他可從來沒有和別的公關搶過客人，也沒打算和吳閔俊搶人——如果這是吳閔俊挑釁他的原因的話。

他一點都不在乎吳閔俊，對他來說，吳閔俊就只是一個太喜歡撒嬌的傻子而已。

讓他的心思不斷打轉的，是譚知仁在聽見吳閔俊說的那些話後，沒有任何作爲的模樣。他一直莫名想起他們泡溫泉前，譚知仁和張欽皓差點打起來的畫面，那時候的譚知仁還會捍衛他，爲什麼現在不會了呢？

噢，他知道差別在哪裡了，那時候的譚知仁還是他的客人，他是譚知仁付錢占有的東西。現在譚知仁沒有在他身上花錢了，所以就不再需要護著他了。

溫時予其實不想這麼想，可是也不知道該怎麼想。

當時他以爲譚知仁在乎他，是超越客人和公關的在乎。然而現在少了錢作爲媒介，他才發現，這還是他的自作多情……他當初怎麼會這麼天眞？

坐在病房窗邊，籠罩在十一月沒有熱度的陽光下，溫時予試著在腦子裡釐清這些東西，卻越理越亂。

阿嬤只是靜靜地躺在那裡，儘管人在，卻沒有得到任何陪伴。

溫時予在醫院裡待的時間，比他預期的久了一點，當他回過神來時，已經過了下午五點。他如果還想在上班前補眠，就得盡快離開。

事實證明，他不該在醫院裡思考的，就算坐在便利商店的座位區，聽一百次店員說「歡迎光臨」，都比待在這裡強。

當電梯在他面前打開門時，裡頭走出一對母女，還有一個穿著夾克的男人。

溫時予還以爲自己看錯了，他多久沒有見到這人了？從國三到現在，是五年，還是六年？時間過得其實不算久，男人的臉也沒有比過去年邁多少，溫時予一眼就認出他，而他的模樣灼燒著溫時予的眼睛後方，令他的雙眼刺痛。

不只是眼睛，他的皮膚彷彿被滾水燙過，炙熱而疼痛，他得咬緊牙關，才能讓自己勉強保持清醒，不要在醫院的電梯門前癱軟倒地。

他以為自己早就能夠坦然看待這件事了，然而現在看見眼前的男人，他才知道，那都只是無效的自我安慰。

「時予？」男人在經過他身邊時停下腳步，愣愣地看著他。

溫時予面無表情地掠過男人，走進電梯裡，按下一樓的按鈕，然後一次次按著關門鍵。但是醫院電梯的關門速度慢得異常，男人的身影就在門外，動也不動，視線朝著他的方向。

溫時予強迫自己盯著按鍵，這樣男人的模樣，才不會讓他僅存的一點理智完全消失。

男人的臉和記憶中的其他東西綁在一起——阿嬤家紅色的碎花棉被、有雜訊的映像管電視，以及午後溫暖潮濕的空氣、粗糙的手指，還有低沉的呢喃。

混亂的五感在溫時予的腦中一瞬間迸發，令他視線一片模糊。他不該在這裡逗留的，哪裡都好，他為什麼偏偏要在這個隨時有可能遇見其他家人的地方思考？

電梯門終於將男人的身影完全遮蔽，溫時予才發現，自己已經屏住氣息太久了。他張開嘴，大口吸進電梯裡沉悶的空氣。

他幾乎是用逃的衝出醫院大門，一直到搭上捷運，他的眼淚才終於潰堤，他用手摀住鼻梁，遮住下半臉，盡可能不要發出任何聲音。一個中年婦女下車前，在他的膝蓋上放了一張衛生紙，他卻沒有辦法向她道謝。

他不太確定自己是怎麼回到譚知仁的公寓的。

從陽台的窗戶可以看見轉成藍紫色的天空，客廳裡沒有開燈，使一切都呈現一股老電影般的灰暗色調，就像阿嬤家以前那樣。

他很懷疑，現在還有什麼事情能不令他聯想到阿嬤，還有在老房子裡發生的那些事。

溫時予決定先去洗澡，至少洗澡能讓他覺得自己眞的乾淨了，就算只是暫時的也好。

他把水開得很熱，就像一直以來習慣的那樣，但是無論蓮蓬頭中灑下的水珠在皮膚上有多麼熱燙，都沒有辦法洗去那個男人對他的影響。經過這些年，他本來以爲男人的樣子在他心中已經逐漸褪色，像是被太陽曬得太久的照片，然而今天短短幾秒的交會，卻讓一切又重新染上鮮豔的色彩，刺眼得令他難以承受。

他在蓮蓬頭下站了很久，久到皮膚都泛紅起來，好像隨時要從他身上剝離，然後回到屬於他的小房間，在書桌前坐下。他試著寫作業，或是複習統計課的內容，不過課本上的數字表格只讓他覺得頭痛。

他最後一定是趴在桌子上睡著了，因爲客廳傳來鑰匙碰撞的清脆聲響，使他從椅子上彈起。他的肩頸痠痛不已，手臂上有一塊被臉頰和頭髮壓出的紅印。

他摸索著找到放在桌子角落的手機，同時疑惑現在到底幾點了。

螢幕上顯示著半夜一點十七分……他直接把上班時間也睡掉了，手機上有一通來自哈利的未接來電，大概是想知道他今天進不進店裡。

溫時予打開通訊軟體，傳了一則訊息給哈利，「對不起，今天請假。」

溫時予從椅子上站起來時，大腿僵硬得甚至沒辦法好好伸直。他在桌邊站了一下，確保自己不會摔倒後，才往房門口走去。

還沒來到門邊，譚知仁的身影就出現在他的視野裡，譚知仁的眉頭緊蹙，嘴唇抿成一條緊繃的直線，背包被他提在小腿旁，前後甩動。

和他對上視線的瞬間，譚知仁的身體誇張地一顫，好像現在才意識到溫時予在家似的。

溫時予不禁失笑，他看得出來譚知仁的心情很差，但沒預期他會心不在焉到連房裡有燈光都沒注意到。

「嗨。」溫時予說，聲音有點沙啞。

「嚇死我。」譚知仁抱怨。眼神從溫時予臉上轉開，悶頭往自己的房間走去，「你不是應該要去上班的嗎？」

「我不小心睡過頭了。」這依然是實話，不過他知道，就算他及時驚醒，今天也不會進酒店了。他沒有心思應付客人的喜怒哀樂，如果再讓他遇上像承哥那樣的客人……他予決定讓思緒停留在這裡就好。他靠在門框上，探頭看向另一個房間裡的譚知仁，「你去哪啦？今天這麼晚回來。」

這只是一句中立的問句，出自於單純的好奇和寒暄目的，譚知仁沉默了幾秒後，出口的話卻出乎溫時予的意料。

「干你屁事。」

溫時予皺起眉。他不介意譚知仁想保有自己的隱私，甚至不介意他充滿冒犯性的用詞，但是他介意譚知仁語氣中的那股怒火。

他今天只有在學校見到譚知仁而已，甚至不算有說到話，所以無論譚知仁是為了什麼事在生氣，都跟他無關。但是溫時予沒有辦法對譚知仁回嘴，或許是平常在酒店裡應付客人所受的訓練開始運作，或者，也只是單純因為他是譚知仁。

他不知道現在他是把譚知仁視為一個需要安撫的客人，或者其他什麼別的，他只是想要譚知仁揪起的眉頭舒緩開來，想要看他的嘴角恢復上揚的弧度。

「心情不好嗎？」溫時予往他的房間走去，還沒有進到房門內，就見譚知仁倏地轉過身。

「我剛才在炮友家。」譚知仁說這句話的口氣，幾乎像是一種警告，好像他用這幾個字在房間門口劃下一道界線，要阻止溫時予靠近。

溫時予停下腳步，眨了眨眼，「噢。」

譚知仁的雙眼直勾勾地盯著他，好像在等待他做出更多回應，然而除了一聲愚蠢的「噢」之外，溫時予什麼都說不出來。

他不確定自己要怎麼想，說實話，這的確不干他的事，可是他的心臟為什麼突然像是被人用針刺了一樣？

最終他勉強擠出一絲微笑，輕聲說：「是嗎？看起來你的體驗不太好喔。」

「你閉嘴。」

「他沒有讓你舒服嗎？他是不是不知道你喜歡什麼，也不知道要怎麼服務你？」

「溫時予。」譚知仁往他踏近一步，雙眼大睜，虹膜外側的白眼球清晰可見。

溫時予扯著自己的嘴角，讓微笑擴大，「你沒有告訴他嗎？就像你第一次告訴我，你喜歡看到我怎樣……」

他不知道自己為什麼要說這些話，聽起來就好像在嘲諷譚知仁一樣，不過他覺得他更像是在嘲諷他自己。

現在他和譚知仁住在一起，譚知仁就瞬間對他失去興趣了。他早就知道，所謂的好感、喜歡和在乎，都會在一夜之間毫無理由地消失，就和他爸媽當初把他留在奶奶家，然後就離開了一樣，所有人都一樣。

譚知仁背對著房間的燈光，面孔陷入黑暗裡，但是溫時予可以在腦中看見譚知仁滿臉漲紅的模樣。下一秒，譚知仁大步跨出房間，一轉眼就出現在溫時予跟前。

「閉嘴，叫你閉嘴聽不懂嗎？」

譚知仁抓住他雙手的手腕，用力將他往後推，他的肩膀順勢撞上門邊的牆，讓他吃痛地低哼一聲。

譚知仁炙熱的鼻息打在他臉上，他們面孔的距離近得使他只能看見譚知仁的眼睛和鼻梁。

「幹，我眞的好討厭你。」譚知仁的低吼聲從喉頭迸出，「你到底爲什麼在這裡？你是來嘲諷我的嗎？」

「我感覺到你的討厭了。」譚知仁的指甲深深刺進他的手腕，讓他的手掌發麻。然後譚知仁更用力地把他往牆上壓去，吼叫聲在他的耳邊迴盪。

「你反抗啊，推開我啊，你爲什麼不拒絕我？」

溫時予看著譚知仁的雙眼，對啊，他爲什麼不反抗？爲什麼他可以叫承哥滾蛋，卻沒有阻止譚知仁對他動粗？

因爲他犯賤，因爲他是譚知仁，所以溫時予不會反抗，這就是答案。

「你笑什麼？」譚知仁嘶聲說道：「你覺得現在這樣很好笑嗎？」

溫時予其實不知道自己有沒有在笑，他現在只覺得好痛，不管是被譚知仁掐得血液循環不良的手掌、緊壓在牆上的肩膀和後腦勺、他的胸口，或是他的眼睛和鼻尖。他沒有辦法阻止淚水從眼頭滲出，然而他的眼淚看來只是更加激怒了譚知仁。

伴隨著一聲挫折的低吼，譚知仁的嘴便吻了上來——比起親吻，譚知仁更像是在咬他。

溫時予沒有辦法呼吸，譚知仁把他壓得太緊，令他幾乎要窒息。嘴唇上傳來一陣刺痛，他猜譚知仁把他的嘴唇咬破了，但是他沒有嘗到血的味道，他身上的血液似乎有屬於自己的意志，選擇在這個時候往他的下半身竄去。

就連這種粗暴的對待，都能讓他興奮，他就是那麼扭曲，那麼淫穢下賤，就像每個人想像的那樣。

「哈啊——」當譚知仁終於放開他的嘴唇時，他便像是剛從水底浮起一樣，大口喘息。

譚知仁的膝蓋粗暴地卡進他的雙腿之間，大腿抵著他勃起的性器，強烈的壓力與刺激讓他的雙膝顫抖。

溫時予看不出來現在譚知仁是想要上他，或是想要掐死他，還是以上皆是。

最終，譚知仁兩者都沒有做。他像是突然從某種魔咒中驚醒過來，錯愕地瞪視著自己的手，然後把他的手往一旁甩開，力道大得讓他踉蹌了一步。

「你到底爲什麼在這裡，溫時予？」

溫時予打量著譚知仁，他知道對方指的不是今天他沒去上班的事實。

「你想要得到什麼答案？」溫時予輕聲問道。

譚知仁撇開視線，咬牙道：「我不想看到你。你知道嗎，我寧可你從來沒有出現過。」

「是嗎……」溫時予的心臟緊緊一縮，譚知仁終於說出來了，這個答案一點也不令他意外。或許在他硬是要借錢給譚知仁、主動向他投懷送抱的時候，他就在期待這一刻的來臨，他只是沒有想到會發生得這麼快。

「你不覺得奇怪嗎？在這樣的狀況下，我是什麼？你又是什麼？」

溫時予也沒有答案，他只是舔了舔乾澀的嘴唇，扯出一個令他臉頰疼痛的微笑，「那你叫我走吧，只要你開口，我就會走，你就再也不需要看到我的臉。」

譚知仁的臉頰肌肉抽動著，手抹過臉，用力搓揉著眼睛，好像想要把他在他眼裡的模樣也抹去，然後視線再度回到他的臉上。

「隨你吧。」譚知仁冷冷地說：「腳長在你身上，不是嗎。」

譚知仁向後退開，直到回到自己的房間門口，把門關上。

在安靜的公寓中，清脆的關門碰撞聲大得令他的心隨之震動。就算他先前對譚知仁還抱有任何期待，現在也隨著那片關上的門板而結束了。

搬來譚知仁家，終究是一個錯誤。但是沒關係，他可以走，反正譚知仁不需要他了，他也不必待在這裡。

譚知仁之於他，只是人生中的一段插曲。

溫時予退回房裡，將自己縮進被窩中。他的身體被譚知仁的氣味包圍，他深吸一口氣，好把這個味道深深刻進腦海裡。

聽見譚知仁房裡傳來一聲悶吼，他心底湧起一股近似於復仇的滿足感，至少今晚難受的不只他一個。

剛回到房裡，譚知仁就後悔了。

他到底在說什麼？他剛才是要把溫時予趕出家門嗎？

堆積在心底的挫折與怒氣，幾乎要把他的胸腔撐破，他重重趴倒在床上，把臉埋進枕頭裡，用盡全身的力量大吼了一聲。

他告訴溫時予他去了炮友家，這句話只是一半的事實。他確實在交友軟體上約了一個人，但是僅止於此，等到他真的赴約，一起進到對方租的套房時，他卻發現自己一點慾望都沒有。

不是因爲對方長得不符合他的期待——客觀而言，男孩本人甚至比個人檔案裡的照片更好看……可是這人不是溫時予，譚知仁完全沒辦法產生任何反應。

譚知仁很努力要激起自己的性慾，然而溫時予的模樣在他腦中揮之不去，不是溫時予在床上的樣子，而是溫時予的笑容。

後來當男孩走上前，試著親吻他的時候，他終於受不了了。

「對不起，我還有事，要先走了。」

他不怪那個男孩生氣，但他無法回應對方的質問。他總不能說自己心裡還惦記著家裡的另一個男人，所以沒有辦法上床？

他知道這個陌生的男孩會認爲他有什麼障礙，或者覺得他是跑出來偷吃的渣男……就很多方面來說，這兩者都有一定程度的眞實性。

譚知仁灰頭土臉地離開對方的套房，丟臉的感覺和對自己的惱怒，讓他只想對天空怒吼——當然，他還沒有那麼瘋。現在他只想回家，把這一切都睡掉，隔天早上起床之後，就可以當作沒這回事。

他沒想到會在家裡見到溫時予。

他得承認，把這一切怪罪到溫時予頭上，根本就不公平。但是他按捺不住自己的脾氣——

溫時予的嘲諷太貼切了，他只差沒有說出「因爲那個人不是我」這幾個字。

讓溫時予住進他家，簡直就是他人生中犯過最大的錯。他太高估自己了，他以爲他可以把溫時予當成一個普通的室友，而不是想要做愛、想要抱在懷裡的對象。

不對，問題根本就不在讓溫時予住進他家，眞正的問題比那更早就發生了。他自以爲能把酒店和學校切割開來，讓蘇西只是蘇西，溫時予還是溫時予——他根本就做不到。

他讓溫時予占據他的生活太多了，不管是學校還是夜晚，不管是他念書的時候，或是需要找人發洩情緒的時候……他怎麼會愚蠢成這樣？

他眞的不想見到溫時予，因爲只要見到溫時予，他就沒有辦法正常地思考……但是他眞的想要溫時予走嗎？

譚知仁在床上翻過身，瞪視著天花板。溫時予走了，對他們兩個都好，他們現在最需要的就是距離，這樣他就可以逐漸忘記溫時予，逐漸脫離溫時予對他的影響，再度回到他以前的人生，回到溫時予的名字開始對他產生意義的時候……

思及此，譚知仁突然想要去找溫時予道歉，想要告訴對方，剛才他不是有意要弄痛他。

譚知仁爬下床，打開房門，想去敲敲溫時予的房間門，下一秒，他又再度退回房內。

不行，他太焦慮了，現在無論他做什麼決定，感覺都是錯的。他得先睡覺，等他腦袋清醒一點再來思考。

譚知仁在床上翻來覆去，怎麼樣都睡不著，在半夢半醒之間，他以爲溫時予來到他的房間。當他驚醒過來時，才發現是他的潛意識在作祟。

隔天早上，譚知仁昏昏沉沉地走出臥室，發現屋子裡一片寂靜。他跑進溫時予的房間，心跳像是喝多了咖啡一樣狂跳不止，看見溫時予的行李箱還放在衣櫃旁，才鬆了一口氣。

直到上課時間，他才又見到溫時予。溫時予仍是以前的模樣，只不過溫時予好像沒有看到他似的，眼神從他身邊直接掃過，下課後也是悶頭直接走出教室。

吳閔俊一直黏在他身邊，依舊像往常一樣說個不停，時常抱著他的手臂。雖然吳閔俊不再提要去譚知仁家的事，但是似乎打定主意，在學校時，絕不讓他離開視線。

譚知仁搞不懂吳閔俊為什麼還要這樣跟著他……現在他不再請客，就連林敏成都不太和他們一起吃飯了。

中午在學生餐廳裡時，譚知仁接到了學校附近補習班的電話——他面試的工作上了，要擔任國中數學班的帶班導師。

「今天晚上你有空過來嗎？」電話那端的小姐詢問他。「如果可以的話，我們可以先帶你認識一下環境，看看上課的教室。」

譚知仁其實更想回家找溫時予，在溫時予去酒店之前，至少為昨晚粗暴的行為道歉。可是讓溫時予離開才是對的吧，他沒辦法對溫時予負責，溫時予也沒辦法給他他想要的，如此一來，道歉有什麼意義？

「好啊，沒問題。我幾點到比較好？」

他和行政小姐約好晚上六點抵達，便掛斷電話，一旁的吳閔俊瞪大眼，直望著他。

「怎樣？」

「你今天晚上是……要約會嗎？」

譚知仁翻了個白眼，「我不是告訴你，我最近在找打工嗎？是補習班那邊打來的。」

吳閔俊吸著口腔內側的皮肉，手中的筷子敲打著湯麵碗的邊緣，「我還以為你會和溫時予一起打工呢。」

聽見這句話，譚知仁差點把餐盤上的冬瓜茶打翻，「這跟溫時予有什麼關係？」

「你不是跟他走得很近嗎？」吳閔俊的語氣幾乎像是埋怨，「我以為你要找工作，他一定會幫你。」

一股煩躁的感覺從譚知仁的心底湧起，他相信林敏成絕對把他和溫時予一起出去玩的事告訴吳閔俊了。但是吳閔俊一直都沒有正面問他這件事，只是一直把溫時予的名字掛在嘴邊，好像想要藉著這麼做來測試他的反應似的。

如果是溫時予，就會直接問他，才不會玩這種拐彎抹角的遊戲……不，溫時予會等他自己說，因為溫時予知道，如果他想說，就會主動開口。

這件事梗在他和吳閔俊之間，就像一根魚刺一樣，吞也不是、吐也不是。乾脆連吳閔俊和林敏成也列為拒絕往來戶好了，把這些已經亂七八糟的人際關係全部切斷，或許他還會覺得舒服一點。

譚知仁彈了一下舌頭，「我要做什麼，我自己會找，我才不需要他幫忙。」

聞言，吳閔俊立刻著急地抓住他的肩膀。「好嘛，知仁，你不要生氣嘛，我只是開玩笑的……」然後把頭靠在他的肩上，譚知仁差點反射性地推開。然後吳閔俊像是突然想到了另一件事，倏地抬頭看向譚知仁，「知仁，我問你喔。」

「什麼？」

「你知道溫時予在哪裡打工嗎？」

譚知仁皺眉，「我怎麼會知道？」

「你之前不是說過他眞的很忙嗎？」吳閔俊噘起嘴，「你一定知道，告訴我嘛。」

譚知仁再也受不了了。他甩開吳閔俊的手，起身，學生餐廳的金屬椅向後滑開，發出刺耳的摩擦聲。

吳閔俊驚愕地瞪大眼，目不轉睛地看著他。

「你到底想幹麼啊？」譚知仁知道自己的聲音太大了，隔壁桌邊不認識的學生都被他嚇了一跳，轉過頭來看著他。

吳閔俊伸出手，想要碰觸他的手腕，但是他揮開了。

「溫時予、溫時予，爲什麼要一直拿他的事情來問我？」譚知仁咬牙，「我跟他一點關係都沒有，我怎麼會知道他的事情？」

吳閔俊看起來快哭了，然而這只讓譚知仁感到更加惱怒，他不需要吳閔俊來提醒自己做人有多失敗，光一個溫時予就已經夠了。

看看他把自己的人生搞成什麼樣子？他本來就是一個負不起責任的人，他當不好任何人的朋友，連最基本的維持友誼都做不到。

吳閔俊再怎麼逼他，他也沒辦法成爲吳閔俊期待的那種朋友，那種會掏心掏肺、成天膩在一起的朋友。

最好所有人都離他遠一點。現在他沒有錢了，沒辦法爲自己買到新的朋友——他爲什麼非得要有朋友不可？如果只有他自己一個人，就沒有人灌注期待在他身上，他也不必承受讓人失望的壓力。

「知仁……」

譚知仁沒有留下來聽吳閔俊想說什麼。他只是背起書包，抓起自己的餐盤，裝著冬瓜茶的鋼杯應聲而倒，在鐵盤裡流淌，濺到衣服上。

譚知仁最終把餐盤重重摔進角落的回收籃裡，大步離開學生餐廳。

◆

溫時予以爲迴避譚知仁這件事，他已經做得夠好了。這幾天連下課後的時間，他都沒有回到譚知仁的公寓，他在圖書館的閱讀椅上補眠，睡醒之後，就用圖書館的電腦，尋找可以短租的月租套房。

他找了幾個可能的選項，打算去看看屋況之後再做下一步打算。

人的心是很容易被說服的東西，才幾天過去，譚知仁的公寓在他心中，就已經從「他的新家」，又變回了「譚知仁的公寓」。這間房子已經和他無關，現在他只是希望，屋子裡住的那個人，也可以開始變得與他無關。

然而在學校裡看見譚知仁被林敏成和吳閔俊纏著的模樣，溫時予依然無法壓抑在心底翻騰的某種情緒。

他不該有情緒的，他們只是回到最原始的狀態而已。

不管有沒有金錢牽扯其中，譚知仁本來就和他不是同一個圈子的人，他們的道路只是因爲某種大宇宙的力量，產生短暫的交會。

客人本來就會來來去去，他現在只是要放棄一個曾經的客人罷了。

於是溫時予更認眞地上班，他還有許多其他客人，就算他們在他身上花的錢和時間不如譚知仁多，卻也聊勝於無。

連續三天，溫時予都是最早到店的人。

第一天，當哈利在休息室裡看見他時，只是最低程度地挑了一下眉毛。

當下，溫時予從來沒有這麼感激哈利察言觀色的能力，沒有刻意問他關於譚知仁的事。只不過隔天哈利進店時，帶了一條三顆裝的金莎巧克力給他。

後來，哈利的那位大哥來的時候，哈利便在徵得對方同意後，叫上溫時予一起。

和大哥聊天，對現在的溫時予來說，幾乎是一種解脫。

溫時予先前從沒有好好坐下來和這人說過話，這次從對方和哈利的對話中，他才知道大哥其實是建材公司的第二代。

溫時予知道哈利找他來一起坐檯是好意，想要讓他轉換一下心情。只是看著哈利和大哥說話時笑得牙齒都露出來的模樣，他的心臟還是會忍不住收縮一下——他很羨慕哈利此刻的笑容，如果不說是嫉妒的話。

他或許眞的病得不輕。這樣想想，譚知仁至少做了一個正確的決定，叫自己離他遠一點。

雖然時間不多，至少他還是可以用少少的時間，爲自己多換取一點喘息的空間。等他找好下一個落腳的地方，他就可以從譚知仁家離開了。

幾乎像是某種心電感應，張欽皓在第三天出現在酒店裡。

溫時予不知道張欽皓看見了什麼，但當張欽皓的視線落在他身上時，他便挑起眉。片刻後，張欽皓賞了溫時予一杯酒，將他叫到桌邊。

「嗨。」溫時予在他身旁的沙發上坐下。「好久不見。」

張欽皓的嘴一歪，「確實好久不見了，你最近比較少進店裡？」

「對，最近……學校的事有點多。」

這句話也不算是謊言，其實這幾天就是期中考，但是他根本無心念書，甚至已經有心理準備放棄期中考了。等他搬家、整頓好心情，還是可以在期末考把成績拚回來。

他拚了命地念書、賺錢，都是爲了讓自己擁有更多選擇，可是現在他卻什麼都做不好。

「學校啊。」張欽皓意有所指地笑了起來，「我還以爲是跟我那個朋友去哪裡玩了呢。」

聽見張欽皓提起譚知仁，溫時予臉上堆起的笑容差點就粉碎了，他強迫自己的肌肉用力，將微笑死死焊在臉上。

「哪有那麼多地方好玩，工作還是要好好做。」溫時予舉起桌上的小玻璃杯。「而且我喜歡這裡。」

「喜歡這裡嗎？」張欽皓壓低聲音，靠向他，「還是你更喜歡去飯店過夜？」

張欽皓話裡的暗示，讓溫時予的腸胃一陣緊縮。他不想，至少不是跟張欽皓去……可是爲什麼？這本來就是他工作的一部分，出場的大筆金額，能讓他離自己想要的人生更靠近。

然而最近他開始越來越不確定，他想要的人生究竟是什麼。

「只有你」就算是事實，這幾個字一開始也只是爲了配合譚知仁的喜好所說的台詞而已，他從什麼時候開始，居然也當眞了？

譚知仁也回到原本的生活模式了，如果他還傻傻地維持現狀，那才是眞正的笑話，而且以後沒有譚知仁，他終究還是要爲自己做打算。

像張欽皓這樣的客人，有錢、年輕，而且本質上是個好人，他沒有理由再拒絕了，對吧？

「那個也喜歡。」溫時予緩緩湊向張欽皓，低聲回答：「但我不知道你最近是不是找到新歡了呀。」

「最近去別家看了一圈，沒幾個有興趣的人。」

張欽皓的手撫上溫時予的大腿，讓他的皮膚泛起一陣雞皮疙瘩。

「還是要看你的意願啦。」張欽皓聳聳肩，「畢竟這種事還是要雙方都同意才好玩吧。」

「是啊。」他喜歡張欽皓的說法，讓他還保有選擇權，在現在這個時候，溫時予幾乎要感謝他了。他伸手，覆上張欽皓寬闊的手背，拋出一個淺淺的微笑，他希望自己看起來還足夠性感，「我其實也滿想念你的。」

「你等一下還有客人？」

「沒有了。」

坐進張欽皓的車子裡時，溫時予的腸胃緊縮成一團，胃酸威脅著要湧進他的嘴裡，但是他硬是嚥了下去。

飯店房裡乾淨的被單氣味充滿溫時予的鼻腔，他的臉頰摩擦著柔軟的布料，張欽皓的碰觸既熟悉又陌生。這就是他現在最需要的，能讓他回到從前，還沒有把傷害自己的權利交給譚知仁的時候。

「可以嗎？」

「可以。」

「你不會事後告我吧？」

「你需要錄音存證嗎？我不介意。」

他讓張欽皓的手掐著他的脖子，將他的大腿推開到幾乎會疼痛的程度。人在窒息的時候括約肌會收縮，他不確定自己是在哪裡看過這個小小的知識，他相信張欽皓也知道這件事。

溫時予不介意在張欽皓面前演出淫蕩的模樣，因爲這才是他熟知，而且確信的東西。在這張床上，他們一個在賣身，一個在買春，他們一樣爲慾望而活。

肉體撞擊的聲音在他耳邊迴盪，張欽皓低沉而混濁的喘息與他低啞的呻吟交織在一起。他骯髒、殘破，居然還敢期待有人能夠看穿這一切，然後給他安慰，所以他必須接受這樣的懲罰。

和譚知仁待在一起的這段日子是一個太奢侈的夢境，現在他該醒了。

當張欽皓高潮的時候，溫時予幾乎已經沒有任何力氣移動，只是癱軟在床上，身體發燙，喉嚨仍因爲剛才幾次的掐握而隱隱作痛。

張欽皓的身影消失在浴室的門邊，而溫時予並沒有覺得自己贏回了任何選擇權……他怎麼會覺得他有？從他的叔叔第一次走進他的房間開始，他就已經沒有選擇了。

無論譚知仁出現前的他是什麼樣子，現在都已經回不去了。

譚知仁就像一片濾鏡，透過他所看見的一切，全都染上另外一種顏色，而現在他已經不知道原本的世界該是什麼模樣。

溫時予從來沒有想過自己會有這種念頭，但此時此刻，躺在加大尺寸雙人床上的他，突然好想念以前的自己。

他曲起膝蓋，讓腹部感受到自身的體溫，然後開始哭泣。

不知道哭了多久，他感覺到張欽皓的手落在他的肩膀上。他抬起頭，透過模糊的雙眼看見張欽皓坐在床沿。

張欽皓把飯店的盒裝面紙推到溫時予面前，還有幾張紙鈔。他輕撫溫時予的臉頰，將他被淚水沾濕的頭髮撥開。

「雖然這個話由我來說很奇怪。」張欽皓歪嘴一笑，手指滑過溫時予臉上的淚痕，「但是，你不要哭，我以後不會再找你了。」

溫時予試著在抽噎之間緩過一口氣，搖搖頭，「這不是……不是你的錯。」

「我知道。」

在這一刻，溫時予幾乎要懷疑，張欽皓知道他為什麼而哭。

張欽皓捏了捏他的肩膀，抽出一張衛生紙，替他沾去臉頰上的眼淚，「好啦，別哭了，不然我要開始有罪惡感了。」

溫時予哼笑一聲，接過紙巾，他的妝一定已經全花了，他不敢想像自己現在看起來有多淒慘。他坐起身，將最後流出的淚水也擦去。「謝了。」

「去洗洗澡，然後睡飽一點吧。」張欽皓說：「明天起床之後，再好好過日子。」

溫時予順從地照做。等到他將自己清洗乾淨，再度回到雙人床邊時，張欽皓已經躺進棉被之下。

溫時予在張欽皓身邊躺下後，張欽皓便翻過身來，面向他，臉上掛著微笑，「你知道，如果你需要，我也可以借你靠一下……但我猜你想要的不是這個。」

溫時予想的是在另一張床上的另一個人，不過那個人已經不會再有機會這麼做了。

「對。」溫時予平靜地回答。

張欽皓反手將房間的燈源關閉，黑暗包裹住溫時予，他看著天花板，聽著張欽皓的呼吸聲，直到壁紙的花紋在眼中逐漸清晰。

第十三章

下課鐘響時，溫時予被嚇得在座位上彈了一下。他眨眨眼，看著身邊的其他學生收拾起桌面的東西，關掉電腦螢幕，準備離開教室……這是他這兩天以來第幾次在課堂中走神了？

他用掌根壓了壓眼窩，想讓自己清醒一點。或許是因為他連續上了幾天班，酒喝得多了一點，他只覺得頭暈，走在走廊上時，好像連地面都有點搖晃。

就像張欽皓說的，他需要好好睡一覺，但是在譚知仁的屋子裡，他沒有辦法。譚知仁的氣味會對他的大腦造成奇怪的影響，讓他既留戀又想逃離。

不過沒關係，他已經找好退路了。他犧牲了幾小時的睡眠時間，終於實際看了幾間短租套房。他最後決定了一間距離學校只有兩個捷運站的地點，很快就可以搬走了。

溫時予把根本沒翻過頁的課本放進背包，推開電腦椅，起身準備離開。

「時予啊，等一下。」

吳閔俊甜膩的聲音在他耳邊響起。溫時予想要假裝沒聽到，他不知道吳閔俊要找他幹麼，但是最近他真的沒有力氣應付吳閔俊的糾纏。

吳閔俊並沒有給他選擇的機會。當溫時予試著從吳閔俊身後的走道經過時，對方的手指便精準地抓住了他的手腕，他不記得吳閔俊的力氣有這麼大，大拇指陷進他手腕的凹陷處，一股悶痛傳來。

溫時予停下腳步，緩緩抬起眼，他預期自己會看見譚知仁垂著頭，坐在吳閔俊身旁的座位上，就像之前的每一次一樣，對吳閔俊的挑釁裝聾作啞。然而吳閔俊旁邊的旋轉椅上坐著睜大眼睛、嘴角帶著微笑的林敏成。

溫時予皺眉，沒看見譚知仁和他們坐在一起，為他帶來一股奇異的失調感。他四下張望，在教室裡尋找譚知仁的身影，一時之間卻找不到。

「我們能不能跟你借筆記呀？」吳閔俊的眼睛睜得圓滾滾，臉上的笑容令他的汗毛直豎。

「可能不太方便，要期中考了。」溫時予試著揚起嘴角，臉頰肌肉卻緊繃得難以移動。

「噢，對呀，要期中考了。」吳閔俊轉向林敏成，像是在尋求認同似的點點頭。

溫時予再度環顧教室一圈，然後他終於看見了譚知仁。他就站在教室角落的一台電腦前，背包放在主機上，直望著他們的方向。

爲什麼譚知仁會獨自坐在教室的另一邊？他和吳閔俊發生了什麼事？這加深了溫時予的不安，這就像是一個暗示，一個不祥的預兆。

他轉開目光，再度看向吳閔俊，「現在你可以放開我了，我還有事。」

溫時予試著把手抽開，然而吳閔俊沒有放手。

「就借給我們嘛，不然我們用買的？」

溫時予眨了眨眼，吳閔俊的話讓他的心臟陡然加速，皮膚瞬間沁出一層薄汗。他可以感覺到還沒離開教室的同學，正朝他們這裡投來好奇的目光。

吳閔俊是什麼意思？

「多少錢你願意賣呀？」吳閔俊歪著頭打量他，露齒一笑，「我很好奇耶，你們是有價目表的嗎？」

就算溫時予的大腦再怎麼因爲疲憊而遲鈍，現在也不可能聽不懂他話裡的意思。他全身的血液瞬間結凍，有那麼一刻，他什麼也聽不見，又或者只是因爲教室裡沒有人在說話。

吳閔俊知道了他的工作。

「我看比較大間的酒店都會有粉專，你們也有嗎？」吳閔俊用正常的音量問道，而後再度轉向林敏成，好像真的在認眞問一個問題似的說：「那個叫什麼WAKE的……」

他們爲什麼知道？是林敏成嗎？因爲他在夜市裡撞見他們，所以譚知仁就告訴他了嗎？

溫時予抬眼往譚知仁的方向看去，譚知仁還站在原位，雙眼微微瞇起，眉頭深鎖。他沒有和吳閔俊坐在一起的事實，是不是也說明了什麼？

此時此刻，溫時予混亂的大腦，沒有辦法歸納出任何結論。

「吳閔俊。」譚知仁的聲音從遙遠的地方傳來，「你閉嘴。」

溫時予從來沒有聽過譚知仁用這種口氣對他的朋友說話。

林敏成點點頭，「對，是WAKE。」

吳閔俊就像沒聽見譚知仁話，臉上依然帶著招牌的笑容，看起來人畜無害，嘴裡說出來的話卻毫無疑問含有滿滿的惡意。

「難怪你都說你很忙。因爲晚上忙著做八大，當然很忙嘛。」

周圍眾人的眼神就像是有熱度一樣，使溫時予的皮膚灼燒不已。他一直努力保護自己的身分，但是現在他突然不記得爲什麼要這麼做了，不想別人知道他靠身體賺錢嗎？或者他還想要在學校裡假裝一切都正常，他只是一個平凡的學生，過著和所有人一樣平凡的生活？

他當初讓譚知仁成爲他的客人時，他就該知道，這件事終究有露餡的一天，這是他自找的，他能怪誰？

沉重的腳步聲踩著磨石子地板，朝他們的方向前進。

「吳閔俊。你在說什麼？」

溫時予的眼角餘光看見譚知仁就在距離他只有幾步遠的地方。譚知仁的靠近，讓溫時予的皮膚像受到某種吸引，一陣酥麻感順著他的手臂向上延伸。

然而他拒絕和譚知仁對視，他不需要譚知仁的保護了。他不想要再度對譚知仁抱有希望，然後又一次被摧毀。

「敏成說你們兩個在一起。我就在想，知仁怎麼會對時予有興趣？」吳閔俊像是覺得很有趣似的咯咯笑起來，「後來我就想通了。知仁是不是你的客人呀，時予？他很常帶你出場嗎？」

「干你屁事。」譚知仁的手從一旁伸了過來，一把抓住吳閔俊肩膀的衣服布料，「你放開他。」

溫時予甚至按捺不住突然湧上的笑意。他抬起頭，終於把譚知仁的模樣看進眼裡，「你就一定要在這個時候參一腳，是嗎？」

譚知仁的出聲，簡直就是在變相替溫時予承認吳閔俊的嘲諷。

聞言，譚知仁的臉頰泛著紅暈，牙關緊咬，「我——」

「我不需要你幫我。」溫時予說：「已經不用了。」

譚知仁看起來像是被人一拳打在肚子上，身體瑟縮了一下。

「噢，所以你們是承認了嗎？」吳閔俊笑了起來，「所以，那次敏成遇到你們，是不是其實是時予在做生意呀？」

溫時予只想一巴掌打飛吳閔俊的笑容。他不知道吳閔俊究竟是怎麼得知他的工作，不過如果對方真的爲了摧毀他，不惜浪費時間追蹤他的動向，他也沒什麼好說的。

這個時候試圖掩飾，只會讓他看起來更加難堪，反正他就是靠身體賺錢，那些醜陋噁心的話語也沒有少聽過。

溫時予將上班時面對客人的微笑，牢牢掛在臉上。

「譚知仁想點我的檯，他還點不起。」他輕柔地說道，彎下身，靠近吳閔俊的面孔，「你也點不起。」

吳閔俊的大眼圓睜，溫時予可以清楚地在對方眼中看見自己的倒影。他不會讓吳閔俊看見他退讓的樣子。

吳閔俊臉上的笑意終於有一絲動搖，「你囂張什麼？只不過是在賣的，你以爲你很了不起嗎？」

「我是沒有什麼了不起，但你知道最好笑的是什麼嗎？」溫時予抓住吳閔俊的手指，緩慢地從他手腕上一根根扳起，「我們系上的書卷獎，是被一個在賣身的人拿走的，你們還要借我的作業去抄。吳閔俊，我寫的筆記，你看得懂嗎？」

「你——」吳閔俊的臉色漲得通紅，掙扎著想要從椅子上站起來，但是被譚知仁的手推回原位。

溫時予終於把手從吳閔俊的掌握中抽開，他的皮肉隱隱作疼，不過他壓下了撫摸痛處的衝動，「我晚一點還要上班，如果你不介意的話，我需要回家補眠了。」

溫時予直起身子，抓住包包的背帶，當他從譚知仁身邊經過時，小心翼翼地避過譚知仁的身體，沒有和他產生任何接觸。然而他屏住氣息的時間點沒有抓好，譚知仁身上那股早已過度熟悉的氣味，依然竄進他的鼻腔。

他聽見譚知仁叫喚他的聲音，但是他沒有回頭。他不讓自己猜測其他同學的反應，因爲這是他現在最不應該擔心的事，那些人會怎麼看待他，一點都不重要了。

就是今天，他會收拾好一切，然後搬離譚知仁的公寓。

這一小段時間的錯誤，今天就會畫下句點。

溫時予要走了，他眞的把對方趕走了。

當譚知仁看著溫時予走出教室時，大腦裡只剩下這個念頭。接著他轉向吳閔俊，扯住吳閔俊胸口的襯衫，用力搖晃，「你到底在說什麼？你有病是不是！」

「這是我要問的問題吧，你才是哪裡有毛病？」

剛才對著溫時予齜牙咧嘴的吳閔俊已經消失了，此刻的他沒有微笑，聲音異常沮喪。

「你是怎麼知道的？」譚知仁質問：「你跟蹤溫時予嗎？」

聽見吳閔俊當眾揭開溫時予的祕密，譚知仁差點就在教室裡揍吳閔俊了。

但他不敢，不只是因爲在同學面前對另一個人暴力相向，會讓他惹上麻煩。聽見有人對溫時予惡言相向，就讓他失去理智，這股衝動讓他也害怕。

譚知仁強迫自己放開吳閔俊的衣服，向後退開一步。

依然坐在椅子上的吳閔俊漲紅著臉，看起來就像剛被他打了一巴掌。

「他又不算低調。」吳閔俊低聲說：「我問過你他在哪裡打工，你不告訴我，我就只好自己去找了。」

譚知仁挫敗地低吼一聲，「你到底爲什麼要知道？溫時予到底哪裡惹到你了？」

「就是因爲現在這樣呀。」吳閔俊一動不動地直視著譚知仁。

譚知仁來回打量著吳閔俊的臉，卻沒有辦法解讀他現在的表情。「什麼意思？」

「我搞不懂你爲什麼要一直幫他說話，爲什麼要和溫時予待在一起。」吳閔俊的眼睛睜得大大的，眼眶泛紅。

譚知仁不知道吳閔俊爲什麼要哭，而且這根本就不是事實。

「我沒有。」

「你以爲我都沒有看到嗎？你和他一起來學校，一起出捷運站，還會一起從學校離開。」

譚知仁不可置信地盯著吳閔俊。他以爲自己已經遠離所有人的眼目，至少他從來沒有注意到任何人的目光……現在想來，他簡直就是白癡，他沒看見，不代表其他人也看不見。

「那又怎麼樣？」

「我不懂呀，他到底哪裡好了。」吳閔俊的聲音向上提起，「你根本就不認識他……你們之前連話都沒說過。」

這個對話走向已經超越譚知仁可以理解的範圍，他不知道吳閔俊究竟想把話題帶到哪裡，不過他的腸胃似乎比他更早意識到了什麼，不舒服地攪動起來。

譚知仁咬牙，「干你屁事。」

「明明我跟你走得更近，也是我跟你相處的時間比較長。」吳閔俊的喉結明顯地上下跳動了一下，「你爲什麼會選他、不是我？」

「我沒有——」一瞬間，譚知仁甚至不知道自己在反駁哪一個部分。

他才沒有選擇溫時予，他只是不想和吳閔俊待在一起，不想承受來自吳閔俊的壓力，也不想老是在吳閔俊面前裝模作樣。他只是喜歡跟溫時予說話，喜歡溫時予在他臂彎裡的感覺……他只是喜歡溫時予。

對，他是選擇了溫時予，無論他有多想否認這個事實。而這不就是他拚命要將溫時予趕走的原因嗎？他不想選擇任何人，因爲他一次次的選擇，最後留下的就只有他一人。

如此一來，不如一開始就不做選擇，這樣容易多了。

「那你爲什麼要站在他那邊？」吳閔俊質問：「爲什麼……你會爲了他這樣對我？」

譚知仁沒有辦法繼續和吳閔俊交談下去。他並不欠吳閔俊任何解釋，不在乎吳閔俊的指控他，甚至不在乎教室裡還有其他學生，把他們的對話聽得一清二楚。

他只想離開這裡，至於要去哪裡，他暫時不想去想。

「你想太多了吧。」譚知仁低聲說道：「就算沒有溫時予，我也不會喜歡你。」

「知仁。」

吳閔俊的眼淚沒有爲他帶來任何感覺，眞要說的話，他只覺得煩躁，他不想在這個人身上多浪費一秒鐘了。

接著，他頭也不回地跑出教室。

譚知仁不知道溫時予會去哪裡，但無論如何，溫時予總是要回家的。如果他在公寓裡等，總會等到溫時予回來。

下午的課，譚知仁直接跳過了。

他趕回公寓，忐忑不安地打開家門，屋裡一片寂靜，空蕩蕩的客廳沒有人影。他屏住氣息，來到溫時予的房門口。

他推開門，看見溫時予的行李箱仍然在老地方，至少這代表他還沒有錯過溫時予。

譚知仁在沙發上坐下，一路等到晚上九點，等到他把期中考範圍的統計學重看了兩次，還讀了商事法，大門才終於傳來鑰匙轉動的聲音。

譚知仁幾乎要從沙發上跳起來。當溫時予的身影出現在視線裡時，他有點擔心，溫時予會不會一看見他就立刻轉身離開。

溫時予沒有。他只是看起來像在考慮這個可能性——抓著門把，在鞋櫃前站了幾秒。

「嘿。」譚知仁開口。

溫時予垂下視線，關上門，脫下鞋子，然後快步從沙發邊走過，沒有回應他。

「時予。」譚知仁跟著溫時予來到小房間，在門邊停下腳步，看著溫時予開燈，放下背包，把早已飽經風霜的行李箱從衣櫃旁拉到房間中央。

「溫時予……」譚知仁勉強說道：「你在幹麼？」

溫時予打開衣櫃，將衣架上屬於他的幾件衣服拿下來，專注地將手中的襯衫折得平整，仔細地將邊緣對齊。「我找了新的地方住，今天晚上就走。」

譚知仁一陣瑟縮，「這麼快嗎？」

「我還覺得有點晚了。」一抹微笑爬上溫時予的嘴角。

「今天吳閔俊說的那些事……不是我告訴他的，我沒有跟他說過你的事。」

「沒關係，不重要了，而且他說的也沒錯。」

溫時予的平靜反應令他害怕，好像已經下定決心要離開這裡，要離開他了，所以現在他說什麼都無關緊要。

這就是他想要的，不是嗎？他想要溫時予消失在他的生命裡，好讓他迴避未來無可避免的痛苦。然而看著溫時予準備離去的過程，就像是有人正在將他身體裡的某個東西挖出來。

他有點懷疑，到底哪一種痛苦更難熬。

「不要走。」他的身體一定是受不了眼前的折磨，才讓他不小心脫口而出。

溫時予的動作停頓了一秒，但他沒有抬起視線，只是搖搖頭，繼續折他的衣服，「你叫我自己決定，不是嗎？我已經決定好了。」

譚知仁閉起眼，有那麼一刻無法直視溫時予的身影，「對不起，我不是故意的。」

這句話，就連他自己聽了都覺得荒唐。他當然是故意的，告訴溫時予他去約炮、說他再也不想看到他，這不都是他的惡意嗎？

「沒關係。」溫時予重複道：「是或不是，也不重要了。」

譚知仁好想大吼出聲，想要把溫時予的行李箱搶走，把對方手上的衣服也搶走，讓溫時予好好看著他，好好和他說話，至少在這個當下。

他大步走進房間裡，抓住溫時予的手腕。

「放手。」溫時予輕輕地說。

「我不要。」

譚知仁覺得自己現在就像回到了小時候，當他的爸媽把他送去保母家，準備離開時，他也會這樣緊捏著媽媽的手。他不想要他們走，不想要和其他小孩一起待在那裡，然後看著其他人的父母一個接一個帶走他們，最後只剩下他一個人。

「你弄痛我了。」溫時予說。

譚知仁咬著嘴唇，強迫自己的手指放鬆力道，卻依然扣著溫時予的手腕，「不要走，好不好？」

「可是我必須走。」溫時予回答。

譚知仁張開嘴，然而溫時予眼中的某種東西，使他沒有辦法說話。

「我其實應該要謝謝你，知仁。」溫時予的嘴角掛著微笑，但他的雙眼中的情緒正好相反，「你讓這件事變得……比較容易。」

譚知仁沒有辦法和溫時予對視，他不曉得自己現在是羞愧比較多，或是憤怒比較多。他只是無聲地搖搖頭，看著溫時予行李箱裡那幾件孤單的襯衫。

「你一開始就告訴我了，你討厭別人暈船，是我沒有控制好。」

針刺的感覺使譚知仁的心臟一縮，「那不一樣。」他的聲音比他想像的還沙啞。

「是我太天眞了。我以爲，因爲是交易，我就能把我們的事情劃分清楚，學校歸學校，酒店歸酒店。」溫時予輕笑，「誰知道呢……」

譚知仁不知道該說什麼、能說什麼？溫時予都說完了。他們一開始的協議，他記得清清楚楚，是誰先破壞了平衡？譚知仁懷疑是自己——在他爲了溫時予和張欽皓翻臉時，他們的協議就已經毀了。

不是溫時予的錯，是他高估了自己。他沒辦法去算自己幾次躲在錢的後面，假裝他還沒有對溫時予產生好感。

溫時予的表情扭曲，那張美麗的臉疲憊而憔悴，看看他把溫時予折磨成什麼樣子？這只是又一次證明，他根本就不配。

「你說得很清楚，別人暈船，你馬上就會跑了。只是我一度有一點期待，對你來說，我可能不一樣，不過你馬上就讓我知道，是我想太多了。」

其實沒錯，溫時予確實不一樣……譚知仁差點就這麼說了，但是他怎麼可以？和溫時予互相坦白感情之後要面對的一切，他沒辦法想像。他要怎麼保證他不會被溫時予傷害，就像他現在傷害溫時予一樣？他要怎麼保證他不會再傷害溫時予第二次，也許會比這一次還要嚴重？

他終究還是不敢，儘管這讓他幾乎沒辦法呼吸。

他會讓溫時予走的，只是他需要一點時間做心理準備，讓他開始習慣生活裡沒有溫時予的感覺。

「那你可不可以過幾天再走？」譚知仁艱難地說。

溫時予的喉結上下跳動，視線在譚知仁臉上徘徊，好像想要猜測這句話背後的目的。

然後溫時予踮起腳尖，湊了上來。

直到這一刻，譚知仁才意識到他有多想念溫時予的吻，距離他們的上一個吻，明明也才過去沒幾天而已。

溫時予的嘴唇柔軟溫暖，譚知仁只希望時間能停留在這一刻，這樣他就不用擔心以後，也不用為未來感到痛苦。

同時譚知仁也感覺到心臟一陣陣抽痛，這個吻太溫柔、太緩慢，幾乎就像是告別。

當溫時予向後退開時，兩道淚水已經從他的臉頰流下。

譚知仁好想替溫時予擦乾眼淚，然而他就是造成他落淚的原因，不是嗎？

溫時予咬著嘴唇，用手掌將淚抹去，露出淺淺的微笑，「可以吧，要期中考了，現在也不適合搬家。」然後他低下頭，看向手中的襯衫。

譚知仁這才注意到，自己還握著溫時予的手腕。

「那我得去上班了。」溫時予說。

譚知仁想要溫時予留在家裡，因為他總有一個錯覺，好像溫時予踏出這扇門之後，就再也不會回來了。

最終，他還是放開溫時予的手了。

溫時予往旁邊挪開一步，和譚知仁拉開距離，再度看向他的臉，「對不起，知仁，說好要幫你分擔房租的，但我做不到了。」

溫時予背過身，將身上穿的大學T脫了下來，套上襯衫，肩膀後方的肌肉沒入布料之下。

溫時予走出房間時沒有回頭，也沒有把燈關上。

譚知仁一個人站在原地，聽著溫時予輕輕關上大門的聲響。

明明是他把溫時予推開的，為什麼他現在卻覺得被拋棄的人是自己呢？

彷彿是某種惡意的安排，譚知仁的手機這時突然響起。當他在螢幕上看見父親的通訊軟體暱稱時，甚至不小心笑了出來。

在他們把爛攤子丟給他，自己遠走高飛之後，他倒要看看，這個身爲父親的男人，現在還想對自己的兒子說些什麼。

譚知仁接通電話，把手機湊到耳邊。

「知仁。」

「怎樣？」

「我們需要你去國稅局跑一趟，你還有家裡的鑰匙嗎？」

父親的聲音遙遠而生硬，就像在公司裡交辦工作給下屬。

譚知仁的喉頭倏地收緊，在消失了幾個星期之後，他們終於通上電話，對方說的卻是這個。不是關心兒子在頓失金援之後過得如何，也沒有爲他們的行爲表示歉意，而是把他當成另一個員工，繼續指派他任務。

「沒有。」他說謊。

爸媽家的那幾支鑰匙依然掛在門邊的掛鉤上，但是他決心不給父親想要的東西。

「那你找人去開鎖。」父親的口氣急切起來，「有個東西，你要拿去繳給他們——」

「我不要。」

電話那頭，父親的聲音瞬間止住，安靜得好像斷線一樣。譚知仁看了一眼螢幕，通話時間還在繼續跳動，他嚥下一口口水，按下擴音鍵。

「你打來，就只是要我幫你跑腿？」

電話那端繼續沉默，譚知仁耳裡只剩下自己的心跳，幾秒過去，譚知仁突然發現，自己不在乎父親要給他什麼回應了。

他不禁暗笑起來，他怎麼還會對他們抱有期待？

「我不在乎你想辦什麼事，你們回來自己辦吧。如果你忘記了，讓我提醒你一下，我沒拿你的錢了，所以我現在不是你的員工。」

「知仁，我們已經盡力了。」

譚知仁感覺有一把火在胸腔裡焚燒。他得用盡全力，才不會讓手機掉到地上。

這人現在居然還試圖在他面前擺出威嚴的樣子，好像無理取鬧的是他。

「是嗎？我感覺到了。」譚知仁語氣譏諷，「你們什麼都安排得剛剛好，對吧？讓我幫你們在這裡還債，幫你們擦屁股。」

他的雙眼刺痛，螢幕上的字樣逐漸變得模糊。他不能哭，他警告自己，無論如何都不能讓他父親聽見他的哽咽，他用力咬住嘴唇，直到喉嚨的腫脹感暫時褪去。

「在你們跑路的時候，你就應該知道，現在我跟你們已經沒有關係。」他的聲音冷靜得出奇，只有他自己知道，他的雙腿顫抖不已。他很慶幸溫時予已經走了，才不會看見他如此荒謬的模樣。

「知仁——」

「你們就在美國好好過日子吧。這樣剛好，以後我們就不會見到面了。」

沒有等父親說話，他就把通話切斷了。

他從來沒有想過這個問題，但此時他突然很想知道，他們當初生他的意義究竟是什麼……

或許對他們來說，兒子確實只是他們工作的一部分。是他錯了，他不該對他們抱有希望。

而溫時予，這個曾經和他連話都沒說上幾句的人，卻在他最需要的時候拉了他一把。他是怎麼回報他的？過河拆橋，在利用完他的價值之後，就把他一腳踢開。他果然是他爸媽的孩子，也是個徹頭徹尾的混蛋，他從沒這麼明確地意識到這件事。

想到這裡，譚知仁突然發現，他只剩下徹徹底底的一個人了……去他媽的人生。

他舉起顫抖的手腕，把手機狠狠往床上砸去。

第十四章

說他心太軟也好，是自作孽也好，溫時予沒什麼好否認的。看著譚知仁那張絕望的臉，溫時予沒有足夠的意志力拒絕他的請求。

多留一個星期並不會改變任何事情，不管是往好的或壞的方面，他不過是給這段即將畫下句點的關係，多一點苟延殘喘的時間而已。

抵達WAKE時，溫時予花了比平常更多的時間化妝。他小心翼翼地在眼窩處打上眼影，確保他的眼皮看起來不像是剛哭完般浮腫。

「我還以爲你今天不會來。」哈利的聲音從休息室門口傳來。

溫時予從粉盒的小鏡子上抬起眼，「爲什麼？」

「不知道，直覺？」哈利微笑，在他對面的椅子上坐下，將一個裝有便當的塑膠袋放在矮桌上。「你會不會覺得，你最近可能休息一陣子會比較好？」

溫時予幾乎不用思考就有答案了，「不覺得。」他再度把視線轉回鏡中的自己。「你還是吃飯吧。」

哈利笑了起來。

溫時予聽著塑膠袋摩擦的窸窣聲響，一邊在心中感謝哈利的體諒。他還沒有辦法和別人雲淡風輕地討論譚知仁的事，這個傷口還太新、太粗糙了，他需要一點時間沉澱。

或許再多留個幾天，到頭來還是一件好事，至少他可以慢慢消化整件事，訓練自己在聽見、看見或想起譚知仁的名字時，不會感覺心臟好像被人捏住一樣。

他的妝都還沒有化完，廣播就喊了哈利的名字。哈利把嘴唇仔細擦乾淨，將吃到一半的便當蓋上。

「想吃可以吃喔，如果你餓的話。」離開前，哈利指了指桌面。

「謝了。」溫時予揮揮手。

他最後一次在鏡子裡確認自己的臉還能見人，便將桌上使用過的化妝品收起來。他本來打算加減念一點期中考的範圍，但是就和這幾天的任何時候一樣，他的心思拒絕專注在課本上。

幸好，店裡的廣播很快就拯救了他。

「本店蘇西，請至外櫃接待。」

溫時予站起身，拉平西裝外套，心中感到有些困惑，他不記得有人和他預約了。張欽皓說過不會再找他了，溫時予相信他會說到做到，而他心裡想著的另一個人，不可能來這裡消費……那麼現在在外櫃等著讓他接待的人會是誰？

經過沙發座時，溫時予看見哈利正坐在他的大哥身邊。

哈利挑起眉，對他豎起大拇指，溫時予只是微微一笑。他知道自己的狀態並不好，然而比起酒店，和譚知仁待在同一個屋簷下，對他來說是更消耗情緒的一種折磨。

他撥開走道前的珠簾，踩進黑暗中。

暗紅色的布幕外，外櫃前站著一個男人。弓起的肩膀和削瘦的身形，溫時予甚至不用看清他的臉，就知道他是誰。

「承哥。」他輕巧地說：「好久不見呀。」

當承哥抬眼對上他的視線時，他突然感到一陣寒毛直豎。或許是因爲承哥的黑眼圈太深，讓他的眼睛彷彿陷進了眼窩裡，也可能是因爲他的眼睛布滿血絲，好像已經好幾天沒有入睡。

承哥的雙手在口袋裡握成拳頭，模樣看起來比上一次見面時更糟。

「承哥？你還好嗎？」

男人像是被什麼東西嚇到一樣，身體一顫。

溫時予朝他伸出手，承哥也從口袋裡抽出他的手。

「嗯？」溫時予皺起眉，看著金屬在昏黃燈光下反射出的光芒。他眨眨眼，有一瞬間不太能理解自己究竟看到什麼。

狹窄的金屬從他的腹部延伸出來，他的身體與金屬之間的縫隙中，攀腹著某種暗紅的東西，逐漸膨脹。

金屬被人抽出，然後再度沒入他的腹部，就在他肚臍下方的位置。

他對上承哥的雙眼，發現承哥的眼睛眨也不眨，就像兩顆混濁的玻璃珠。

溫時予感覺膝蓋失去力量，導致他沒有辦法穩住身體。他一定是摔倒了，不過他沒有感覺到地面的撞擊，感覺更像是有人扯住他的肩膀，將他往地上摔去，但他撞上的彷彿是一片柔軟的床墊，隨著他的體重下陷。

在客人面前跌倒，這實在太丟臉了，他得站起來。

他試著撐起身子，可他的手臂似乎從他大腦的控制中心脫離了。他可以看見自己的手往前伸去，手指在磁磚地上徒勞地彎曲，身體卻沒有辦法往任何地方移動。

一陣高頻的聲音在遙遠的地方嗡嗡作響，溫時予很想要把那個聲音關掉。他眨眼一次、兩次，視線卻並沒有因此恢復清晰。

模糊的畫面裡，幾個人的鞋子在他視野中快速放大，此外，他還聽見許多聲響。

在一片混亂中，只有兩件事情很清晰。

第一件事是，他要死了。在酒店的櫃檯前，臉上帶著妝，身上還穿著廉價的襯衫……這個畫面也未免太荒謬了。

但是，如果一切都在這裡終結，或許也不錯？他已經走了很久了，拖著許多他不想要、又無力拋下的包袱，走得太久了。能在這裡畫下句點，對他來說，似乎也不是壞事，他真的好累好累。

第二件事是譚知仁。他可以清楚在腦中看見譚知仁的身影，站在溫時予暫住的小房間裡，眼神中寫滿絕望。

他只是有點懊惱，他們最後一次見面的氣氛並不是太愉快。

如果譚知仁看到現在的他，會說什麼？

他又眨了幾次眼睛，眼前的光線像是被人切斷，從邊緣開始變黑。當他陷入一整片無邊無際的黑暗裡時，好像有一雙手托住他，將他向上抬起。

這是溫時予好長一段時間以來，第一次感到如此平靜。

✦

當譚知仁在手機螢幕上看見溫時予的名字時，他的心臟便像是要從喉嚨裡彈出來。溫時予才離家幾個小時，就改變心意了嗎？他該不會等一下就要回來收拾行李走人了？有那麼一瞬間，譚知仁考慮不要接起這通電話，這樣他就不用面對溫時予的告別。手機依然在他身邊的枕頭上響個不停，譚知仁最終把心一橫，按下接聽。

電話那端傳來的，並不是他預期的、溫時予的聲音。

「請問是知仁嗎？」

譚知仁皺眉，他認得這個聲音，但是他一時之間無法把對方的聲音與面孔連結起來。

「我是哈利。」對方好心地提醒：「蘇西的同事。」

爲什麼溫時予的手機在哈利手上？譚知仁的腦中警鈴大作，無數可能性向四面八方發散開來，不過他沒辦法抓住任何一個思緒仔細思考。

「怎麼了？」

「嗯，我覺得你可能會想知道……」

哈利說出來的下一句話，讓譚知仁渾身的血液瞬間凍結。他得用盡全力抓緊手機，才不至於顫抖得聽不見哈利在說什麼。

溫時予被客人攻擊，現在在醫院……這是什麼意思？

他有太多問題想問，卻一個都問不出口。最後，他只是用低得不確定對方聽不聽得見的聲音，問了此刻他覺得最重要的問題，「他……還活著嗎？」

「你可以自己來看看。」哈利輕柔地說：「如果你想的話。」

譚知仁聞言立刻跳下床，隨便穿上一套衣服就衝出家門。他第一次這麼後悔自己把車賣了，等待Uber的時間只有短短幾分鐘，對他來說卻像是過了好幾個小時。

抵達哈利所說的醫院後，他便一路小跑著往醫院的急診室前進。

急診室門前的燈光下，站著一個人影，四處張望。

「哈利。」

儘管現在已經是十月底，譚知仁在哈利面前停下腳步時，額頭上還是爬滿了汗水。

「嗨，知仁。」哈利的手雙手插在口袋裡，身子緩緩地前後搖晃。

譚知仁來回打量哈利的臉，想要從他的表情推測溫時予現在的狀況，然而哈利只是帶著一抹淺淺的微笑。

譚知仁用力嚥了幾口口水，才終於有辦法說話，聲音無比沙啞，「他……他現在怎麼樣了？」

「還活著，如果你想問的是這個的話。走吧，我帶你去看他。」

這句話應該要讓譚知仁鬆一大口氣才對，然而這背後的可能性實在太多了，在他親眼見到溫時予之前，都沒有辦法眞正放心。

譚知仁在急診保全室換了陪病證，便跟著哈利走進醫院的走廊。消毒水的味道撲面而來，使譚知仁的眼眶泛淚，「所以，到底發生什麼事了？」

「我不知道蘇西有沒有和你提過，我們店裡有一個比較特別的……客人。」

他們來到醫院西側的電梯前，哈利按下上樓的按鈕。

「是……之前和他起過衝突的那個嗎？」

譚知仁還記得溫時予那天回家時，大受動搖的模樣，也記得那天晚上他第一次清楚意識到，他和溫時予對彼此的感情，還有在那之後，他對溫時予造成的所有傷害。

哈利看了他一眼，微微一笑，「蘇西眞的告訴你很多事，他很信任你。」

譚知仁幾乎要爲此感到羞愧，他咬了咬嘴唇，將喉嚨湧起的溫熱感吞了回去，「那個人……做了什麼？」

哈利的嘴角一顫，這是他如面具般完美無瑕的表情，第一次出現一點破綻，「你知道折疊刀嗎？收起來的時候，大概只有一個手掌大的那種。」

譚知仁捂住嘴，不需要繼續講下去，他大概也猜得到哈利想說什麼。老實說，他並不想知道更多細節，也不想知道溫時予受了怎樣的傷，在送醫前又經歷了怎樣的恐懼。

但是他必須知道，作爲對他的懲罰，他必須知道哈利所知的每一個細節，而哈利並不避諱告訴他。

那個男人用折疊刀刺了溫時予的下腹，就在肚臍下方十公分的地方。哈利不確定幾刀，因爲他和另一個客人衝出去時，溫時予已經側倒在地，磁磚上滿是鮮血。

攻擊溫時予的男人只是握著小刀站在那裡，好像不知道自己做了什麼。

哈利的客人把沾滿血的小刀從那個人的手上打掉，將男人制服在地上。

當時外櫃的小姐已經嚇壞了，所以報警和叫救護車的人是哈利。

「救護車大概五分鐘內就出現了，但我總覺得蘇西會在我面前失血過多而死。」哈利搖搖頭，輕笑了一聲。

譚知仁根本沒辦法想像當下的場面有多麼混亂，他的大腦拒絕根據那些話語構築出相應的畫面，光是文字本身，就已經令他雙腿發軟。

如果是他看見溫時予血流不止地躺在地上，他會怎麼樣？他會希望躺在那裡的人是他，而不是溫時予。

「謝謝你陪他來醫院。」譚知仁啞聲說道，儘管他覺得自己好像沒有任何立場這麼說。

「其實，我一直感覺這是我的錯，那個人最早本來是我的客人，是蘇西替我擋掉他的。」

譚知仁只是無聲地點點頭，對此沒有多做回應。

來到病房前，哈利將病房的門往內推開，腳步放輕，領著譚知仁往靠窗的位子走去。

「蘇西。」哈利站在布簾邊，對病床上的人說：「知仁來了。」

譚知仁在哈利身後停住腳步，突然感到很害怕。他沒有聽見溫時予的回答。

哈利轉過身，向他招了招手。

「我去買個喝的。」經過他身邊時，哈利的手搭上他的肩，「你們慢慢聊。」

譚知仁點點頭，儘管他不確定究竟要對溫時予說什麼。

病房門口傳來鎖頭扣上的清脆聲響，譚知仁緩緩繞過布簾，完整的病床終於映入眼底。

溫時予就躺在那裡，細瘦的手臂從病人服寬大的袖口中伸出，雙臂在印有醫院標誌的薄被上交叉，他的皮膚蒼白得嚇人，靜脈的顏色清晰可見。溫時予的臉色也同樣蒼白，嘴唇顏色比譚知仁印象中淺了許多。

溫時予的眼睛沒有張開，如果不是因爲胸口正微微起伏，他看起來幾乎就像是死了。

「時予，你還好嗎？」譚知仁低聲說。

溫時予的呼吸變得沉重，喉結上下跳動了一下，過了幾秒鐘，他的嘴唇才緩緩張開。

「還沒死。」他的咬字混濁，好像舌頭還沒有恢復應有的活動力，「算還好吧。」

譚知仁站在床尾，無法動彈。他想要走近溫時予，想要溫時予睜開眼看看他，這樣他才能眞正確定他沒事，卻又覺得自己沒有資格對溫時予提出任何要求。

「我快嚇死了，哈利打給我……」他突然一個字也說不下去，一股強烈的恐懼感席捲全身，使他沒有辦法站穩腳步。現在看見溫時予依然在呼吸，剛才被他大腦隔絕在外的一切，終於像是洩洪般，鋪天蓋地地湧了上來。

他從來沒有像這一刻，這麼接近失去一個人，不是背叛、不是拋棄，而是天人永隔。如果躺在那裡的溫時予已經失去呼吸心跳，如果他知道今天溫時予出門前，是他最後一次見到他……他沒有辦法想像沒有溫時予的世界。

譚知仁的鼻尖一陣刺痛，接著淚水就奪眶而出。他不該在溫時予面前哭，溫時予現在最需要的是休息，他的情緒只會造成溫時予更多的壓力。

他跌坐在病床旁的椅子上，雙手摀住臉，試著把嗚咽聲吞回肚裡，把在胸口翻騰的情緒壓下，卻徒勞無功，「對不起……對不起……」

他不知道自己在爲什麼道歉，大概是過往所有的一切吧——他對溫時予的傷害、他反覆的態度，還有他的自以爲是。他差點連懊悔的資格都沒有了，如果溫時予被刺的地方不是腹部，而是胸腔，如果送醫的過程中失血過多……還有太多的如果，會讓他連坐在這裡哭泣的權利都失去。

溫時予發出含糊的聲音，譚知仁不得不強迫自己暫時停止啜泣。

「什麼？」隔著眼前的水霧，他往溫時予的方向看去，「你說什麼？」

溫時予的頭轉向他，再度開口：「不要哭，我還在這裡啊。」

譚知仁的身體因爲哭泣而抽搐，上氣不接下氣。他顫抖地深吸一口氣，試著緩和緊繃的肌肉，用掌根抹去眼前的淚水，好讓他更清楚地看見溫時予的模樣。

「我以爲……我以爲你……」他說不出口。現在知道溫時予還活著，他更說不出口了，好像眼前的一切只是幻覺，如果他說出那個字，幻覺就會破滅。

「我也以爲，可是我沒有。」

溫時予的手就放在棉被上，距離他只有幾十公分的距離。所以他伸出手，將溫時予的手指握進手心裡。

溫時予沒有回握他，不過也沒有把手抽開。

「剛才，我一直在想。」譚知仁的聲音帶著濃濃的鼻音，令他說話有些困難，「如果我今天就讓你搬走，這件事是不是就不會發生了。」

溫時予哼笑一聲，但更像是嘆息，「現在，是想走也走不了了。」

那能不能就不要走了？譚知仁差點脫口而出，他現在沒有資格對溫時予提出這種要求，溫時予眞的想走，他會讓他走。

「至少等到你好了之後。」譚知仁打量溫時予的臉，「至少這段時間，讓我照顧你。」

溫時予對上他的視線，雙眼半闔。

譚知仁不知道溫時予想要從他這裡找到什麼，或許最後找到了，因爲溫時予的眼睛微微彎起，露出接近微笑的表情。

「不是說好不用負責的嗎？」溫時予說。

譚知仁渾身一顫，瑟縮了一下。他不覺得自己在負什麼責任，只有一件事情很清楚，不管他先前對什麼事情抱有恐懼，都沒有大過永遠失去溫時予的痛苦。

「我……很自私，我只是不想失去你。」譚知仁啞聲說道。

他趕走溫時予是爲了他自己，現在想留下溫時予，也是爲了他自己。如果溫時予已經厭倦他這樣的爛人，他完全可以理解，他不値得溫時予的感情，溫時予沒有理由被糟蹋第二次。

「好嗎？」他乞求。

溫時予的嘴角抽動了一下，吐出一口長氣：「我沒得選擇，對吧？」

譚知仁感覺像是有人一拳打在他的腹部，讓他一瞬間難以呼吸。這是他應得的，他提醒自己，他早該知道對他來說重要的是什麼，只是現在已經太晚了。

✦

回到譚知仁家的感覺很奇怪，或者說，站在譚知仁身邊的感覺很奇怪，一隻手由譚知仁攙扶著的感覺也很奇怪，溫時予忍不住在心中暗忖。一個星期過去後，譚知仁的家又再度成爲溫時予的家，儘管只是暫時的。

「小心門檻。」打開門時，譚知仁提醒道。

溫時予忍不住嘴角一歪，整路上，譚知仁好像都把他當成某種易碎物品，走的每一步都謹慎無比，深怕一不注意，他就會整個人崩塌似的。

「我只是受傷了，還沒殘廢。」

他的話使譚知仁瑟縮了一下，像是被燙到一樣。譚知仁沒有回話，只是專注地將溫時予扶過公寓大門幾公分高的小門檻。

溫時予並沒有覺得自己易碎，只覺得一切都變得很慢——他的行動變得緩慢，時間的流逝也是。

剛在手術恢復室醒來的時候，他甚至不知道自己在哪裡。第一個瞬間，他迷迷糊糊地以爲自己還在譚知仁家，然後他又以爲自己是在酒店，但是這裡的光線太亮，而且沒有音樂。

接下來的很長一段時間，他只能躺在原位，等著腦中如泥水般濃稠而混濁的感官訊息逐漸沉澱，在他心中構築成具有意義的資訊。

直到護理師出現在床邊時，他才終於找回屬於他的記憶——他被人攻擊後，就暫時失去了意識，然後在醫院醒來。

他還活著。他說不上來自己是感到可惜或是慶幸，他只是躺在那裡，等著暈眩的感覺一點點褪去。

離開恢復室後，他見到的第一張面孔屬於哈利。對方的眼眶泛紅，眼睛下方有著深深的黑眼圈，看起來疲憊不已。

「蘇西。」哈利跟上病床移動的速度，只喊了聲他的名字。

「謝謝。」溫時予回答。

哈利咬著嘴唇，對他露出一個稱不上是笑容的微笑。

移動的床鋪和天花板上不斷掠過的燈管，令溫時予感到反胃，所以在進到病房之前，他閉上眼睛，沒有再對哈利說話。

儘管有哈利和護理師的協助，溫時予換床時，還是第一次意識到傷口在哪裡。他痛得飆出眼淚，但護理師告訴他，他已經用過止痛藥了。

所以他只能躺在床上，讓哈利陪在一旁。哈利說他打給譚知仁了，他甚至沒力氣爲此感到驚訝，他的手機密碼就只是他的生日，哈利一定在酒店看他輸入過。

他並沒有想要見到譚知仁，卻他也沒有特別不想，畢竟在他失去意識之前，譚知仁是最後出現在他腦裡的人。所以當譚知仁眞正出現在病床邊時，溫時予得用上僅剩的力量，才能阻止自己睜開眼睛打量他。

他怕自己在意志力最薄弱的時刻，會忍不住想尋求譚知仁的安慰，然而譚知仁的哭泣打破了他的最後一道防線。

他沒辦法拒絕譚知仁的提議，也沒有本錢拒絕。他需要有人協助他的生活起居，至少在他找回行爲能力之前。

同時他驚訝地發現，譚知仁哭得浮腫的雙眼，依然會令他的心臟刺痛。

譚知仁將溫時予帶到客廳的沙發旁。

「小心，慢慢來。」譚知仁扶著溫時予在椅墊上坐下，「會痛嗎？」

「還好。」溫時予撒謊了。不過他下腹的傷口其實癒合得不錯，至少醫生是這麼說的，醫生甚至還有心思和他開玩笑，說他的傷就和剖腹產的位置差不多。

或許是被醫生說的這句話影響，溫時予懷疑譚知仁眞的把他當成剛生完孩子的虛弱產婦在照顧。

「你需要上廁所嗎？」譚知仁問。

「不用。」溫時予向他保證，「在醫院已經上過了。」

現在他上廁所已經可以自理了，不過就算是在醫院的前幾天，他也沒有讓譚知仁幫他處理過穢物。那時上廁所是一件非常痛苦的事情，所以他盡量降低需要這麼做的頻率。

「我把你的手機接在這裡充電，遙控器放在這裡。」譚知仁一邊動作，一邊叨念：「你的藥和水，我就放這裡，記得要吃。」

譚知仁堅持在他的手機裡設了吃藥的定時提醒，就算溫時予的身體絕不可能讓他忘記吃藥——如果可以，他眞想把止痛藥當成糖吃。

直到現在，溫時予還沒有仔細看過傷口，大片的膠布覆蓋在他的腹部，就在恥骨上方。現在傷口已經不再滲血，不過只要他稍微拉扯到肌肉，那股撕裂的疼痛就會使他眼冒金星。

「沒事。」溫時予拍拍沙發，證明他的說詞，「我就坐在這裡，哪裡也不會去。」

「你想吃什麼嗎？我可以先幫你拿——」

「不用了，眞的。」溫時予打斷譚知仁，露出微笑，「我在這裡很好，你去上班吧。」

譚知仁現在在學校附近的補習班打工了。溫時予住院這幾天，譚知仁有時會在下課後、上班前，趕來醫院看他，哈利則是在早上下班之後。

溫時予討厭麻煩其他人，尤其一個是他的同事，而另一個……他不知道他們現在到底算什麼關係。

「你確定嗎？我其實可以請假……」

「我哪裡都不會去。我現在這個樣子，就算跑出去了，你大概也可以三分鐘內就把我找回來吧。」

譚知仁抿起嘴，來回打量他的臉，好像不相信他的傷眞的會限制他的行動似的。

最後，譚知仁嘆了一口氣，「好吧。我十一點左右就會回來，如果你有需要什麼，一定要打給我。」

「你專心上班吧。」溫時予說。

譚知仁的視線在他臉上遊走，欲言又止，目光掃過他的嘴唇時，他可以感覺到心臟熟悉地翻騰了一下。但是譚知仁什麼也沒做，他也沒有，譚知仁最終只是垂下雙眼，點了點頭。

「我很快就回來了，等我，好嗎？」

這句話中的哀求清晰可聞，溫時予的嘴角微微抽動。他還是不習慣譚知仁這樣的姿態，好像他隨時都有可能憑空消失一樣。

「好。」溫時予點了點頭。

譚知仁在門邊徘徊了好一陣子才離開，而儘管剛答應譚知仁，一聽見門關上的聲音，溫時予就從沙發上站起身。

他的身體好像還沒有習慣這種移動的方式，渾身肌肉痠痛不已，受傷當下過度緊繃的身軀，彷彿現在才開始後知後覺地傳遞它所感受到的恐怖。他很慶幸他的大腦對他倒地之後的事毫無印象，就連被刺的那個瞬間，也只有一片模糊的記憶。

他緩緩邁開步伐，往屬於他的小房間走去，房門沒有完全關上，輕輕一推，房裡的景色就展露在他的眼前。他打開燈，細細看著房內的一切。

床單和枕頭套已經換過了，棉被整齊地鋪平在床上，他的行李箱被譚知仁移到牆角，只是簡單蓋上而已，裡頭的束帶從邊緣掉了出來。

他還清楚記得譚知仁當時站在房間的中央，臉上的表情令他無法直視。他對譚知仁的要求妥協了，他知道自己一定會妥協的，期中考只是一個毫無說服力的藉口而已，然而他的期中考週直接在醫院裡度過了。

溫時予應該要爲成績感到擔憂的，他不只期中考泡湯，還得在家裡休息個幾週……奇怪的是，他發現自己一點都不在乎了，畢竟他先前才差點連命都沒有。

這一個星期，躺在病床上的時間，他一直試著理解這個念頭。確定他自己還活著之後，要他再想像自己距離死亡曾經這麼近過，似乎變成一個不太可能的任務，但是在他倒地時，他確實覺得自己就要離開這個世界了。

這讓溫時予覺得他好像眞的死過一次，昏迷的時間，是一片深沉的黑暗，而恢復意識後的世界，就像是重生。他依然不確定他究竟慶幸自己活下來了，或者可惜他沒辦法就此結束一切，唯一可以確定的是，曾經他認爲最重要的事，現在好像也沒那麼重要了。

溫時予把燈關上，將門拉回原本的位置，然後回到沙發上，小心翼翼地躺下……

有人輕輕拍著溫時予的肩。

「……予，時予。」

客廳天花板上的燈光，刺得溫時予睜不開眼睛，他瞇著眼，看向俯身在上方的譚知仁。

譚知仁吐出一口氣，向後退開一步，「你沒吃藥嗎？我看藥包和水都還沒動。」

「我不小心睡著了。」

「睡著也沒關係，我只是……」譚知仁咬著嘴唇，制止自己說下去，「對不起，我猜我還是有點緊張吧。」

「沒關係。」溫時予知道他想說什麼，「可以扶我起來嗎？」

聞言，譚知仁立刻伸出手。

在溫時予坐起身後，譚知仁便堅持要他立刻吃藥。他順從地照做了，沒想到他居然一路睡到譚知仁下班回來的時間，他的體力眞的下滑太多了。

「知仁，可以請你幫我一個忙嗎？」

譚知仁接過他手中拆開的藥袋，看著他的臉，「當然可以。你要我做什麼？」

「我想洗頭。」

譚知仁臉上的表情，幾乎要讓溫時予笑出來。

在醫院的期間，他沒有讓護理人員幫他擦澡，一方面他覺得尷尬，另一方面，他的身體也痛到讓他沒有心思顧慮自己髒不髒。現在回到譚知仁的公寓，代表他再度回到正常生活裡——既然要活著，就要做那些好好活著的事。

好好活著……這幾個字對他而言實在陌生，他以前有沒有好好活過？

「可以幫我嗎？」見譚知仁沒有回答，溫時予又問了一次，「我怕自己洗會弄到傷口。」

「呃，當然……」譚知仁看起來手足無措。

溫時予把手伸過去，譚知仁便扶著他往浴室走。

爲了方便他更衣，出院時，譚知仁特別幫他帶了襯衫。此時，站在浴室中央，溫時予再度在譚知仁的眼前解開衣服的鈕子。

譚知仁的嘴唇抿成一條細線，視線落在溫時予的腳上。

溫時予只覺得好笑，如果他有餘裕，或許會故意挑逗一下譚知仁，但是現在他連把襯衫從肩膀上拉下來都有點困難。

「讓我來吧。」譚知仁咕噥道，然後把他的襯衫掛在門後的掛鉤上，接著猶豫地看著溫時予穿著的長褲。

溫時予對譚知仁露出淺淺的微笑，把手張開。

看著譚知仁蹲在他身前，爲他褪下褲子的模樣，溫時予再度感受到一種抽離的荒唐感，一個星期前，如果他們這麼做，一切都只是爲了性而已。

然而，性這件事已經從他們之間消失了。

譚知仁的動作十分謹慎，好像深怕碰到不該碰觸的部位。當褲腰順著溫時予的大腿下滑，雙腿暴露在空氣中時，譚知仁的視線刻意迴避了溫時予的胯間。

「好了。」譚知仁的聲音扁平，幾乎像是惱怒。

溫時予跨出褲管，「謝謝。」

譚知仁拿來餐桌旁的椅子，擺在洗手台前，扶著溫時予坐下。

當溫水接觸到溫時予的頭皮，令他舒適地嘆了口氣。

「會太燙嗎？」

「不會。」

譚知仁的手按摩著他的頭，打出泡沫，他閉上眼睛，這個畫面或許曾經出現在他的幻想裡，在某個遙遠的平行宇宙中，在那裡和他譚知仁的關係會和現在不一樣，只不過那不是他們這個時間軸的未來……想到這裡，他不禁輕笑起來。

「怎麼了？」

「沒有。」溫時予輕聲說：「我只是覺得很好笑。」

「什麼很好笑？」

「沒想到你幫我洗頭的場面，會出現在這種時候，我還以為永遠都不會有這一刻了。」

譚知仁的手停頓了一下。

溫時予睜開眼，看見譚知仁咬著嘴唇，眼眶有點泛紅。

「幸好你還在這裡。」譚知仁低聲說道。

溫時予再度閉上眼，「是啊。」

雖然身體承受著痛苦，但是他還活著，既然還活著，那他就要好好活著。把頭洗乾淨，大概就是讓自己好好活下去的第一步吧。

譚知仁的手指輕輕劃過他的髮絲之間，將泡沫沖去，水聲幾乎帶有催眠的功效，令溫時予再度感到昏昏欲睡。

此刻，他好像可以假裝自己正身處在那個不會出現的未來。

第十五章

「阿嬤走了。」

又是一封像詐騙訊息一般的簡訊，來自溫時予沒有儲存的電話號碼。那支電話打來的時候，溫時予正在床上睡覺。

他的精神依然很差，所以譚知仁不在家的時間，他幾乎都在睡覺。他的手機就放在書桌上，而他睡得太沉，所以錯過了手機的震動。

當他看到那則簡訊時，訊息的發送時間是兩個小時之前。

他住院一個星期，出院一個星期，才錯過兩次探望的時間，阿嬤就走了，就像是在抗議他的缺席似的。

溫時予握著手機，躺在那裡，看著天花板。

他其實並不意外，阿嬤這次昏迷得太久了，儘管依然抱持著奇蹟有可能發生的希望，但是他的心底或許早就清楚，這只不過是癡心妄想。

阿嬤躺在病床上，就算還活著，也像是死了一樣，如果不能好好活著，離開也許是一種解脫。他只是有點遺憾，沒有在阿嬤離去前，再見她最後一次。

他其實有點想趕去醫院，或許還能見到阿嬤最後一眼。但是他現在過去，會見到的不是阿嬤，而是其他家人，還有那個男人……不知道他會不會在。

溫時予就這樣躺在床上，直到譚知仁結束打工回到家。

譚知仁推開房門走進，皺起眉頭，往他的床邊走來，「發生什麼事了？」

「我阿嬤過世了。」簡單幾個字，在還沒有說出口之前，就像薛丁格的箱子，說出來之後，他的阿嬤就眞的走了。然後，他的眼淚才終於掉了下來。

譚知仁過了一陣子才開口：「我……可以抱你嗎？」

溫時予沒有拒絕，只是嗚咽。

譚知仁在床邊坐下，手臂攬住他的身體，在他身上留下恰到好處的重量。溫熱的呼吸就在耳邊，搔著他的臉頰。

溫時予就這樣依偎在譚知仁懷裡，直到嗚咽聲逐漸趨緩，只剩下輕微的啜泣。

「沒事的。」譚知仁低聲說。

「我只是……以爲她還能再多等一陣子。」在斷斷續續的呼吸之間，溫時予說：「我覺得好像是我的錯。」

「怎麼會是你的錯？」

「如果我沒受傷，我還能再去看她。我以爲她還能再等等我……是不是我太自私了？」

譚知仁無聲地搖搖頭，沒有多說什麼。溫時予很清楚，這種莫名的愧疚感並不合理。但是這又很合理，不是嗎？從他再也不打電話回去之後、在阿嬤第一次和第二次住院之後，這股愧疚感就開始累積了。在他體力負荷不了的時候、學校忙不過來的時候，他就會推遲去醫院看她的機會。

當他和譚知仁的事變得複雜時，阿嬤有時也會直接從他的腦海中消失，是他自己放棄了這輩子唯一認定是家人的人。

在他失去行動能力時，她就走了，幾乎像是一種懲罰，用死亡來警告他，沒有一件事情是可以等的，只是他再也沒有機會挽回了。

這天晚上，譚知仁並沒有爲此留在溫時予的房裡。他等到溫時予停止哭泣，然後拿了一條熱毛巾。

「如果你睡不著，就打電話給我。我有把手機的鈴聲打開。」

溫時予感謝譚知仁的好意，不過他當然沒有打給對方，也慶幸他的體力沒有好到能夠支撐他徹夜不眠。

隔天，他是在譚知仁開門的聲響下醒來的。

譚知仁的頭探進他的房間裡時，好像被他睜開的眼睛嚇了一跳，整個人向後一彈。

「對不起，我吵醒你了嗎？」

「沒有。」溫時予撒謊，「我已經醒一陣子了。」

譚知仁走進房裡。這時的他已經換上準備出門的衣服，大學T外頭罩了一件棒球外套。

「你還好嗎？」

「還好。」溫時予撐著床墊坐起身。

在他移動的時候，譚知仁的手便往他的方向伸來，好像想要扶他一把。然而，最後他的手僅僅是落回身側。

「需要我在家陪你嗎？」譚知仁問。

「沒關係。」

「我今天會帶筆記回來。」譚知仁勾了勾嘴角，「如果你想要在家念書的話，我也可以幫你錄音。」

溫時予輕笑一聲，念書這件事，現在好像離他非常遙遠，像是上輩子的事。他記得譚知仁和他只有幾堂共同課，就算譚知仁替他帶回筆記，其他科目也一樣有塡不起來的空缺。

但他不想要讓譚知仁覺得自己毫無用處，所以他還是點點頭，「好啊，謝謝。你的期中考怎麼樣？」

「還能怎麼樣？」譚知仁咕噥道：「爆炸啦。」

「至少我們重修的時候不孤單。」溫時予回答，只是爲了逗譚知仁開心。

譚知仁像是被燙到一樣，向後瑟縮了一下，垂下視線，把手插進口袋，「那……我出門了，一樣，如果你有事，就打給我吧。」

看著譚知仁的身影離開，溫時予不禁感到有些好笑，眼眶卻刺痛起來。他們曾經是在床上裸裎相見的對象，現在他們卻連和彼此說話都戰戰兢兢。

他們要怎麼離開這個狀態？現在好像已經沒有辦法了。

遺憾嗎？是的，他覺得遺憾，可是他還有沒有力氣再給他們第二次機會，再承擔第二次被傷害的風險？就算他願意，譚知仁願意嗎？

幾滴眼淚從他的眼角滴落，溫時予用手背擦去。

今天晚上，譚知仁沒有排班，所以他下課後就回家了。溫時予讓他把自己帶去客廳，在茶几邊看他帶回的筆記。

不只是他們的共同課，溫時予發現，譚知仁甚至去找他其他課的同學，拿了他可能會需要的講義和作業。

溫時予的大腦反應仍然有點遲緩，看著譚知仁努力的成果，他突然很不想辜負對方的付出。他盯著講義上的示範題，儘管每一個中文字他都看得懂，連結起來卻成爲一整片沒有邏輯的亂碼。

溫時予用掌根壓著眼窩，想讓自己集中注意力。

「在想什麼？」

溫時予抬起眼，對上身旁譚知仁的視線。

「沒什麼。」

「在想阿嬤的事嗎？」

溫時予沒有刻意去想，阿嬤過世的事，就像是一段持續而低沉的旋律，一整天都在他的腦子裡盤旋，它就只是存在而已。

「算是吧。」

譚知仁看起來對於沒有辦法安慰他有點困擾。不過，這個時候他其實也不需要安慰，他只是需要一點時間，讓這個事實慢慢沉澱，現在他只有一件事必須去做。

「我想要找時間回去阿嬤家，拿一些東西。」

「什麼時候？」

「不知道，還沒決定。」

等到後事處理完，溫時予知道，他的家人就會開始處置阿嬤的財產，他沒有想要參與這部分——他不需要那些東西。他想要的，是他們不會想要的、會被當成垃圾處理掉的東西，例如阿嬤年輕時代的相簿、她以前戴過的念珠，或者她放在角落的藤編椅凳。

他想要保留阿嬤存在過的證明，那些會讓他回想起她的小物件。但是在這個念頭中，有一點什麼在拉扯著他的心臟——阿嬤家的一切都和那個男人有關。

如果溫時予想要保留阿嬤的一部分，就勢必得一併保留那個男人的一部分，他真的想要這麼做嗎？

這個問題在他心中盤旋了一整天。阿嬤離開後，他的家人們就和他再無關係，叔叔也是，他可以選擇永遠切割這個人，將他對自己做過的事和阿嬤一起埋葬，從此當作過去不存在。

或者，他選擇把阿嬤繼續放在心裡，但是拒絕再讓叔叔的存在牽扯其中。

要是他什麼都不留，他會後悔嗎？會的，他已經放棄過阿嬤一次了，不想連最後一次的機會都失去。

譚知仁的眼神在他臉上來回搜索，遲疑了一會，輕聲問道：「可以讓我跟你回去嗎？」

溫時予直盯著他，沒有馬上回答。他其實是想拒絕的，畢竟，他不知道回到阿嬤家，究竟會發生什麼事，叔叔會在那裡嗎？他們會有任何交集嗎？

溫時予甚至無法預測自己的反應，但是想想他前一陣子在醫院前撞見叔叔的那一刻，他的心靈受到多大的震盪——他不覺得場面會太好看。

如果可以，他不想讓譚知仁看見他們家庭的小鬧劇。可是他似乎沒有別的選擇，他現在的狀況是無法單獨行動的，他也考慮過找哈利同行，然而比起譚知仁，哈利好像是更糟糕的選擇，他更不想讓哈利知道自己的過去。

等他回去WAKE——如果他還要回去的話——他不希望哈利知道他曾經遭遇過什麼。

譚知仁似乎是風險最小的選項了。不管譚知仁知不知情，好像都已經不再重要，他不必擔心譚知仁會不會因此覺得他噁心，想要就此遠離他，反正他們的結局已經注定好。

「如果你願意的話。」溫時予微微勾起嘴角，而後補上一句：「不過，有件事你可能需要先知道。」

看著譚知仁一臉茫然的模樣，溫時予的心臟劇烈地跳動起來。

如果在阿嬤家不幸和叔叔打到照面，那麼把譚知仁需要知道的前情提要先說完，或許是比較聰明的作法。這麼一來，譚知仁還能選擇迴避這個尷尬的場面，讓他自己回去面對，或是譚知仁也能在鬧劇發生時，先有心理準備。

至於譚知仁聽完這件事後，對他的看法會有什麼改變，已經無所謂了。

「我住在阿嬤家的時候，我叔叔也在，他沒有結婚，所以他一直都和我阿嬤住。」

譚知仁困惑地應了一聲，皺起眉。

「在我國小和國中的時候，如果阿嬤出門不在家，或是在睡午覺，他有時候就會來我的房間找我。」

溫時予嚥了一口口水，暫時停下敘述。

阿嬤家紅色的碎花棉被、天花板上陳舊的木頭燈座，還有他的臉靠在枕頭上時，看見的床邊的五斗櫃……還有叔叔的手在他身上移動，一次次告訴他，自己是因爲有多喜歡他，才會對他做這些事……

在溫時予腦中翻攪的回憶，依然有著鮮豔的顏色，直到現在，開口說出這些事，都還是會讓他的心臟像是被人扭出一個結。

可是如果他想要帶著阿嬤的回憶活著，如果他想要好好活著，他總要學會和這些事共存，而不是每一次想起就感到反胃……他只是不知道究竟要怎麼辦到。

譚知仁的表情微妙地轉變了，他先是瞇起眼，下一秒，他的眼皮就大大撐開了。他張開嘴，又硬生生地閉上，垂下視線，避開與溫時予的對視。

溫時予看著譚知仁低垂的頭，還有交握在膝蓋上的雙手，靜靜地等待回應。

「你一定要回去嗎？」譚知仁的眉頭鎖得死緊，眼眶有點泛紅。

「我必須回去。我已經錯過阿嬤的最後一面了，我怕我不回去，他們會把她的個人物品全部清掉。」

「我可以去幫你拿。」譚知仁急切地朝他的方向傾身，「你告訴我你想要什麼……」

溫時予打斷他，「我想回去。就當作去跟阿嬤正式告別，這應該會是我最後一次踏進那間屋子。」

不知爲何，這個需求突然變得無比強烈，他想回去，和那裡發生過的一切道別，在這之後，一切都會與他再無關係。

「可是，如果他還在那裡——」譚知仁停了下來。

「就讓他在那裡吧，他已經和我無關了。」

譚知仁下顎的肌肉動了動，手輕輕搭上溫時予的膝蓋，「我會陪你，如果這樣會讓你比較好的話。」

會比較好嗎？也許會……至少，當他踏進那間屋子裡，被那裡的一切所包圍時，他會知道自己不是孤單一個人。

「謝謝。」溫時予的手覆上譚知仁的手背，突然覺得眼眶一熱。

✦

溫時予再度深吸一口氣，推開Uber的車門。

「等我一下。」譚知仁說。

溫時予看著譚知仁從另一邊爬下車，繞到他這一側，彎下身，讓他借力爬起來。與此同時，Uber駕駛打開後車廂，將他們帶來的行李箱拿下車。

讓譚知仁陪他回來這裡，幾乎有一種時空錯亂的感覺，好像兩個不該產生交集的世界，因爲某些原因而重疊了。

Uber駛離，溫時予在柏油路上站定，看向街道另一側的矮牆。這裡的房子和他記憶中依舊相似，只是變得更舊了一點，好像只要推開門，就會看見阿嬤在院子裡整理她種下的花花草草，眼睛刺痛的感覺，在這幾天已經無比熟悉。

譚知仁的手悄悄環住他的肩膀，「等你準備好了，我們再進去，或者你想要直接回去也行。」

溫時予閉上眼三秒鐘，將眼淚收回眼眶裡，「我沒事，走吧。」

屬於阿嬤家的那幾把鑰匙，一直都掛在溫時予的鑰匙圈上，現在將大門的鑰匙握在手裡，讓他感覺好不眞實。

大門的鎖發出喀噠一聲，向內彈開，溫時予探頭向裡頭望去，小院子裡一個人也沒有。阿嬤的盆栽依然放在圍牆旁，下面墊著空心磚，燒紙錢的鐵桶與其他雜物一起堆在屋外的牆角。

他特別挑了平日下午、譚知仁沒有課的時候，這時間他的家人們會在上班，或者各自在其他地方忙著自己的人生。他想盡可能迴避所有人，在這裡向一切進行最後的告別，然後就會永遠離開這裡，這個他唯一認定是家的地方。

譚知仁走在他身邊，攙扶著他的手臂，緩緩往通往屋內的鐵門走去。

門一打開，熟悉的味道立刻撲鼻而來，伴隨氣味而來的所有記憶，差點使溫時予的膝蓋放棄支撐。

阿嬤家那張沉重巨大的木製沙發，椅背上依然鋪著同一條防塵巾，溫時予就是坐在這張沙發上，和阿嬤一起看現在早就停播的綜藝節目。叔叔會坐在廚房外的圓桌邊喝啤酒，一邊看著報紙，發出沙沙聲響。

溫時予會假裝沒有看見他，不想在阿嬤面前表現出他和叔叔有任何關係。

如果阿嬤叫他和叔叔一起去超市，溫時予就會躲進房間裡，那是他在阿嬤面前難得的叛逆。他會在房間裡聽著叔叔替他解釋，說他是小孩子，不會想幫大人跑腿。

溫時予從來沒有和阿嬤或是任何人說過叔叔的事。他愛阿嬤，勝過世上任何人，他不想傷害她，不想讓所有人陷入兩難。

他只要離開這裡就好，當時他只是這樣想，只要離開這裡，一切就會結束了。沒想到，最後一切都還是會回到這間屋子，或許他從來沒有離開過。

「時予。」譚知仁輕輕捏了捏他的手臂。

溫時予這才意識到，他的眼淚已經順著臉頰滑到下巴。他用手掌抹去淚水，「我們去阿嬤的房間，我想去找她的相簿。」

他們沿著走廊，來到阿嬤以前的臥室。這裡和他印象中一樣，床墊與衣櫃之間的縫隙堆了好幾個紙箱。

在譚知仁的協助下，他們把這些紙箱搬出來，放在房間中央的地上。他們席地而坐，開始一一檢視箱子裡的物品。

溫時予在紙箱裡翻出了阿嬤年輕時的相簿，裡頭的黑白照片已經脫膠，在透明片後方歪斜成一片。

阿嬤的照片全都收在這裡，實在稱不上是保存完善，除了她自己的相簿之外，箱子裡還有溫時予念小學時的相簿。他的結業式、他的校慶，出席的家人都是阿嬤，所有從他父母那裡缺少的愛和關懷，都由阿嬤補上了。

哭泣會使他的腹部疼痛不已，但是他沒有辦法阻止自己，而譚知仁只是坐在他身邊，一手攬著他的背。

不知道過了多久，他感覺到譚知仁的手臂一緊，在他耳邊低聲呼喚他的名字，語氣帶著某種警告。

溫時予抬起頭，從他被淚水填滿的視線中，可以看見阿嬤的房門邊站了一個人，他甚至不需要看清楚那個人的臉，就知道來人是誰。

他掙扎著想從地上站起來，卻重心不穩地再度摔回地上，傷口傳來的刺痛使他的視線出現短暫的斷層，在那一瞬間，他只感覺得到譚知仁即時伸過來的雙手。

他扶著譚知仁站起身，用手臂抹去眼前的水霧，終於看清站在門口的那個人。

「時予？」叔叔半瞇著雙眼，好像不敢相信他會出現在這裡。

溫時予也不敢相信會在這裡見到他。

叔叔朝房裡走了一步，他反射性地向後退，不想讓這個男人靠近他的身體。

譚知仁的肩膀橫在他身前，直瞪著男人，「我警告你，不要過來。」

叔叔的臉頰向內凹陷，嘴巴周圍長滿鬍渣，看起來像是好幾天沒有睡覺了，溫時予勉強壓下心中反胃的感覺，這張臉所勾起的記憶，令他暈眩不已。

「你來找阿嬤的東西嗎？」叔叔問。

溫時予兩手一攤，事實就擺在眼前，他不想回答。

「怎麼沒事先說一聲？我可以幫你整理……」

譚知仁嗤之以鼻，「我們自己來就可以，不需要麻煩你。」他轉頭看向溫時予，「我們繼續吧。等一下你想拿什麼，我們拿完就走。」

越過譚知仁肩頭，溫時予可以看見叔叔挫敗的表情。譚知仁充滿敵意的態度，顯然讓對方知道了很多事，叔叔現在覺得丟臉嗎？還是想要在他們面前，假裝一切都沒有發生過？

「時予，上次在醫院看到你，我就想要跟你聯絡，我只是……覺得我沒有臉找你。」

溫時予咬緊牙關，閉上眼……這個人想對他說什麼？其實從男人的用字遣詞和語氣，溫時予就已經猜到大半了。

在他離開這間房子後的這些年裡，叔叔從來沒有想過要找他，他不是想要假裝這些事情都不存在嗎？怎麼幾個星期前見到一次面之後，就又想和他聯絡了？

一股無名的火焰在他的腹部焚燒，令他的臉頰發燙。如果他想要好好活下去，就得在這裡做出了結，沒有別的選擇。

「你是應該要覺得丟臉。」譚知仁的聲音從喉頭迸出，沙啞而緊繃，「人渣。」

溫時予抬起手，搭上譚知仁的肩膀。

「你想找我做什麼？」溫時予柔聲問道。他很高興自己的聲音沒有明顯的顫抖。

「我覺得……我應該跟你道歉。」

聽到這句話，溫時予的胸口無法克制地緊縮了一下，「道歉？」

「我知道我以前對你做過一些……不太好的事情。」叔叔的視線短暫地掃向譚知仁，像是在提防他的攻擊。「我知道你很生我的氣，所以我——」

溫時予咯咯笑了起來，搖著頭，「生氣？你覺得我在生氣？」

他覺得自己骯髒破爛，覺得自己下賤，覺得自己淫穢……這些種種，用生氣來概括他這幾年內心深處所有的情緒，是多麼簡單粗暴的一件事。

好像只要讓他發個脾氣、發洩一下情緒，這件事情就可以過去了，他所有的自我責備、自我懲罰，就能全部一筆勾銷。

這人怎麼敢用「生氣」這個詞，來簡化他這些年以來經歷的一切？這個人並沒有想要彌補自己做錯的事情，也並不在乎溫時予是不是還在承受那些傷害，他的道歉不是爲了溫時予，而是爲了自己。

「你想道歉，但是我不會讓你道歉。」溫時予輕聲說。

叔叔瞪視著他，好像聽不懂他在說什麼。

溫時予深吸一口氣，抓緊譚知仁的肩膀，這給了他一點支撐，讓他的身體不至於因爲顫抖而摔倒。他感覺到譚知仁的目光落在他臉上，也感覺到他的眼淚從眼頭溢出。

「我知道是我做錯事了。」叔叔啞聲說道：「我只是想……」

「我這輩子不會再和你聯絡，也不會給你想要的原諒，如果你想要的是這個的話。你休想從我這裡得到解脫。」他一字一句，緩緩地說：「你沒有資格。」

他會好好活下去。無論如何，他都不要扛著這個人對他造成的影響繼續往前走，從此以後，這個人就與他無關了，而他要確保對方知道這一點。

「溫時予。」叔叔又向前走了一步。

溫時予感覺譚知仁的肩膀在他手下一緊。

「你再走過來一點，我就會揍你。」譚知仁說：「你試試看。」

「知仁，來吧，我們把東西拿一拿，回去了。」

他們拿走了紙箱裡的相簿、一頂阿嬤出門時會戴的遮陽帽，還有客廳裡的一張藤編矮凳——那是溫時予和阿嬤一起吃飯時會坐的椅子。

這整段時間，溫時予都可以感覺到叔叔的視線跟隨著他。

他們在路口等著車，藤編椅斜斜靠在行李箱的握把上，溫時予總有個錯覺，好像叔叔隨時會打開那扇大門追出來，但直到Uber在他們面前停下，那個男人都沒有出現。

溫時予在譚知仁的攙扶下坐回車裡，這一切的眞實性才席捲而來。

這間屋子、這裡住著和住過的人，從此以後，只會停留在過去。他自由了，從這個地方、這裡帶來的傷害中解放出來，在這之後，溫時予就只是溫時予，再也沒有人能夠用任何方式綁住他。

開回譚知仁的公寓需要將近一小時，這段路上，溫時予的眼淚沒有停過，幾乎讓他有一種洗滌的感覺。

停車時，溫時予的淚水已經止住了。

譚知仁扶他下了車，「你先上樓吧，我再幫你把東西搬上去。」

「謝謝。」溫時予對他淺淺一笑。

譚知仁只是扯了扯嘴角，沒有回應，表情看起來十分緊繃。然而溫時予不打算問原因，他不是很想知道譚知仁在了解關於他的一切之後，對他有什麼看法。

把這件事作爲他們之間的最後一個祕密，似乎也是一個不錯的句點，如果他們要成爲陌生人，現在的時機也許正好。

但是，看著譚知仁從後車廂裡抬起沉重的行李箱，又試著把藤編椅架在箱子頂端時，溫時予的心底依然有一點什麼在悸動。

人的感情是一種很奇怪的存在，或許該說是愚蠢，它有自己想要的東西，不管他的理智如何試著說服它，它依舊頑固。

溫時予告訴自己，他不需要現在做決定，他今天做的已經夠多了。

電梯門打開，露出裡頭擦得閃閃發亮的鏡子。溫時予按著按鈕，轉向譚知仁。

譚知仁只是對他揮揮手，指了指行李箱。

溫時予見狀便走進電梯，讓雙扇門暫時擋住譚知仁的身影。

第十六章

溫時予平靜得令譚知仁害怕。

離開溫時予阿嬤家後，溫時予就只在回程的車上哭了那麼一次，在那之後，他就再也沒有看見或聽見溫時予哭泣。

當天晚上，譚知仁睡得很不好，幾乎整夜都半夢半醒。恍惚間，他似乎聽見溫時予的叔叔跑來公寓，試著尋求溫時予的原諒，而他死也不讓對方進門。

就在那個男人試圖硬闖時，譚知仁終於忍受不了，用力將對方踹倒在門外的走廊上。腳砸中人體時鈍鈍的凹陷感實在太過眞實，讓他渾身一顫，驚醒過來，喘著氣，身上浮起一層薄汗。

窗簾下透進的光線還十分昏暗，譚知仁只能再度倒回枕頭上，卻再也睡不著，只能瞪視著天花板。

他不敢相信溫時予居然經歷過這樣的事。當溫時予告訴他的時候，他暗暗希望事實不是他想像的那樣。可是那件事是眞的，溫時予的痛苦也是眞的。

現在他終於把一切都串起來了，他之前卻用那樣的態度對待溫時予。

回想起他對溫時予說過的話，譚知仁只想痛揍自己一頓。溫時予在他需要幫助的時候伸出援手，不吝惜對他展現好感，這需要多大的勇氣才能辦到？反過來看看他幹了什麼好事——叫對方滾蛋、讓溫時予獨自面對吳閔俊的刻意挑釁。

想到這一點，他就忍不住瑟縮。他的心臟好痛，為溫時予過去所受到的傷害而痛，也為他施加在溫時予身上的傷害而痛。

溫時予會對他失望是再理所當然不過了，他有什麼資格去要求溫時予留在他身邊？如果他想求溫時予的原諒，這會讓他變得和溫時予的叔叔一樣嗎？

第二天，溫時予就好像恢復了平常的樣子，譚知仁只能小心翼翼地觀察著，以防對方在無預警的情況突然崩潰。

不過那樣的狀況並沒有發生，溫時予對他一如往常地溫柔，一切都很正常。

「上班順利嗎？」溫時予會問他：「會不會想把國中小屁孩掐死？」

譚知仁其實沒有那麼介意國中生的幼稚。有些人拿著爸媽給的錢請同學喝飲料，讓他聯想到自己，覺得好笑。

他會把帶班時發生的事告訴溫時予，兩個人一來一往地吐槽青少年做的傻事。

譚知仁覺得，他們就像回到之前還在酒店裡的時候——在他們的關係還因為金錢往來，反而更加單純的時候。只是現在，他們少了那時的肢體接觸，有了十分友善的距離。

譚知仁不想在未經溫時予同意的狀況下碰觸他，尤其是在知道他發生過什麼事之後。

譚知仁也問了溫時予，之後還打不打算回去上班。

「可能不會了，我不想再做和那個男人有關的事。」

如果不是因爲叔叔，溫時予後面做的一系列選擇，或許就會不一樣。這麼做確實很合理……

那他呢？他和溫時予也是因爲酒店認識的，這樣的他也是和那個男人有關的存在嗎？溫時予會將他一起切割嗎？

他不曉得溫時予究竟是怎麼想的，他好像也沒有立場問，所以他想把決定權交給溫時予。不論想走或是想留下，他都不會左右溫時予。他只想要在溫時予依然在身邊的時候，對他盡量更好一點。

日子一天天過去，他們迎來溫時予的回診，在那之後，溫時予就回到學校上課了。

儘管溫時予一直強調自己的行動能力已經恢復，但譚知仁還是不想讓他背著厚重的統計和會計教科書去上學。在他們有共同課的時間，譚知仁堅持幫他把書拿到座位上，就算不是共同課，也盡量送他到教室門口，再趕去自己上課的教室。

但這不是最讓譚知仁擔心的事情，溫時予請了將近一個月的假，這件事早就成爲系上同學共同的八卦。

他聽到有些人說，溫時予因爲惹到黑道，現在要休學了。也聽到有些人說，他被有錢的客人包養，所以不用再來上學。

譚知仁剛開始聽到這些言論時，曾試著阻止那些人胡說八道，但越是反駁，那些人就說得越起勁，好像他的否認反而證實了他們的猜測。最後，譚知仁就放棄了。

溫時予回到學校的第一天，進入中級會計的教室前，譚知仁在教學大樓的一樓中庭躊躇了好一陣子。

「除非我直接轉學，不然我遲早要面對的，對吧？」

「我只是不想要他們對你亂說話。」譚知仁嘀咕：「他們什麼都不知道。」

「所以啊，我們何必在乎？」溫時予對他微笑，「不需要跟他們認眞，再說了，如果我從此不再出現，不就證明他們說的都是對的了嗎？」

溫時予的表情看起來無比坦然。

「快打鐘了。」溫時予提醒道：「如果遲到，我們看起來就更高調囉。」

踏進教室時，朝他們投來的所有視線，幾乎帶有眞實的熱度。譚知仁警戒地環顧四周，提防著誰會首先朝他們拋來第一句話。而溫時予只是緩緩地往他平常坐的位子走去，好像完全沒有注意到同學們的目光。

譚知仁把書包放在桌面上，然後走到溫時予隔壁的空位。有些竊竊私語的聲音在他們周圍響起，就像某種低頻的噪音，讓他煩躁難耐。他再度環視了教室一圈，然後看見站在教室另一邊的吳閔俊。

吳閔俊的眉毛微微抽動了一下，看起來像是困惑，又像是嫌惡。

譚知仁回瞪著他，試圖用眼神阻止對方接近。

幸好，吳閔俊還來不及做任何事，上課鐘就響了。

助教開始點名，當他看見溫時予的時候，並沒有掩飾臉上的驚訝。

上課時間還算平安無事，譚知仁用眼角餘光觀察著溫時予。在這幾個星期，他依然有爲溫時予帶回上課的講義和筆記，溫時予並沒有落下太多進度。

注意到譚知仁的目光，溫時予悄悄朝他的方向靠過來，說了一句：「專心。」

微不足道的兩個字，卻讓譚知仁的心在胸腔裡翻滾了一圈。

下課時，譚知仁拉著溫時予，一心只想盡快離開，不過溫時予的動作一如往常地優雅，譚知仁幾乎要懷疑溫時予是故意的，好像就是在等誰來挑戰他，好讓他把這件事一勞永逸地解決掉。

「時予，好久不見呀。」吳閔俊招牌的甜膩嗓音響起。

教室裡還沒離開的同學們，紛紛朝他們望過來，視線中帶著好奇，還有等著好戲上演的期待。

「嗨，吳閔俊。」溫時予緩緩起身，露出微笑。

「期中考的時候沒有看到你。」吳閔俊眨著眼，轉頭和林敏成對視，「我們還以爲你眞的背富二代包養了，再也不來上課了呢。」

「對啊。」林敏成說：「知仁也是天天都急著走。我們想說，他應該是要趕著回家去陪你。」

「我說過我要上班。」譚知仁回嘴：「到底哪一個字聽不懂？」

吳閔俊看也不看他一眼，只是直盯著溫時予，好像在等待他的回應。

溫時予嘆了一口氣，「我剛好在期中考週受傷了，知仁是到醫院去看我。你想看看我的傷口嗎？」

溫時予作勢要掀自己大學T的下襬，譚知仁張開嘴，準備阻止他。

然而吳閔俊只是嘖了一聲，彈了彈舌頭，還翻了個白眼，「誰在乎啊。我只是覺得，你爲什麼不乾脆好好做你的八大就好了？我們系上居然有人在賣身，有夠丟臉的耶。」

「閉嘴，吳閔俊。」譚知仁瞪著他，「誰在乎別系的怎麼想啊？」

「你為什麼不好好讓知仁包養你就好了？」吳閔俊的目光終於落在譚知仁身上，唇角的微笑逐漸擴大，「反正知仁最喜歡請客了，跟包養應該也差不多吧。」

譚知仁還來不及說話，溫時予就搶先一步回應。他同意地點點頭，順著吳閔俊的話說下去：「是跟包養差不多，但是知仁沒有包養我，他不需要。他不必給我錢，也能從我這裡得到他想要的東西。」

吳閔俊的臉倏地漲紅，一路紅到耳尖。

譚知仁則驚愕地看向溫時予，他到底想說什麼？

「你就只是一雙破鞋而已，囂張什麼？」吳閔俊的鼻尖皺了起來，咧開嘴的樣子像是被人激怒的野貓。

「吳閔俊，你講話小心一點。」譚知仁警告。

面對吳閔俊的敵意，溫時予倒是一派輕鬆，「可能吧。只是我比你幸運一點，因為就算我是在賣的，知仁想要的也不是你，以前不是，以後也不會是。」

「你——」吳閔俊的手舉起，像是要打溫時予巴掌。

但是譚知仁不會讓吳閔俊這麼做，他握住了吳閔俊的手腕，怒視著對方，「你休想碰他。」

「你現在變成溫時予養的狗了，是嗎？還是你只是見不得別人批評你養的寵物——」吳閔俊的表情扭曲，手臂在譚知仁的手中掙扎。

譚知仁有把吳閔俊推倒在地的衝動。吳閔俊的身材瘦長，要做到這一點並不難，不過現在有太多人在關注他們了，他才不要滿足那些人嗜血的八卦欲望。

他把吳閔俊的手向後甩開，力道大得使吳閔俊整個人向後踉蹌了一步，林敏成趕緊抓住吳閔俊的手臂。

「光是你剛才說的話，就證明你永遠都比不上他。」譚知仁低聲說：「不要再讓你自己更丟臉了，吳閔俊。」

吳閔俊咧開嘴，大笑一聲，聽起來卻像是吼叫。「丟臉的怎麼會是我？」

「走吧，時予。」譚知仁已經不想和吳閔俊繼續說下去了。他轉過頭，對上溫時予的視線，「下一堂課要遲到了。」

他抓起溫時予的背袋，然後把手伸向溫時予。下一秒，溫時予的手指順勢輕輕滑入他的掌心。

接著，他便拉著溫時予的手，往教室門口走去。

在他們離開時，譚知仁的肩膀重重撞上吳閔俊的胸口。聽見吳閔俊驚愕的悶哼聲，譚知仁一肚子的火氣稍微緩和了一點。

譚知仁知道依然有許多人在看他們，不過如果溫時予不在乎，那他也不在乎。

看見溫時予躺在病床上的那一刻，他就已經決定好，除了溫時予，沒有任何事情更重要了。

只是，溫時予剛才說的話，他不知道作何感想，也不敢細想。如果他爲此產生了一點奢侈的希望，是不是就越界了？

一走出教室，溫時予就對他道歉。譚知仁的心臟在胸口狂跳，心跳聲在他耳裡，幾乎要蓋過溫時予說話的聲音。

「什麼事？」

「剛才……爲了激怒吳閔俊，就擅自利用你的名字。」溫時予的嘴角浮現一絲苦笑，「抱歉。」

又來了，又是那股像被人一拳打中腹部的窒息感。譚知仁深吸一口氣，強迫自己扯出微笑，「沒關係。」

可他還是希望溫時予的話有一部分的眞實性。眞的覺得被他喜歡是幸運嗎？如果他敢開口，溫時予還有沒有可能接受他……他不敢繼續想了。

溫時予的手依然在他手中，沒有試圖掙脫開，譚知仁輕輕握了兩下。

他把溫時予送到下一堂課的教室，將背包擺在他的腳邊就離開了。

他留在學校等到溫時予下課後，先送對方回家，才出發去打工。

坐在補習班教室的最後一排，譚知仁一直有點心不在焉。

有許多話在他心底徘徊，有些話，他必須要讓溫時予知道，就算沒得到回應也沒關係。

在他與溫時予認識的這段時間裡，他有曾經對溫時予說過眞正的內心話嗎？

溫時予對他說了這麼多，他卻沒有給出同樣的回報。過不了多久，溫時予或許就要搬走了，如果這是他最後一個機會，他不能讓它白白溜走。

如果溫時予因此而更想遠離他，那也是他罪有應得。

譚知仁決定，如果今天回到家時，溫時予還沒睡，他就會全部說出來。

✦

在譚知仁回來前，溫時予都待在房間裡。

少了晚上的工作，他突然多出大把的時間，他把這些時間拿來看書，讀他落下的功課進度，或者只是發呆。這對以前的他來說，幾乎是一種不可思議的奢侈。

聽到關門聲，溫時予的眼神雖然還停留在商業法的教科書上，大腦卻已經沒有在吸收與理解文字的意思，他所有的感官，都被召集去聆聽譚知仁的腳步聲。

當對方來到房門口，溫時予頸後的汗毛便豎了起來。他回過頭，正好和站在門邊的譚知仁對上眼。

「嗨。」

譚知仁像是被他的動作或聲音嚇了一跳，在門框旁煞住腳步，「呃，嗨。」

「上班順利嗎？」溫時予轉過身，準備從椅子上站起來。

譚知仁見狀快步走進房間，在溫時予站起前來到床邊。

他起身的動作頓住，抬起頭，看著譚知仁的表情，「怎麼了？」溫時予打量他的臉，「今天國中生很皮嗎？」

「跟他們沒關係，我只是……」譚知仁在床沿坐下，雙手撐著床墊，「有一些事想跟你說。」

溫時予無法阻止自己一邊的眉毛向上挑起，「什麼事？」

「我只是覺得，我從來沒有好好和你說過內心話。」譚知仁低聲說，撇撇嘴角，又補上一句，「我是說，如果你想聽的話。」

溫時予花了兩秒鐘思考這個問題，最終微微一笑，「機會難得，請說。」

譚知仁哼笑一聲，深吸一口氣，然後再度開口。

「其實，我是有一個問題想問你。今天，你對吳閔俊說的那些話……」他吞了一口口水，抬起眼，對上溫時予的目光，「眞的只是爲了激怒他而已嗎？」

溫時予眨了眨眼，沒想到譚知仁會特別爲了這件事來問他。那些話，就連他自己都感到難爲情。

在吳閔俊前來找碴時，溫時予太生氣了，而怒氣讓他變得大膽。他對譚知仁說的是事實，他確實是爲了激怒吳閔俊，才硬是把譚知仁的名字扯進來。

然而那只是一部分的理由，另一半的眞相是，當譚知仁這樣看著他的時候，他可以感覺到自己的身體逐漸變得溫暖。譚知仁的眼神依然會牽動他的心底某處，無論他理智上想不想要。

溫時予突然感到很不安，譚知仁想要知道什麼？

他在譚知仁面前透露太多了，他如果想要讓他們的關係漸漸死去，好讓他最後能走得瀟灑一點，那麼他今天的舉動，只是讓他在譚知仁面前難堪而已。

他打量著譚知仁，小心翼翼地說：「一部分是。」

譚知仁想要對他說眞心話，那麼自己也該說眞心話……但是他已經這麼做過了，而且譚知仁在那之後，就被他嚇跑了。現在他們又回到那一刻，這次他該做出什麼選擇？

聽見回答，譚知仁的表情變動了一下。溫時予沒有辦法指明是哪裡改變了，或許是他的眉頭向上揚起了幾度、嘴角微微抽動。他無法確定譚知仁是想笑，或是想哭。

「對不起。」

「對不起？」

譚知仁的眼眶泛紅了。

這究竟是他第幾次看見譚知仁準備落淚的樣子？溫時予胸口一陣緊縮，他不想要譚知仁在他面前哭。譚知仁笑起來的樣子很好看，左邊的臉頰上有一個淺淺的酒窩，譚知仁應該要笑才對。

「我知道，我讓你很失望，我也知道，我現在沒有資格請你原諒我，我只是……」譚知仁的下顎動了動，「我眞的很喜歡你。」

溫時予動也不動地看著譚知仁，身邊的一切彷彿停滯了，公寓裡一點聲音也沒有，此刻唯一在運作的，只有混亂的大腦。

他知道譚知仁喜歡他。在他受傷之後，譚知仁所有的表現，都在尖叫著這一點，他知道。他不知道的是，他究竟還能不能相信譚知仁。他很想，他的心很想，可是他的腦中有一個受傷的自己，正緊緊抓住他的肩膀，阻止他前進。

還想要在同一個人身上跌第二跤嗎？溫時予沒有辦法回答。

「我知道我已經失去你的信任了，我不怪你。」譚知仁的聲音變得沙啞，「是我自己推開你的。我不知道我還能怎麼做，你知道嗎？感覺做任何事，你的信任都已經回不來了。」

溫時予感覺鼻尖一陣刺痛，他想要告訴譚知仁，信任是可以回來的。如果他想要好好活下去，他就得學會信任。

時間可以帶走很多東西，就算無法讓傷口消失，也會讓它變得不那麼疼痛。他曾經經歷過，也還記得自己是怎麼在酒店裡成長的。

只是現在的傷口還太過新鮮，碰觸時的瑟縮反應是一種反射，他得透過時間說服大腦：現在的狀況很安全，不必逃跑。

如果譚知仁不想等，他就不需要等。

「你已經做得夠多了。」溫時予輕聲說。

譚知仁抬起眼，看上去很困擾，「我……不想給你壓力，就連我和你說這些，我都懷疑自己是不是正在情勒你，但是我眞的沒有。」

溫時予搖搖頭，「我沒有覺得被勒到。」

「你不需要給我任何承諾。」

譚知仁的雙眼在他臉上來回搜索。他不確定譚知仁看見了什麼，但是譚知仁的語氣變得懇切，似是深怕說得太慢，就會被他打斷。

「等你決定好了，你想要搬走的時候，隨時都可以搬走，我不會阻止。但是在那之前，能不能讓我陪你？」

譚知仁的提議聽起來很合理，溫時予找不到理由拒絕，鼻腔裡的刺痛感，使他的雙眼變得模糊。

他對吳閔俊所說的話，終究不是事實，他沒有辦法給譚知仁他想要的東西，至少現在還不行。

如果，再給他一點時間的話……他們之間，還有怎樣的可能？

「好。」最後，他這麼說。

如果譚知仁願意等他，或許他們眞的可以變得不一樣。如果譚知仁在那之前就已經厭倦他了，那麼一切也只是在他的意料之中。

一滴眼淚順著譚知仁的鼻梁滑下。溫時予不喜歡對方哭的樣子，所以他伸出手，儘管他自己也感覺到淚水滾落臉頰。

譚知仁緩緩接過他的手，站起身。

男人的臂彎很溫暖，溫時予將臉頰貼在對方的腹部，閉上眼睛。

可以聽到譚知仁這麼說，眞好，這已經是意料之外的獎勵了，他暫時不奢望其他東西。

他輕輕呼吸，把譚知仁身上熟悉的氣味吸入鼻腔裡。

✦

回到學校後，沒過幾天，班導就將溫時予找去研究室。

由於請了長假，溫時予還是得向班導交代請假的原因。

他不知道要怎麼在不提到自己先前工作的情況下，合理化腹部被刀捅傷，而不會引起班導更多的懷疑。所以，他乾脆地全盤托出。

「我已經離職了。」最後，溫時予保證道：「同樣的事情絕對不會再發生了。」

班導聽見他在酒店上班的事時，只是驚訝地挑了一下眉，並沒有深究。他從長褲的後口袋裡拿出皮夾，遞過一張名片。

「我有一個朋友在開心理諮商所，如果你有需要，可以和她聯絡。」

溫時予看著手上那張簡潔的小卡，上頭印著小小的診所標誌，還有兩支電話號碼。

「我覺得應該不用。」溫時予將名片放在班導的桌子上，禮貌地微笑，「我現在好多了。」

班導再度把名片放進他的手裡，「沒關係，你留著，就當作某個未來的資源也可以。」

溫時予猶豫了一下，將名片收進口袋，「謝謝。」

「沒什麼，作爲一個導師，我覺得我需要盡量對你提供幫助。」班導點點頭，「但是作爲一個人，我只想對你說，辛苦了。」

溫時予並沒有告訴班導自己的人生故事，只說了在酒店工作的事，班導或許從中猜出了什麼。

「謝謝。」溫時予再一次說道。

「我還有另一件事需要和你討論。」班導對他露出微笑，「你什麼時候要來補考？」

接連幾天，溫時予補了好幾科的期中考。有了班導的幫助，老師們都沒有太爲難他。

雖然他的表現多少因爲前一陣子的混亂受到影響，但還有補考的機會，他已經很感激了。

自從上次譚知仁在教室裡和吳閔俊起衝突後，就沒有人再對溫時予表示任何意見。即使他們依然在背後議論，他也不在乎，那些人的眼光對他來說從來就不重要，以前到現在都是。

而且無論如何，他總是有譚知仁在他身邊。

和他說過那些話之後，譚知仁就沒有再提起他們之間的事了，他們依然像最平凡的室友一樣地生活，一起上學。

等到他的身體恢復到能夠正常負重後，他就不需要譚知仁替他扛書包了。他可以自己搭捷運回家，這樣譚知仁就不必在學校、公寓與打工的補習班之間來回奔波。

除了溫時予，譚知仁似乎也懶得與其他人交際了。和吳閔俊撕破臉後，譚知仁就脫離了原本的交友圈。如果他們有同一堂課，譚知仁就會在他左右，像平時一樣和他閒聊，上課偶爾會對他吐槽老師說的笑話不好笑。

溫時予不確定這是不是譚知仁的一時興起，也不知道他是不是譚知仁三分鐘熱度的嗜好，這只能藉由時間來檢視。

先前的擁抱，也是他們近期最親密的一次接觸了，在那之後，譚知仁就沒有再試著和他有更多肢體互動。

這樣的界線對他來說很新鮮，卻也有點不安，他太習慣其他人用身體的碰觸來表示好感，只是現在這件事在他們之間似乎不成立。

某些時候，溫時予依然會湧起想要被譚知仁擁抱的衝動。他想念和人依偎時的體溫，也想念有人的氣息擦過臉頰。

不過，也許他們這樣的距離，對他們現在來說才是好的。

隨著年底接近，日子逐漸進入一種舒服的步調，緩慢而安定。暑假時的溫時予絕不可能想像得到，他也會擁有現在這樣的日子。

最接近他對「好好活著」的想像，大概就像這樣——上課、下課、念書，其他時間他則用來思考。他什麼都想，想他的過去、想他的未來，還有想譚知仁的事。

譚知仁沒有追問他，但是溫時予不想要讓對方的心懸在那裡，他遲早需要給出一個答案的。

跨年夜在週日，譚知仁上班的補習班沒有課，所以他們一起放了一整天的假。

譚知仁提議去超市買湯底回家煮火鍋，溫時予當然不會拒絕。他們買了火鍋料和肉片，一開始譚知仁還不願意多買一盒滷味拼盤，說是預算不足。

聽見譚知仁提到「預算」兩個字，溫時予差點笑出來，不過不是惡意的那種。

最後，溫時予結了帳，無視譚知仁在一旁的嘀咕。

「我只是想吃個氣氛而已，我們兩個人哪吃得完。」

「我們可以留著吃，吃個兩天也沒關係。」

受傷後，溫時予對金錢的看法產生了微妙的變化。他依然不想在沒必要的地方花太多錢，不過也認爲偶爾對自己好一點沒有關係。

他想要生活，而不只是活著，他已經錯過太多生活中的美好了。

譚知仁用房東提供的卡式爐，在客廳的茶几上擺了鍋子。麻辣湯底的花椒香氣瀰漫在公寓中，讓溫時予的肚子期待地翻騰。

由於溫時予的傷還沒有完全復原，他們不喝酒，只喝氣泡飲料。

跨年晚會的轉播還有一段時間才開始，所以他們隨便轉了一個電影台。

「你這樣倒會噴出來。小心被油燙到。」溫時予把一盤燕餃倒進鍋裡時，譚知仁出聲提醒。

「你可能不知道，但我吃過火鍋。」溫時予忍不住回嘴。

「我又沒說你沒有。」譚知仁翻了個白眼。

溫時予見狀只是竊笑。他喜歡和譚知仁這樣開玩笑，偶爾互相挖苦，這感覺很自然，而且很舒服。

熱湯滾了起來，溫時予撈起稍早下鍋的玉米筍，放在一旁準備好的空盤上，「吃吧。」

譚知仁一臉懷疑地瞪視著餐盤，「我第一次看到玉米筍煮到整根變紅色的……我有很不好的預感。」

「明天的馬桶可能會很精彩。」溫時予同意。

玉米筍最終辣得譚知仁飆出髒話，喝了兩杯可樂才稍微好轉。

溫時予早就在旁邊笑得睜不開眼睛。他把譚知仁咬了一半的玉米筍放進嘴裡，然後有大概兩分鐘的時間，他的舌頭都像是被刷子刷過一樣刺痛不已。

「這個吃下去會死人。」譚知仁宣布，「算了吧，我們去樓下買別的東西吃。」

「不吃的話太浪費了。」溫時予提醒，「這可是你兩小時的薪水。」

譚知仁瞪他一眼，「那就當作我前天做白工好了。這麼辣，你小心傷口發炎。」

爲了解決湯底的問題，他們決定求助網路。最後，他們去樓下的便利商店買了無糖的烏龍茶，才終於把湯底稀釋到可以入口的程度。

電視台終於開始轉播各縣市的跨年活動，譚知仁隨意轉台，在聽見熟悉的歌曲時停下來跟著唱和。

溫時予夾起一口高麗菜，放進嘴裡，「一月之後，我應該會開始找工作。」

這是他最近一直在思考的事之一。

過去一年多裡，他已經存下不少錢，就算借給譚知仁二十萬，也不至於感到太驚慌。但是他還是需要一份工作。有一份薪水進帳，會讓他覺得踏實，而且擁有工作的能力，代表他的生活更加步上正軌。

「想做什麼？」譚知仁一邊咀嚼，一邊瞥了他一眼，「你有想法了嗎？」

「可能去找家教吧。還是你補習班那邊有缺人？」

「你真的想來我這邊上班嗎？如果你想，我可以幫你問問看。」譚知仁挑起眉。

溫時予聳了聳肩，「有何不可？」

他考慮過這件事了。他們已經住在一起，也一起上課了，和譚知仁一起工作，會不會讓他們之間的距離變得太近？

溫時予發現，他不是很介意。

如果他們最後真的必須分開，他再換一個工作也無所謂，打工就只是打工而已。

「你不會後悔的話就好啊。我下星期上班的時候，可以問一下行政。」

「那就麻煩你了。」

接下來的幾分鐘，譚知仁沒有說話，但是他們之間的空氣像是有某種電流，溫時予的皮膚幾乎可以感覺到那股共鳴。

譚知仁的表情沒有透露什麼，不過看著對方弓起的肩膀和咀嚼的樣子，溫時予猜測，譚知仁正在尋找正確的用詞。

「所以，你……決定好要搬去哪裡了嗎？」譚知仁放下碗，舉起杯子遮住下半臉，直盯著電視螢幕。

溫時予嚥下嘴裡的食物，柔聲道：「我在想，我可能不用搬走也沒關係。」

譚知仁整個人像是被定格了，保持徹底的靜止。手依然舉在臉前，眼睛連都沒眨，幾秒鐘之後，才緩緩轉向他，「是喔？」

此刻的溫時予沒有辦法直視譚知仁的眼睛，那裡面包含了太多東西，他看得懂的、看不懂的，最後只濃縮成這兩個字。

溫時予垂下視線，手指開始微微顫抖，「對。」

他這幾天，一直在想這件事。

他喜歡現在的日子，喜歡他們之間已經建立起來的默契，像是譚知仁負責下廚，他就負責洗碗。他會在洗衣籃半滿的時候把衣物塞進洗衣機，而譚知仁會在下班洗完澡後清潔浴室。

這些生活裡小小的事情，卻是他現在安定感的來源。

他喜歡譚知仁，喜歡生活裡有他，其他事情，他暫時不想太過在意。他已經瞻前顧後地生活太久了，所以他試著只把眼光放在現在——譚知仁就在他身邊。

溫時予吞嚥一口口水，終於決定抬起頭。而譚知仁只是看著他，眉頭微微蹙起，好像不太敢相信這番對話是眞的。

譚知仁將杯子放下，朝他伸出一隻手。

溫時予把自己的餐具放回桌面上，然後接住譚知仁的手掌。

他們十指緊扣，一股溫暖的感覺從掌心開始蔓延，逐漸爬進溫時予的胸口。他眞的很喜歡他們現在這樣的狀態。

譚知仁的嘴唇還因爲麻辣鍋的辣油而泛紅。他舔了舔下唇，像是想說些什麼，最後卻什麼也沒說。

為了避免再度見到譚知仁的眼淚，溫時予開口：「如果不是在吃火鍋，我就會吻你了，但是現在這樣實在有點噁心。」

譚知仁眨了眨眼，發出一聲嗆到般的咳嗽聲，然後大笑，「是滿噁心的。」

「等一下十一點的時候，記得提醒我，打電話給哈利。」溫時予說：「我想提早祝他新年快樂。」

譚知仁點點頭，「是應該要打給他一下。畢竟，是他……」他沒有說下去，只是攤開另一隻手的手掌。

「對。」他這條命，幾乎算是哈利救回來的。

但是在他打那通電話之前，他想要再享受多一點與譚知仁的時間，就像現在這樣就好。

尾聲

上樓前，溫時予把厚厚的羽絨衣拉鍊拉開。

譚知仁站在一旁看著他，「筆記帶了嗎？」

溫時予拍了拍肩上的背袋，「在這裡。」

「好。」譚知仁說：「我一樣在對面的星巴克等你。」

「好。我結束之後過去找你。」

說完後，溫時予傾身向前，湊向譚知仁的臉。嘴唇短暫地相碰了兩秒，溫時予就向後退開了。

然而，短短的兩秒鐘，就足以讓譚知仁的心跳怦怦加速。

「待會見。」溫時予說。

譚知仁點點頭，目送溫時予走進一棟大樓的雙扇門裡。

溫時予回頭時，譚知仁隔著玻璃門，對他揮了揮手。溫時予微微一笑，也對他揮手。

看著溫時予的笑容，譚知仁不知為何心臟有點緊縮。如果沒什麼值得微笑的事，他寧可溫時予不要硬擠出那樣的表情。

他不得不提醒自己，也許有一天，他能成為讓溫時予露出笑容的存在，但是現在，他能做的只有等待與陪伴。

溫時予曾說，班導建議他去做心理諮商，猶豫了幾個星期之後，他覺得試試看似乎也沒什麼不好的。他可以去個一、兩次，如果不喜歡，隨時可以喊停。

溫時予所經歷的事，是沒有人能夠想像、也根本不該發生的，如果諮商能夠讓他逐漸好一點、再好一點，譚知仁完全支持他。

諮商師請溫時予寫日記。

一開始，溫時予似乎還有點懷疑這件事的用處，但是他已經寫日記兩週了，他好像越來越認眞看待。

譚知仁下班回家時，時常可以看見溫時予坐在書桌前，拿著筆認眞書寫。

他好奇溫時予的日記裡都寫了些什麼，但是那是屬於溫時予一個人的祕密，他不打算過問，也沒有權利過問。

現在他們在一起生活，一起打工，然後拖著疲憊的身體一起回家，他已經覺得足夠幸福了。

綠燈亮起，譚知仁走過馬路，來到諮商所對面的星巴克。熟悉的咖啡香撲面而來，店裡比外頭溫暖多了，他忍不住拉下外套的拉鍊。

譚知仁點完餐後，拿著中杯的熱拿鐵，找靠窗的空位坐下，從這裡可以看見那間心理諮商所的招牌。

他從背包裡拿出中級會計的課本。受傷請假的人是溫時予，然而考砸期中考的人卻是譚知仁。他已經可以預見自己的統計要重修了，不過其他科目，他或許還可以靠期末考拉一下成績。

譚知仁望向窗外，容許自己在開工前，再多看一會馬路上的行人。

如果問起半年前的他，譚知仁絕對想不到現在的日子會變成這樣——少了任他花用的錢，多了對生活的責任；少了各種渾渾噩噩的社交場合，多了和溫時予相處的時刻……

這麼說起來，其實還是很值得的吧。

冬日午後的陽光有些灰暗，斜斜打進窗戶裡，落在他的書頁上。等待溫時予諮商的這段時間，他戴上耳機，開始念書。

時間過得比他想像的更快，才沒看幾頁，他的手機就響了起來。

螢幕上顯示著溫時予的名字。而儘管已經過了這麼長一段日子，譚知仁的心，依然會在看見來電者時，突然震盪一下。大腦會帶他回到溫時予進醫院的那個晚上，提醒他當時差點失去什麼。

「喂？」他壓抑住心底不合時宜的焦慮，接通電話。

「你在星巴克嗎？」溫時予的聲音傳來，「我好囉。」

譚知仁望向窗外，看見溫時予纖細的身影。他就站在馬路對面的騎樓邊，面對著咖啡廳的方向。

溫時予還好好的在電話的另一端，不用擔心。

「好，我看到你了。」譚知仁說：「我回去找你。」

切斷通話後，譚知仁快速收拾起桌面上的東西。他不知道自己爲什麼要這麼趕，明明已經看見溫時予了，只不過幾分鐘的時間而已，不會出事的。

譚知仁突然覺得，或許需要諮商的，不只是溫時予而已。

紅綠燈讓他等得心煩不已。綠燈亮起時，他幾乎是用小跑的過了馬路，來到諮商所的那一側。

溫時予就和剛才一樣，站在騎樓的柱子旁等待著他。

「對不起，久等了。」

溫時予對他微笑，「其實沒有很久。」

「我知道，只是……」他頓了頓，沒有再說下去。

他想，也許他道歉的，不是結束通話後的那幾分鐘，而是那天晚上，以及那之前的每一分、每一秒。

他讓溫時予等太久了，而現在他所經歷的每一次焦慮和恐慌，都是他償還的方式。

「走吧。」溫時予對他伸出手。

譚知仁猶豫了一下，接過他的手掌。

才在冬天的街道上站沒多久，溫時予的手就變得好冰。譚知仁忍不住把他的手拉過來，連同自己的一起塞進口袋裡。

溫時予看了他一眼，沒有把手抽開，「想去吃什麼？」

「都可以，你決定。」

「很久沒吃東區那家乾麵了。」溫時予說：「不然就吃那個吧。」

譚知仁知道溫時予是什麼意思。上個月譚知仁發薪水之前，溫時予也帶他去吃了同一家乾麵店。雖然單價不高，但結帳時，溫時予還是把他的份也一起付了。

譚知仁垂下視線，說不會感到羞愧，那是騙人的。

前往捷運站的時候，兩人一句話也沒說。直到刷卡進站時，譚知仁才不得不放開溫時予的手。

地下車站比外頭溫暖，他們並肩站在月台的閘門前，譚知仁可以清楚看見他們兩人在閘門上的倒影。

「我在想。」溫時予說。

「嗯？」譚知仁轉頭看向他。

「從現在開始，我要對你更誠實一點。」

譚知仁微微皺起眉，「什麼意思？」

「就是字面上的意思。」溫時予輕聲說：「只有這樣，我們才會一直有共識。」

「好。」譚知仁有點遲疑地回答。

溫時予沒有立刻接口，而這幾乎又要讓譚知仁焦慮起來，但是他努力克制住自己想要追問的衝動。如果溫時予沒有想要告訴他，他也似乎沒有資格過問。

不過溫時予並沒有讓他等太久。

「我想要告訴你的第一件事，是我眞的很喜歡你。」

譚知仁的心臟重重地跳了一下，一股溫熱的感覺湧上面孔。他張開嘴，卻找不到自己的聲音，最後只是輕輕點了點頭。

「只是我還需要一點時間。」溫時予說。

「我知道。」

溫時予需要時間找回生活的方法，找回成爲一個「人」的感覺。不管需要多少時間，他都會等他。

溫時予對上譚知仁的視線，「如果你有話想說，我希望你也能直接告訴我。」

譚知仁勉強微露出一抹微笑，「我一直都是有話直說啊。」

「是嗎？如果你有一天覺得累了，你也會說嗎？」

譚知仁的嘴角抽動了一下，「什麼？」

這個話題的轉折出乎他的意料，讓他一時之間不知道該做何反應。

溫時予的眼中帶著一點悲傷，但是很平靜，「我知道，這樣對你不公平。我沒有理由綁著你。」

譚知仁翻了個白眼，不想讓眼淚奪眶而出。在他們後面排隊等車的人逐漸多了起來，譚知仁不想讓無關的人見到他落淚的樣子。

「你沒有，好嗎？」他轉過身，抓住溫時予垂在身側的手，「只要你不離開，我都會一直在這裡，你相信我嗎？」

溫時予沉默地看了他一秒、兩秒，然後才說：「相信。」

譚知仁的淚水違背了他的意願，讓他的眼前一片模糊。他抬起一隻手，抹去滑下臉頰的淚滴。

他知道站在他們後面的人，正用困惑的眼神看著他們，但是此刻，面子好像不是他最應該在乎的東西了。

是溫時予讓他發現自己最壞的那一面，還有最好的那一面。而有那麼一次，他差點就要失去溫時予了，永永遠遠地失去。

他不會再讓那樣的事發生第二次。

譚知仁緊緊牽著溫時予的手，直到列車進站時也沒有放開。

全文完

番外
與你的長夜

譚知仁知道自己已經發燒了。

下班前，他就覺得有點不對勁了，腦袋昏昏沉沉的，像灌了鉛一樣，每走一步，都覺得重力比平常還強，威脅著把他往下拉。

他的喉嚨乾澀刺痛，像是被砂紙反覆刮磨過，呼吸間帶著一點隱隱的灼熱感。更要命的是，他渾身的肌肉就像是被車輾過一樣，一動就痛。

譚知仁好不容易拖著腳步回到家，像往常一樣，把外套掛在牆邊的衣架上，換上室內拖，走向廚房。晚餐還沒熱，他想在溫時予下班回來之前，先把晚餐準備好。

他站在瓦斯爐前，分不清臉頰上的悶燒感，究竟是火爐的熱度，還是自己燒到血液要沸騰了。

「我還想說今晚可以叫外送的——」溫時予推開家門的聲音響起，話聲從廚房外傳來，但是話還沒說完就頓住了。

「哈囉。」譚知仁回頭，露出一個微笑。

火爐上的水已經煮開了，麵條在水中翻騰。

「你的臉怎麼那麼紅？」溫時予的語氣有著明顯的驚訝。

譚知仁試著讓自己聽起來正常一點，然而他的聲音低啞而乾澀，「廚房很熱啊。」語畢，他扮了個鬼臉。

溫時予當然不會被騙，他放下肩上的背包，走到譚知仁身邊，伸手關掉瓦斯爐的火，抬手碰了碰譚知仁的額頭。

「我沒事啦。你這樣麵會爛掉……」

溫時予挑起眉望著他，一瞬間，譚知仁覺得自己像是作弊被抓到的學生。

「你發燒了。」溫時予陳述道：「你真的沒注意到？」

譚知仁擺了擺手，「煮個麵而已，又不是什麼大菜，哪有這麼難……」彷彿要證明他的愚蠢，一陣暈眩感襲來，他忍不住伸手扶住流理台。

「你過來。」溫時予說。

譚知仁還來不及拒絕，就被對方拉著離開了悶熱的廚房。鼻腔裡竄出的熱氣令他反胃，他別過頭，避免自己的呼吸打在溫時予身上。

好像才過了一秒鐘的時間，他就跌進了柔軟的沙發椅墊中，突如其來的高度改變讓他頭昏腦脹，他忍不住閉上眼睛。

一個冰涼的東西貼到他的額頭上，接著，機器運作的電子嗶嗶聲響起。

「三十八度九，天啊，我是不是該帶你去掛急診？」

「不是應該要先隔離嗎？」譚知仁勉強扯出一個微笑，「萬一是A流或是新冠——」

「那也早就來不及啦，我們昨天晚上還有做……」

如果是平常，譚知仁腦中就會浮現兩人身體交纏的畫面，然後熱血就會往他的下身竄去，但是此刻，他腦子裡什麼畫面也跑不出來——人們常說「燒壞腦袋」，還眞的是字面意義上的。

他上一次燒成這樣，是什麼時候？他完全想不起來了。

「不要動。」溫時予低聲說。

譚知仁想點頭，卻只能虛弱地靠著椅背。他閉著眼，感覺自己好像飄在夢境與現實的交界處，身體沉重得動彈不得，頭卻輕飄飄的，只能聽見溫時予在旁邊忙碌的聲音。

過了幾分鐘，一隻手輕輕拍了拍他的臉頰。

「知仁。」溫時予溫柔喚道。「醒一下，先吃藥好不好？」

譚知仁睜開一隻眼，視線模糊地看見溫時予蹲在面前，手上拿著馬克杯和藥片。他想接過藥，但藥片比他預料中的還小，手指笨拙得拿也拿不住。

溫時予輕嘆一口氣，把藥片湊到他嘴邊，「張開嘴。」

譚知仁照做了。

「喝水。」溫時予小聲提醒他：「慢一點。」

比體溫高了一點點的溫水，流經喉嚨時就像刀割一樣痛，譚知仁咬著牙吞了下去。喘了口氣後，他微微仰頭靠回沙發椅背，眼角的餘光掃到溫時予。

那人坐在沙發的扶手上，一動也不動地看著自己，譚知仁忽然覺得胸口又熱又悶，連眼眶也有點酸澀。

「你去吃東西吧，我睡一下就好了。」

「你讓我胃口都沒了，你知道嗎。」溫時予說。

譚知仁哼笑出聲，肋骨卻像是瘀青似的疼痛，身體發燙的感覺依然存在，但是他卻突然覺得好冷，忍不住一陣哆嗦。

「拜託不要逗我笑。不管你要去做什麼都可以，你這樣我沒辦法休息……」

溫時予沒有再回話。這時，沙發扶手的皮料發出輕微的吱嘎聲，不久後，一條柔軟的毛毯落在譚知仁身上，一層層把他包起來，像是在保護什麼易碎品。

房間裡只剩下他們的呼吸聲，和牆上時鐘的滴答聲。

譚知仁不知道自己究竟有沒有睡著，只覺得身邊的一切都像是漩渦般轉動著，而他沒有抵抗的能力，只是被沉重的力量拉得下墜，再下墜。

當他再度睜開眼睛時，四周一片昏暗，廚房的燈已經關了，餐桌上的燈也沒有亮，只有廁所前的小嵌燈還亮著。

溫時予雙手抱在胸前，坐在他身邊的沙發位上，低著頭打盹，他們兩人的膝蓋微微相碰。不知道是不是因爲光線暗淡，溫時予的臉頰比譚知仁印象中的還要更凹陷。

明明距離溫時予受傷到現在，都已經過了那麼久了，他們都已經住在一起那麼久了，譚知仁依然時不時就會想起那一天，心臟好像要停止跳動的感覺。

他一直認爲自己應該要照顧溫時予，但是現在的他就只是一個癱軟的廢物，得讓溫時予照顧他。就像回到當他還是個混蛋的時候……明明不該是這樣的。

譚知仁閉著眼，喘息著，燒燙的感覺已經退去了一點，現在只剩下冷，從骨頭裡透出來的冷。

溫似的。

意識混沌之間，他感覺到有一隻手爬上他的膝蓋，就只是放在那裡，好像在確保他還有體溫似的。

也許是燒得太久了，也許是疼痛和虛弱讓他的防線潰堤，譚知仁突然就忍不住了。

「眞的很煩欸……」他喃喃說道。

溫時予的身體一動，沙發一凹，靠向譚知仁，「你要喝什麼嗎？熱水？」

譚知仁搖搖頭，眼角滑出一滴眼淚，他想抬手抹掉，但是手臂被裹在毛毯下，一時之間掙脫不開。他氣惱地低吼一聲，用力推著身上的布料，彷彿在跟自己打架。

他知道自己在鬧脾氣，但他現在確實什麼也做不了。

溫時予見狀只是更用力地握住他的手，像是要把全部力氣都傳給他。

「我知道，我知道……等一下再吃一次藥，很快就會好一點了，好不好？」

譚知仁咬著牙，呼吸亂七八糟，連想應一聲「好」都說不出口。他不喜歡這種冰冷的感覺，甚至是害怕，害怕這種脆弱，更害怕自己變成一個需要被照顧、被擔心的人。

溫時予輕輕地將他抱進懷裡，貼在他耳邊低語，「不要怕，我在這裡。晚一點如果還是很不舒服，我們就去醫院。」

這句話像一把鑰匙，打開了譚知仁心裡某個封死的地方。他終於抑制不住地低低啜泣，微弱的哭泣聲斷斷續續地從胸膛裡滲出。

無聲的夜裡，只有兩個人交疊在一起的心跳聲，慢慢把彼此包裹成一個柔軟的繭。

譚知仁的額頭靠在溫時予的肩膀上，不知過了多久，他又再度昏昏沉沉睡去。

譚知仁是被太陽曬醒的。

他迷迷糊糊地睜開眼，頭還是有點脹，不過燒已經退了大半，只剩下微微的餘熱。

他不知道自己什麼時候已經躺平在沙發上，毛毯依然緊緊裹著身子，他渾身大汗，衣服黏答答地貼在皮膚上。

他伸了個懶腰，一動就覺得脖子像是被什麼東西扭過似的，痠痛得要命，他忍不住呻吟了一聲，這時，他聽見廚房的方向傳來聲音……什麼啊？現在到底幾點了？

譚知仁翻身坐了起來，這才看見溫時予的背影在廚房的水槽前移動。

「我……睡了多久啊？」譚知仁開口，聲音卻啞得像鴨子叫，不禁皺了皺眉頭。

溫時予回過頭，手在櫃門掛著的毛巾上擦了兩下，「感覺怎麼樣？」同時從冰箱裡拿出一瓶牛奶，倒進馬克杯裡，送進微波爐關上門。

「很熱。」譚知仁咕噥了一聲，一邊試著從沙發上站起來，「我的手機呢？我應該要先請假——」

「我已經幫你請好假了。我跟他們說，你病到會胡言亂語，今天可能沒辦法到班。」

「什麼胡……呃。」一連串破碎的記憶湧了上來，譚知仁突然感覺耳根滾燙。

他不確定那到底是不是他的錯覺，但是他昨天倒在溫時予的肩上流淚的畫面，實在太過真實了。

「我……到底說了什麼？」他小心翼翼地開口。

溫時予挑了挑眉，慢悠悠地回答：「什麼都說了啊。」

譚知仁心臟一縮，只希望自己可以立刻原地蒸發。

微波爐發出「叮」的一聲，溫時予拿出熱好的牛奶，朝譚知仁的方向走來。

「我得說……」溫時予把馬克杯塞到他眼前，語氣輕柔，卻帶著壞心的笑意，「你發燒的樣子其實滿可愛的。」

譚知仁瞪了他一眼，「哪裡可愛，是可悲吧。」

「如果可以的話，我應該要更常讓你發燒。」溫時予輕描淡寫地說。

譚知仁張開嘴，正要反駁，溫時予只是抬起下巴，指了指他手上的杯子，「喝。」

譚知仁訥訥地照做了。溫暖的牛奶讓他粗糙的喉頭舒服了一點，他忍不住吐出一口氣。

溫時予的視線打量著譚知仁的臉，終於忍不住笑出聲，伸出手，揉了揉譚知仁亂糟糟的頭髮。

「抱歉啊，昨天晚上給你添麻煩了。」譚知仁低聲說。

溫時予只是微笑，「不麻煩。如果你願意的話，也不是不行常常這樣。」

譚知仁翻了個白眼，不過溫時予還沒有打算放過他。

「這不是哪一部少女漫畫的台詞嗎？」溫時予清了清喉嚨，用低沉的聲音說：「『要哭，就到我的懷裡來哭吧』。」

譚知仁抬起腳，往溫時予的小腿踢去，被靈巧地閃過了。

溫時予再度往廚房走去，一邊說：「等一下一起吃午餐吧，我來煮。在這之前，你可以先去洗澡，雖然這樣講有點壞，但你現在有點臭。」

譚知仁用杯子擋住臉，把牛奶一口氣喝光，然後重重嘆氣。

他知道，他不小心哭出來這件事，會被溫時予拿來嘲笑很久很久。

後記
於安靜的夜晚

致看到這裡的各位。

能寫下這篇後記，眞是太不可思議了。

當初會出現寫下這個故事的衝動，只是因爲我想要寫一個可以色色的故事而已，所以這本書最早定案的劇情，其實是所有開車的地方（欸）。然後其他劇情，就圍繞著這些橋段逐漸長出來了。

關於創作，我最喜歡的部分是，我可以有機會——哪怕只有一點點——去接觸一些我可能永遠也沒有機會接觸的世界。

取材的過程中，我才發現，原來和酒店工作相關的書籍、文章、訪談有這麼多，只是以前從來沒有契機注意它們。爲此，我買了好幾本相關的回憶錄、傳記，也看了許多相關的經驗分享。非常感謝在這個相較之下有些神祕的領域內工作的人士，願意分享他們的各種見聞和經歷。

當然，不可避免地，在取材其他層面的事物時，也有一些令人難以直視的狀況。關於孩子被傷害、被遺棄的內容，永遠都是取材起來最痛苦的部分。看著社工所寫下的個案分享，看著受害者的自白，我實在很難用文字表達對這些人的敬意。

這本書叫作《只有你填滿心扉的夜晚》，這個故事也大多是在夜晚寫作的。創作這本書的過程，對我來說一直是一個很私密的經驗，在一切都安靜下來的時刻，我才得以進入這個故事中的世界，與這些角色相處，去體驗一個個情緒歷程，無論那些情境是我個人有或沒有的經驗。

書寫這個故事時，也發生了許多足以稱作黑暗時刻的事，但是現在，隨著這本書出版的到來，我可以放心地說，終於迎來黎明的曙光了。

最後，非常謝謝拿起這本書的你！這是一本很長很長的故事，從完稿到出版的時間也很長很長。謝謝編輯在這個故事上所花的心力，妳是最棒的編輯！

也要感謝這麼長一段時間都和我一起寫作、一起發廚、一起尋找快樂的雨草，沒有妳，這個故事是不可能完成的（可能也根本不會開始），讓我們一起再邁向下一個故事吧。

二〇二五年六月十四日

非逆

國家圖書館出版品預行編目資料

只有你填滿心扉的夜晚／非逆著. -- 初版. -- 臺北市：
POPO原創出版，城邦原創股份有限公司出版：英屬蓋曼群島商家庭傳媒股份有限公司城邦分公司發行, 2025.06
面；　公分. --
ISBN 978-626-7710-34-0（平裝）
863.57　　114007988

只有你填滿心扉的夜晚

作　　者／非逆
責任編輯／林辰柔　行銷業務／林政杰　版　　權／李婷雯

內容運營組長／李曉芳
副總經理／陳靜芬
總 經 理／黃淑貞
發 行 人／何飛鵬
法律顧問／元禾法律事務所　王子文律師
出　　版／POPO原創出版
城邦原創股份有限公司
台北市南港區昆陽街 16 號 4 樓
電話：(02) 2509-5506　傳真：(02) 2500-1933
email：service@popo.tw
發　　行／英屬蓋曼群島商家庭傳媒股份有限公司城邦分公司
聯絡地址：台北市南港區昆陽街 16 號 8 樓
書虫客服服務專線：(02) 25007718．(02) 25007719
24小時傳真服務：(02) 25001990．(02) 25001991
服務時間：週一至週五09:30-12:00．13:30-17:00
郵撥帳號：19863813　戶名：書虫股份有限公司
讀者服務信箱 email：service@readingclub.com.tw
城邦讀書花園網址：www.cite.com.tw
香港發行所／城邦（香港）出版集團有限公司
地址：香港九龍土瓜灣土瓜灣道86號順聯工業大廈6樓A室
email：hkcite@biznetvigator.com
電話：(852) 25086231　傳真：(852) 25789337
馬新發行所／城邦（馬新）出版集團 Cité(M)Sdn. Bhd.
41, Jalan Radin Anum, Bandar Baru Sri Petaling,
57000 Kuala Lumpur, Malaysia.
電話：(603) 90563833　傳真：(603) 90576622
email：services@cite.my

封面插畫／九日曦
封面設計／也津
電腦排版／游淑萍
印　　刷／漾格科技股份有限公司
經 銷 商／聯合發行股份有限公司
電話：(02)2917-8022　傳真：(02)2911-0053

■ 2025 年6月初版　Printed in Taiwan

定價／390元

ISBN 978-626-7710-34-0